NF文庫
ノンフィクション

新装版
零戦搭乗員空戦記
乱世を生きた男たちの哲学

坂井三郎ほか

潮書房光人新社

砂塵を上げて出撃する零戦22型。空母「瑞鳳」戦闘機隊員・小八重幸太郎上飛曹は、ラバウルの陸上航空基地に派遣され、米軍の新鋭戦闘機と技能を駆使して戦った。

空母「瑞鶴」艦上の母艦航空隊。連合艦隊司令部は、消耗を続けるラバウルの航空兵力増強と連合軍の進攻を阻止するため、「ろ号作戦」を発動したが失敗に終わった。

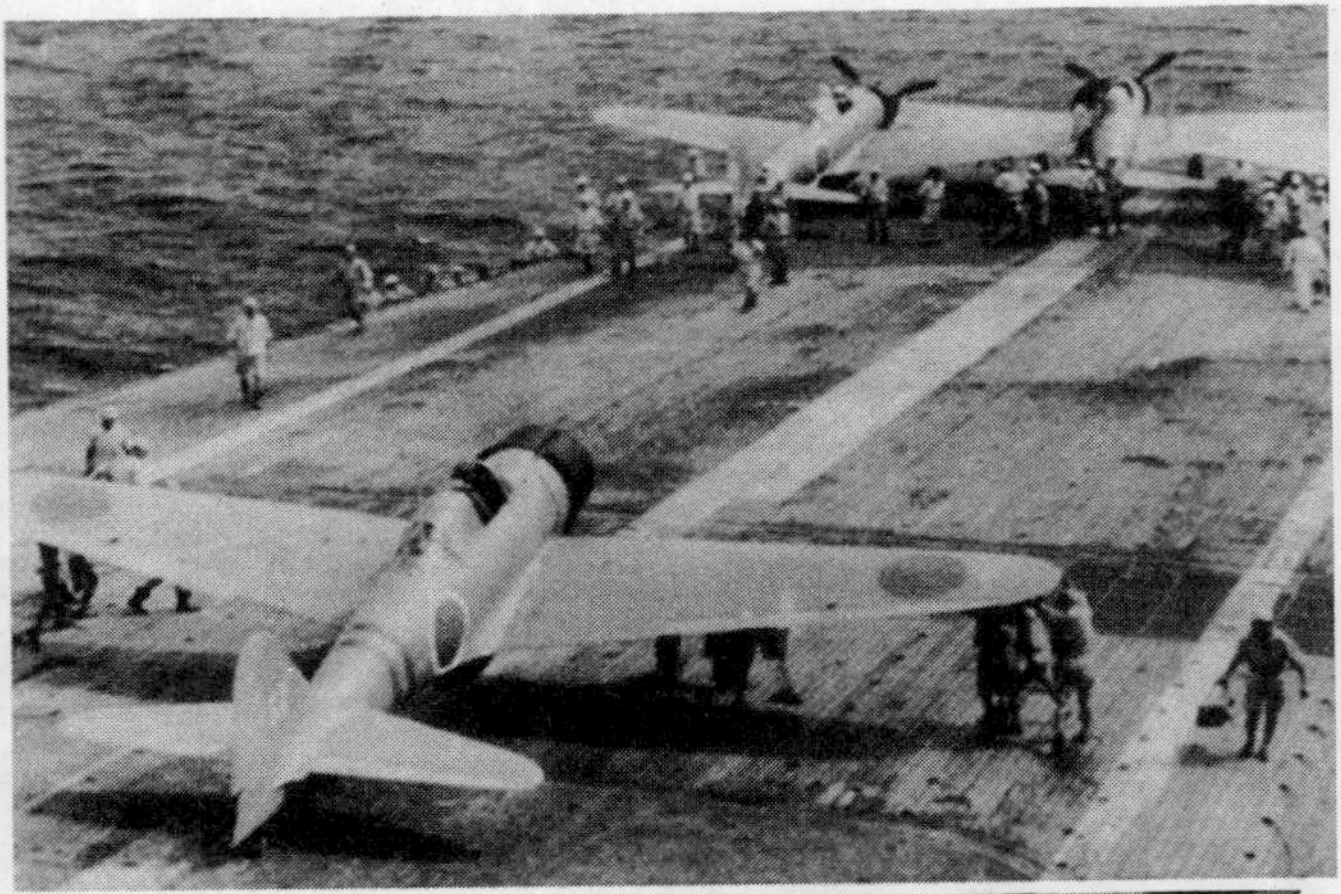

空母「隼鷹」戦闘機隊の零戦21型(写真上)。ミッドウェー作戦の陽動部隊としてアリューシャンに出撃した谷水竹雄上飛曹は、作戦が日本の敗北に終わったことを知らされた。右写真は空母「春日丸」戦闘機隊員と谷水上飛曹(前列右端)。空母の飛行甲板が零戦の使用に不向きなため旧式の96艦戦に乗り替えていた。

ラバウルの飛行場に展開した空母「瑞鶴」の零戦21型。同型艦の「翔鶴」戦闘機隊に配属された谷水上飛曹は、陸上の航空隊と共に迎撃や敵船団攻撃の任務に奔走した。

零戦52型丙と谷水上飛曹。機体の撃墜マークは、味方の士気を高めるために本人が提案したもの。豊富な実戦経験を持つ歴戦の搭乗員として本土防空戦で活躍した。

零戦搭乗員たちが空戦を交じえた米軍戦闘機——Ｐ38ライトニング(左上)、Ｐ51ムスタング(左下)、米海軍の戦闘機・Ｆ６Ｆヘルキャット(右上)、Ｆ４Ｕコルセア。

93中練(赤トンボ)の列線の近くで教官の訓示に聞き入る練習生たち(写真上)と訓練飛行中の93中練(写真右)。河嶋透徹上飛曹は予科練を卒業後、飛行術操縦専修練習生(飛練)となり、厳格な教官のもとで93中練を使用した本格的な飛行訓練を開始した。

零戦を複座式に改造した零練戦。戦闘機搭乗員を志願した河嶋上飛曹は、大村航空隊の戦闘機出身の教官から猛訓練による3ヵ月の短期間で徹底的に教え込まれた。

201空付の通信整備員としてフィリピンのダバオに着任した今井清富中尉は、絶え間なく続くB24や艦載機の攻撃に耐えながらも、戦闘機隊の裏方として苦心した。

神風特攻隊員として出撃した久納好孚中尉と関行男大尉(右)。マバラカット基地より出撃する敷島隊(下写真)を見送った今井中尉は、彼らの姿に粛然とさせられた。

米軍機のパラシュート爆撃を受けるラバウルの飛行場。空母「翔鶴」戦闘機隊員としてラバウルに進出した塩野三平飛曹長は、早くも米艦載機群との空戦を経験した。

ブインに集結した零戦21型の列線。塩野飛曹長はブインからラバウルへ戻った直後の空戦で撃墜され負傷したが、現住民たちの保護を受けて帰還することができた。

上空から見たラバウルの全景。塩野飛曹長は昭和18年10月から19年１月までの期間を戦っていたが、昼も夜も絶え間なく続く敵機の攻撃に心の休まる日はなかった。

大村基地の維新戦闘機隊員と塩野飛曹長(後列左から２人目)。ラバウルより帰還後、零戦から新鋭戦闘機「紫電」に乗り換えてフィリピンのマルコット基地に進出した。

ラエ基地に勢揃いした台南空のエースたちと坂井三郎一飛曹(後列左)。太平洋戦争初期の零戦の活躍は、当時最高の技量を誇った戦闘機搭乗員によるものであった。

昭和15年に初登場以来、中国戦線で数多くのエースを輩出した零戦11型(左写真)。右上の写真は日本海軍の真の強者と評される赤松貞明中尉と武藤金義少尉(右下)。

『零戦搭乗員空戦記』目次

写真提供／著者・野原茂・雑誌「丸」編集部
米国防総省／国公立文書館

零戦搭乗員空戦記

乱世を生きた男たちの哲学

序章　零戦に生き紫電改に死す

〈元海軍上飛曹〉小八重幸太郎

〝航法の神サマ〟との出合い

現在の私を語るとき、決して忘れることのできない人がいる。それは昭和十八年十一月十一日、第三次ブーゲンビル島沖の航空戦で、戦死された空母「瑞鳳」戦闘機隊長佐藤正夫大尉その人である。

大村練習航空隊で訓練過程を終了した私は、母艦搭乗員として宮崎県富高基地で「鳳翔」による着艦訓練をうけたあと、空母「瑞鳳」に配属された。

そこで私は、佐藤大尉の三番機を命じられた。一番機の松井松吉一飛曹（昭和十八年十二月二十七日、ラバウル上空の迎撃戦で戦死）にならんで、佐藤隊長の三番機を命じられたことは、私にとって名誉このうえないことであり、思わず「ガンバルゾ！」と胸をはずませた。

われわれ空母「瑞鳳」戦闘機隊は、昭和十八年初頭、鹿児島県鴨池基地で夜間、薄暮、黎明と猛訓練をつづけた。同年七月、われわれ飛行隊は母艦に収容され、南方に出撃した。数日のちにはトラック島春島を基地にして猛訓練を開始したが、前記のわが隊長・佐藤大尉は、日本海軍戦闘機隊きっての航法の名手で〝航法の神様〟とまで称せられた人であった。隊長には連日、適切な航法の指導をうけたが、私が終戦にいたるまで幾回となく遭遇した各地での空戦で、敵機と血のにじむような死闘をくりひろげながらもぶじ帰投できたのは、佐藤隊長の指導のたまものと感謝している。

十一月一日、わが連合艦隊は南東方面における連合軍の急速な進攻を阻止すべく「ろ号作戦」を実施し、第一航空戦隊(一航戦)母艦の飛行隊「翔鶴」「瑞鶴」「瑞鳳」をラバウルに進出させた。

翌二日、私は佐藤隊長の三番機として艦爆十八機を直掩、敵艦戦攻撃に出撃したが戦果はなかった。しかしこの日、ラバウルに来襲した敵機迎撃のため零戦三十八機で応戦し、私は敵グラマン二機を撃墜して着陸、戦闘指揮所に集合した。

ところが、佐藤隊長が顔を紅潮させ、「小八重! オマエの今日の空戦はなんだ! オレが集合の合図をしたのにわからなかったのか。あんなに深追いしたら、命はなんぼあっても足りん」と怒鳴られたのは、これがはじめてであった。

自分は隊長の三番機であることを、空戦と同時に忘れていたのだ。そのことは一言も責めず、私の身を案じてくれた隊長の心根を思ったとき、身内にジーンとくるものを感じ、「この隊長のためなら、いつでも死ねる」と誓いをあらたにした。

十一月三日、第一次ブーゲンビル島沖航空戦では、納富健次郎大尉指揮のもとに敵艦攻撃にむかったが、同島の敵上陸地点を攻撃するにとどまった。しかし、五日には忘れえぬ空戦に遭遇した。

仕留めた敵グラマン一機

この日、一航戦は基地航空隊とともにラバウル上空に敵戦爆連合を迎え撃った。私は爆撃をおわって帰投中の敵機アベンジャーの編隊に、五百メートル上空から一番機めがけて急降下し、二十ミリを発射したが不発、無念にはやる心をおさえて第二飛行場に着陸した。

そこでエンジンを始動したまま弾倉を交換し、ただちに発進して、こんどはグラマンと交戦にはいったところ、左方から銃撃をうけ、数発の敵弾がわが愛機にあたった。

「瑞鳳」戦闘機隊・小八重幸太郎上飛曹

左下方を見ると、F４Uが急降下中で、思わず「この野郎！」と叫びざま急追、敵機は低空を全速で逃げる。私はブーストを引き、全速で追ったが、なかなか距離が縮まらない。何分間すぎたのか、ラバウルははるか後方でニューアイルランド島付近まで深追いしていた。

このとき佐藤隊長に怒鳴られたことを思い出し、引きあげようとして上を見ると、零戦二機が私を援護するように追従しているではないか。私は〝勇気百倍〟ただちに敵機めがけて七・七ミリをあびせかけた。すると敵機は、左に急旋回したので、彼我の距離は急速に縮まった。

このとき、得たりとばかり私は七・七ミリと二十ミリを一斉射、タマは敵の搭乗員に命中したのか、敵機はそのまま海面に突入した。私は急上昇すると、見まもっていてくれた零戦に近づいた。それは二〇一空の零戦で、私の両側に編隊を組み、にっこり笑った。後方を見ると、海面に黒い煙が見えた。

この戦闘で敵機四十九機を撃墜したが、わが方も十一機が未帰還となった。

同月八日、第二次ブーゲンビル島沖航空戦で、私たち一航戦零戦隊四十機は、基地航空隊零戦三十一機と協力して、指揮官・納富大尉の戦爆二十六機を直援、敵艦船攻撃をおこなった。

第二次攻撃の敵艦の反撃はすさまじく、艦爆を支援しながら攻撃していたところ、左翼に強いショックを受け、愛機はキリモミ状態になった。機首をたてなおし、左翼を見ると、燃料タンクと胴体の中間に約三十センチほどの穴がぽっかりとあき、めくれていて、風圧により水平飛行もままならぬ状態であり、速度を落として低空で戦場をはなれた。洋上をひとり愛機をあやつりながら帰投するときの時間が、いかにも長く思われた。

洋上航法は佐藤隊長の門下生である私には自信があったので、それほど心配はしなかったが、それでもラバウル湾が前方に見え、東飛行場が見えたときは、ラバウルがじつに懐かしく感じられた。

着陸のとき被弾していたので、フラップが出なかったため、二点着陸でコトなきをえた。

エンジンを止めると、整備の班長が飛び乗ってきて、
「小八重兵曹、ぶじですか。よかった、よかった」
と私の手をかたくにぎって目に涙を浮かべていた。私も機を降りて点検し、プロペラをしっかと抱きしめ、
「よく飛んでくれた」
と思ったとたん、急に身体から力が抜けていった。

戦闘指揮所には、さきに帰投した戦友がむかえてくれ、隊長に戦果と被弾を報告、「グラマン一機撃墜」——みんなが、あんな状態で長距離をよくも飛んで帰れたものだと感嘆していた。

この戦闘で納富大尉以下四名が戦死（「瑞鳳」の村岡一飛曹も戦死）した。ちなみに搭乗員黒板には、私も未帰還機として赤でしるされていた。

十一月の幾日であったか記憶はさだかでないが、大友松吉兵曹が迎撃戦で名誉の戦死をとげた模様を、ご遺族のためにも書いてみたい。

大友兵曹は私の後輩であった。私が「瑞鳳」に乗り組んで以来の友で、苦楽をともにした仲であった。

ラバウルに敵戦爆連合が大襲来したとき、われわれ一航戦と基地航空零戦隊は、迎撃に砂塵を蹴って舞いあがり、敵機へと向かっていった。

この日も壮絶な空中戦となったが、勇敢に戦っていた大友兵曹は、敵弾十二・七ミリを右脇腹にうけ、出血したまま東飛行場に着陸した。その後、応急手当のあと、ラバウルの海軍

病院での手術の結果も良好ということで、われわれもほっとしていたところ、夜になって容態が急変し、うわ言に母艦に乗っていたころのことをいいながら、息をひきとったという。

私以下三名で花吹山のふもとで荼毘《だび》に付したあと、頭蓋骨を白木の小箱におさめ、遺体はそこに手厚く葬り、花をたむけて大友兵曹の冥福を祈った。私は勇敢で優秀な空の戦士をまたひとり失ったことに、哀惜の念をいだきながら、つぎの空戦へと馳せめぐった。

死力をつくしたF6Fとの戦い

十一月八日、九日はラバウル上空での迎撃戦で敵のシコルスキー一機を撃墜した。その翌々日、十一月十一日という日は、私にとって生涯忘れることのできない日となった。

第三次ブーゲンビル島沖航空戦で、ラバウルの飛行場を、一機また一機と離陸していった。私は隊長の三番機として三番目に離陸、上空で三十三機がみごとな編隊を組み、一路ブーゲンビルを目ざした。

出発前に隊長から「小八重、オレから離れるな」といわれていた。

この日、高度七千メートルのところは南方特有の入道雲で、雲の切れ目からそこだけ青空が見えていたが、ほとんど白一色のまばゆいばかりの雲中飛行であった。

ときおり、隊長が松井兵曹と私の方を見る。やさしい心づかいが伝わってくる。きょうの出撃はいままでにない緊張感に満ちていた。

私の時計ではもうブーゲンビル島上空のはずだ。雲の切れ目から眼下を見ると、やはりブーゲンビル島沖に出ている。タロキナはもうすぐだというのに、嵐の前の静けさとでもいおうか、敵影ひとつ動かぬ静けさに私は一瞬、不吉な予感にかられた。われわれの大編隊を敵ははやくからキャッチしているはずだ。通常、攻撃にいくと、グラマンは四千メートルの高度、シコルスキーは六千メートル、ロッキードは八千メートルと、それぞれの高度から迎撃してくるのに、今日はどうしたことか、高度七千メートルになっても敵影は発見できない。

私は見張りを厳重に飛行をつづけながら、発射レバーに手をかけ、いつでも射撃できる態勢をとった。戦闘機は見張りにはじまり、見張りにおわるという。

私が後上方を見たとたん、雲の切れ目からロッキードの編隊がわれわれに襲いかかってきたのだ。私は無線で「敵襲」を味方に知らせ、と同時に七・七ミリ機銃を発射して私は右に、松井兵曹は左に反転した。

私には敵の三機が襲ってきたが、私の五百メートル下方で隊長が五機の敵機と交戦中であった。これを支援すべく私は隊長の後方に位置して反撃した。空戦中であろう松井兵曹のことが、チラッと頭をかすめた。私は零戦のすぐれた空戦性能を発揮し、全力で戦ったものの、愛機は無数に被弾した。

ところが、一機のロッキードが隊長の後上方から銃撃しながら接近していた。私は夢中で敵機めがけて発射した。命中！　敵機は白煙を吹いて降下していった。これとほとんど同時にわが隊長機も火を吹いて、敵艦めがけて急降下していった。

私はふいに涙がこみあげてきた。が、隊長の雄々しい自爆を悲しんではいられない。周囲は敵ばかり。反撃しながら味方機を見まわすと、すでに引き上げたのか、見あたらない。傷だらけの愛機をいたわりながら集合点へくると、帰投中の味方機を発見してこれにしたがった。

帰投中、隊長の最後を思い、親愛なる隊長を失った悲しさで涙にむせんだ。機上でひとり、男泣きしたあの日のことは、生涯忘れえぬ出来事として、いまも胸のうずきを覚える。

飛行場に着陸すると、さきに帰投していた私の上司に、「隊長はどうした?」ときかれたとき、「申しわけありません。隊長は自爆されました」と報告すると、上司はたった一言、「そうか」といって、あとは全員無言のまま沈黙が流れた。

その夜、兵舎で休んでいても、空戦の模様や隊長のことなど思い浮かべて、寝つかれないまま明け方、ウトウトしただけであった。そのためか朝食後に飛行場にいっても頭が重かった。

これ以後、「瑞鳳」戦闘機隊は、中川大尉が指揮することになった。

攻撃、迎撃の連戦で「瑞鳳」戦闘機隊は、敵三十五機を撃墜したが、わが方の損耗も大きく、佐藤隊長以下八人が雲の果てに華と散った。

そのあとトラック島に帰還したが、マーシャル諸島の危急に、一航戦の戦闘機隊二十名が、十一月二十六日、ルオットおよびマロエラップへと進出して、トラック島に帰投した。

生き残った一航戦戦闘機隊は中川大尉の指揮のもとで、ラバウルのトベラ飛行場の二五三空に編入され、同年二月末まで連日、攻撃と迎撃の壮絶な空中戦を展開していた。敵は機数において圧倒的に多く、「翔鶴」「瑞鶴」「瑞鳳」の搭乗員も多くの戦死者を出した。

忘れもしない昭和十八年十二月二十七日、トベラ飛行場の搭乗員待機所で雑談していたとき、見張員が突然、敵機来襲を告げた。私は飛行服を脱いで三種軍装のままだったので、そのまま愛機に飛び乗り、迎撃に舞いあがった。

離陸するため滑走路を走っている私にグラマンがおそいかかったが、離陸と同時に脚を上げてセントジョージ岬に出て高度をとり、大野安次郎兵曹と松井松吉兵曹とともに、上空から敵機群のど真ん中に突っ込んだ。

高度二千メートル～三千メートルで、大空中戦闘が展開された。たがいに単機空戦。東飛行場、第二およびトベラの各飛行場から迎撃に発進した味方戦闘機が、一機また一機と敵機を撃墜している。

私もグラマン一機を撃ちおとし、前方にふと目をやると、あらたなグラマン一機が攻撃の態勢で私の方に向かって突進してきた。

私は操縦桿を引いて、たがいに同位戦に入った。

すかさず敵機にたいし優位な態勢を保つとすぐに、追尾に入った。そして七・七ミリと二十ミリを同時に発射したが、敵は機をすべらし回り込んでくるので、なかなか当たらない。たがいに二十分間ほど、追いつ追われつの目のまわるような空戦が展開された。

私は零戦。敵はグラマンF６F。両機とも全性能を駆使し、自分のもてる技量のすべてを尽くして戦ったが、ついに雌雄を決するにいたらず、そのままどちらからともなく寄りそい、一線上にならぶような恰好で飛行し、顔を見合わせたあと私は基地へ、むこうはセントジョージ岬の方へ飛び去った。

戦時の空で敵同士が相互に射ち合いに秘術を尽くして南の空に壮絶なるまでの空戦を展開

して「敵ながらあっぱれ」の感慨をもって、本来憎むべき敵国パイロットに、一瞬のことであっても親愛の情さえ感じた。

私のいくたびかの空戦体験でのただ一度の出来事であったが、いまでもそのとき戦った米人パイロットのことを思い出す。

帰還して戦友の悲報を聞く

いつしか空戦もおわり、トベラ基地でカラカラの喉《のど》をうるおしたときの水のうまかったこと、生きかえるようにうまかった。そのとき、いっしょに飛んだ大野安次郎、松井松吉両兵曹の戦死を知らされ、指揮所でひとり横になりながら、大野兵曹の日本に残してこられた奥さんや子どもさんのことを思った。

日本を出撃してトラック島に向かう空母「瑞鳳」搭乗員室で、大野兵曹がしんみりと語ったことを思い出していた。

大野兵曹は内地の妻にちかく子どもが生まれるので、名前をつけるのに〝なにか良い名はないか〟といわれ、みなでいろいろ考えた末、男、女のいずれでも「泉」(いずみ)と命名したことがあった。そのお子さんはいま三十七歳になっているはずだと思うが、名前はなんとつけられたであろうか。

松井兵曹は、隊長の列機としてともに戦ってきたツーカーの仲だった。明日は〝弔い合戦〟だと思いながら深い眠りについた。そのころ、毎日の戦いで身体はくたくたになっていた。明日なき命でも、気力のみで戦っていた時代であった。

二月末、われわれの一航戦戦闘機隊は、六十六名のうち九名が生存しており、内地勤務になったので、一式陸攻に便乗してトラック島に引き上げた。

「さらばラバウル」――機上からニューブリテン島を眼下にして、長い間の思い出が走馬灯のように脳裏をかすめてゆく。佐藤隊長をはじめ、大野、松井、沼、森の各兵曹など〝雲の墓標〟となった多くの戦友たちの思い出が……。

内地に帰った私は、大村航空隊で予備学生と甲飛の教員となり、九月まで教育に専念した。教員在任中の七月九日、大村海軍航空隊司令大竹嘉重郎大佐から表彰状を受けた。

この年の二月十七日、ラバウルから賜暇帰省中、午後七時三十分ごろ、機位を失った陸攻一機が現在の日南市上空を旋回中に際会し、不完全な器具ではあったが、連絡に成功して遭難を未然に防止したための表彰であった。

昭和十九年九月、追浜で編成中の戦闘七〇一飛行隊に編入、これを境に長い間、愛用した零戦と別れ、新鋭機「紫電」「紫電改」を操縦することになった。

追浜基地に転任し、新郷英城少佐以下ラバウル生き残りおよび母艦の搭乗員など、ひとクセもふたクセもある連中ばかりの編成であった。一通りの訓練をすませて、宮崎県赤江基地へ十五機で進出、台湾沖航空戦に参加した。十月末には錬成された紫電部隊は、新郷少佐と交替された白根斐夫少佐指揮のもと、ルソン島マルコット基地に進出した。

内地で〝紫電改部隊〟に改編す

ルソン島の各基地は零戦のみで編成されており、紫電部隊は、七〇一飛行隊だけであった。

進出して二日目。敵グラマンの攻撃を受けた。私は一番ちかくの隊長機に飛び乗り離陸した。そのとき前上方からグラマンの銃撃をうけたため、私以下三機が離陸しただけであった。そのまま敵機より優位な高度をとり、列機に単縦陣をとるよう合図を送った。

グラマン約三十機が飛行場に銃撃をくりかえしていたが、銃撃をおえて急上昇中のグラマンに銃弾をあびせたところ、敵機は火をふいてわれわれの兵舎の近くに墜落した。

われわれは三対三十機で交戦中、グラマン一機を基地の零戦が敵機をはばむようにして追跡していた。私は零戦の後上方から見ていたが、零戦はどうしても追いつくことができないので、私が零戦のなかに入り手信号で「オレが攻撃する」と合図を送り、敵機に接近射撃態勢に入ったとき、突然、敵機からパラシュートが飛びだした。

パイロットが降下していく。私はそのパイロットが地上でわが陸軍により逮捕されるのを上空から確認した。一発のタマも発射せず撃墜したのは、後にも先にもこのときだけである。

基地に帰投してみると、戦闘指揮所でくだんの米人パイロットが尋問されていた。まだ二十歳くらいの若いパイロットだった。いまも生存しているだろうか。

昭和十九年十一月、わが陸軍はレイテ湾に逆上陸を開始したため、われわれは陸軍の上陸支援で上空直掩に出撃した。舟団上空警戒中、ロッキード六機がわれわれの編隊に攻撃してきた。

私は低空での巴戦《ともえ》にさそい込み、一機撃墜したが、私の二番機が未帰還となった。

昭和十九年十一月二十四日、白根少佐以下全機出撃、オルモック湾上空で米空軍第四三三中隊のロッキードと交戦中、白根少佐は自爆して果てた。少佐は沈着で上下に信望の厚い方であった。「瑞鳳」に乗っていたときの佐藤隊長とは、あらゆる点でちがった戦闘機指揮官であった。

連合軍は総力をあげてルソン島攻撃をおこない、毎日のはげしい空戦で各部隊ともパイロットの損耗が大きく、七〇一飛行隊も隊長以下戦死者が続出した。特攻攻撃も連日実施されたが、私が大村航空隊で教育した予備学生も多くが特攻出撃していった。

ルソン島における戦局が悪化していく十二月中ごろ、私は突然、血のような小便を見た。海軍病院で診断をうけたところ、極度の疲労によることがわかり、休養のため内地に引き上げになった。湯河原海軍病院で一ヵ月休み、三四三空（源田実司令）戦闘七〇一飛行隊（鴛淵孝大尉隊長）に編入された。

――以上、遠い昔の記憶をたどりながらソロモン、マーシャル、ルソン島と各戦地で戦った思い出の一部を書いたが、この戦記をつたないながら皆さまの前にさらすのは、「瑞鳳」戦闘七〇一飛行隊在隊中、各地で戦死された人びとのご遺族の消息にふれ、私が知っているかぎり戦死されたときのようすをお伝えすることができればとの思いからである。

これが終戦後、生き残った者の責務として長い間の念願であり、戦場で散華されたいとしい戦友たちへの手向けであると思い、とめどもなく書きしるしたものである。

（月刊「丸」昭和五十六年七月号）

第一章　愛機零戦で戦った千二百日

〈元海軍飛曹長〉谷水竹雄

本土初空襲の日の初陣

第六航空隊は、昭和十七年四月一日、千葉県木更津基地で編成され、同時に第二十六航空戦隊に編入された戦闘機隊で、司令森田千里中佐（海兵四十九期）、飛行長玉井浅一少佐（海兵五十二期）、飛行隊長新郷英城大尉（海兵五十九期）、分隊長宮野善治郎大尉（海兵六十五期）のもとで、太平洋戦争の緒戦いらい目ざましい活躍をして、内地に帰ってきた三空、および台南空からの転属搭乗員を基幹として編成されたものであった。

しかし、大半の搭乗員は前年末と三月に、飛練課程を卒業した二十歳前後の若い搭乗員でしめられ、訓練ははげしく、またその内容も実戦的であったが、鶴首して待たれた零戦も生産数不足のためか、定数六十機はなかなかそろわなかった。

昭和十七年四月十八日朝、基地の通信講堂で通信訓練を行なっていたとき、

『敵飛行機三機、敵空母二隻見ゆ、北緯三十六度、東経百五十二度十分（犬吠崎東方約六百海里）に発見、われ攻撃を受け応戦中』との無線通信が哨戒艇より発せられた。

これは、日本本土初空襲を意図する米空母「ホーネット」を旗艦に、おなじく、空母「エンタープライズ」、重巡洋艦四、駆逐艦七、タンカー二隻からなるハルゼー少将指揮のアメリカ第十六機動部隊であった。

上空哨戒機と護衛の巡洋艦が同時に日本側の監視艇を発見、攻撃をくわえたのだ。

さっそく六空は零戦に全弾装備し、増槽も取りつけられて待機に入った。

一方、十一航空艦隊麾下《きか》の三沢空および木更津空の一式陸攻二十九機も魚雷を装備して発進のときを待ったが、なかなか発進が令されない。

岡本先任搭乗員に、なぜかと、そのあたりの事情をたずねると、「もうすこし本土に近づけてから攻撃にでる」といわれた。

正午をまわった十二時三十分ごろ、その後の情報が入らぬまま、ついに攻撃隊発進が令された。零戦はつぎつぎに列線をはなれて出発点に向かう。地上員はみな〝帽振れ〟でその出撃を見送った。

雷装の一式陸攻が飛び立ち、これを掩護する新郷飛行隊長指揮の六空戦闘機隊十二機も、木更津を発進して、犬吠崎東方六百海里地点に向かった。

ところが、攻撃隊が発進してすぐ「空襲警報」が発令され、敵襲が報ぜられた。また、陸軍からの情報で、

『敵双発機発見、九七戦では追いつかず』と報ぜられ、思わず苦笑をもらしてしまった。さ

っそく待機中の六空零戦が三機、迎撃にあがったが、会敵せずに帰投した。

その後、なかなか味方攻撃隊よりの報告がなく、指揮所でいらいらしていたとき、『敵空母発見できず、これより帰投する』との無線が指揮所にとどいた。

後日の報道によると、米空母ホーネットが発見されたのが十八日の午前六時三十分、そして米巡洋艦の砲撃によって監視艇が撃沈されたのが午前七時ちょっとすぎだったとのこと。このわずかの間に日本の監視艇は当然、『敵発見』を打電しているはずだから、彼らは日本軍による攻撃を予想して、予定よりはやく搭載するB25を発艦させるや、ただちにホーネットは反転して、東方洋上に逃げ去ったのであろう。

その悲運の監視艇は第二十三日東丸といい、開戦後にわれが本土太平洋海岸からおよそ五百海里から七百海里のあいだに配置した、百トンにもみたない海軍の徴用漁船群の一隻であったが、敵巡洋艦の砲撃と艦載機の攻撃のため撃沈されてしまったので、それ以上の情報は得られなかった。

完全に肩すかしをくったわが攻撃隊は、世界に誇る九一式航空魚雷を抱いたまま、夜になってからむなしく帰ってきた。

新郷飛行隊長以下のわが戦闘機隊も帰投して、夜間着陸がはじまった。

「隼鷹」艦上の谷水竹雄飛曹長

わが六空戦闘機隊が列線にもどり、陸攻隊が着陸をはじめてしばらくたったころ、突然、主滑走路に火の手があがった。陸攻隊の何番機かが着陸に失敗したらしい。魚雷を抱えているので誘爆が心配されたが、木更津空の消火隊の決死的な作業により、どうにか誘爆だけはまぬがれ、全員ホッとした。

一方、奇襲に成功したドーリットル爆撃隊は、少数機にわかれて東京、川崎、横須賀、名古屋、神戸などを空襲したあと、低空で離脱して中国大陸方面に避退したという。

これこそアメリカ軍による、開戦以来、最初の日本本土空襲であった。爆撃そのものは大したことはなかったが、このことが山本連合艦隊司令長官に、ミッドウェー攻撃を実施させる決心をかためさせたといわれる。

空母「隼鷹」と共に

その後、私たちは新郷隊長を中心に訓練をつづけていたが、突然にその新郷隊長は、元山空に転勤になり、兼子正大尉(海兵六十期)が新飛行隊長として着任してきた。

後日、知ったことだが、六空には、ミッドウェー島占領後、同島に進出して基地航空隊になるように内命され、また一部はアリューシャン作戦に参加し、本隊はミッドウェー攻略部隊とともに行動することに計画されていたといい、どうやら進出搭乗員の選定にかんして、森田司令、玉井飛行長と新郷隊長との間に意見の相違があったらしい。

昭和十七年五月十七日、わが六空は南方進出のため、新造空母「隼鷹」に搭載されることになって、宮野大尉が第一陣として十二機の搭乗割を発表した。

指揮官宮野善治郎大尉をはじめとして、岡本重造一飛曹（操練三十一期）、尾関行治一飛曹（操練三十二期）、上平啓州一飛曹（甲飛一期）、米田康喜三飛曹（丙飛二期）、佐藤源七三飛曹（丙飛三期）、神田佐治一飛（丙飛二期）、矢頭元祐一飛（丙飛三期）、加藤正男一飛（丙飛三期）、それに私をくわえた三名であった。

そして十八日、木更津基地を早朝に出発した私たちは、大分県の佐伯基地に向かった。しかし、私たちはその後の目的地も、単に南方といわれただけで、どこへどんな作戦で行くのかは、いっさい知らされていなかった。

「隼鷹」は、日本郵船の豪華船「橿原丸《かしはら》」を改装し、特設航空母艦として昭和十七年五月三日に竣工、ただちに第一航空艦隊第四航空戦隊に編入され、内海西部に待機していた（七月十四日、正式空母籍に編入）。

主な要目は、基準排水量二万四千百四十トン、満載排水量二万七千五百トン、飛行甲板長二百四十二・三メートル、速力二十五・五ノット（約四十七キロ／時）で、この作戦が初陣であった。

私たちが到着した佐伯基地では、すでに空母「龍驤」「隼鷹」の戦闘機隊が基地訓練を行なっていた。

私たち六空戦闘機隊は宮野大尉ほか四、五名をのぞいては、着艦訓練などをやったことがないので、「隼鷹」戦闘機隊搭乗員に零戦を託し、陸路で広島県呉に向かった。

呉で「隼鷹」に乗艦して、格納庫におりて見ると、すでに「隼鷹」戦闘機隊搭乗員たちによって収容され、尾部のU記号もあざやかな六空の零戦が整然と並べられていた。

五月二十日、母艦は早くも呉を出港、途中、徳山で燃料を補給して、二十二日には徳山を出港し、ふたたび西に針路をとった。

飛行甲板には全機を整列させ、せまい関門海峡を通過するときは、沿岸の人たちが手に手に日の丸の旗を振って、出撃を見送ってくれた。

やがて艦隊は日本海に出た。この時点において、それまで南方へ行くといわれていたのに、いったいどこへ向かうのかと思いつつ、

〈晴れの門出だなぁ……これで内地ともとうぶんお別れだ。いや、ひょっとすると、これが最後の見おさめになるかもしれない〉――私は一種の晴れがましさと、さびしさの入りまじった複雑な感情におそわれ、美しい内地の山々との別れを惜しんだ。

「隼鷹」はやがて、日本海を北東に針路をとり、航空戦の訓練をつづけていたが、その間にも日本海は、しだいに荒れ模様にかわってきた。

作戦命令くだる!

出港して二日目、「搭乗員総員集合」がかかり、艦橋前に整列すると、やがて艦長石井芸江大佐より作戦命令が示された。

「今回の作戦はミッドウェー島攻撃の第一機動部隊『赤城』『加賀』『蒼龍』『飛龍』の支援のため、第二機動部隊としてアリューシャン列島のウナラスカ島、ダッチハーバーの攻撃に向かう。わが艦はアッツ島およびキスカ島へ上陸する陸海軍の輸送船団を支援し、上陸完了後は陽動隊として敵機動部隊をひきつけ、第一機動部隊の攻撃を容易にするためのオトリ

部隊となる。作戦終了後、ミッドウェーに向かい、六空戦闘機隊をミッドウェーに上陸させる予定である。なお攻撃日はN日とする」

アリューシャンをめざす空母「隼鷹」は、三日間の航海ののち、五月二十五日、本州最北端の海軍基地大湊に入港した。湾内には「龍驤」をはじめ、巡洋艦、駆逐艦、輸送船など各地から集まってきた多数の艦船がひしめいていた。

私たち先発隊に一日おくれて木更津を出発した本隊は、いったん岩国基地に落ち着いたのち、二十三日、森田司令、兼子飛行隊長ら六機が「赤城」に、玉井飛行長以下九機が「加賀」に、このほか「蒼龍」「飛龍」にもそれぞれ分乗、第一機動部隊としてミッドウェー作戦に参加することになった。

五月二十日の時点で、六空の保有機数は零戦三十三機となっていたが、搭乗員はといえば、技量順に、A級二十五名、B級ゼロ、C級三十一名という陣容であった。私などは当然C級ということになろうか。

大湊湾内で一夜を明かした「隼鷹」は、翌二十六日、角田覚治中将座乗の北方部隊旗艦の重巡「那智」を先頭とする主隊につづいて出港、霧の北海に向かったが、あまりの荒海に、私などは、さっそく胸が悪くなってきた。

そして、北上するにしたがい、緊張の深まってくるのがわかる。格納庫で七・七ミリ機銃の弾作り（クリップ式）と、発着艦の未修者は座学と見学とで緊急事にそなえた。

そんな忙しさにまぎれていつのまにか、船酔いもわすれるようになっていた。霧はますます深まり、「霧中航行用意」の艦内放送が何度も行なわれる。

飛行甲板に出て見ると、ミルク色の厚いヴェールにさえぎられ、先を行く「龍驤」の探照燈も、夜明けのアンドンのようにボーッとかすんでいる。八百メートルの長さでひく先行艦の霧中標的の鐘の音が、カンカンと艦首にこだましている。

そんな中に、見張員は全神経を目と耳に集中して、つぎつぎに艦橋に報告する声がひびく。また、総員集合があり、N日は六月三日と発表された。そして、「隼鷹」と六空の実戦経験者による強力編成が発表され、搭乗配置のない私たちは戦闘配置として、通信科の補助暗号員を命じられた。

緊張の幾日かがすぎたある日、艦内放送で「本艦のマストにタカがとまった」と伝えられて、艦内に思わず歓声があがった。神武天皇東征の故事にならい、『隼鷹』にタカがとまり幸先《さいさき》がいい」というわけだ。

飛行甲板に上がって見上げると、なるほど戦闘マストに一羽のタカがとまっている。〈こんな広い大海の中で、どこから飛んできたのだろうか。つかれて羽根をやすめているのであろうか。腹はへっていないかな。でも、「隼鷹」を見つけてよかったなあ……〉などと、思わず語りかけてやりたい衝動にかられた。

北に行くにしたがって、だんだん夜が短くなり、午後十一時ごろにうす暗くなってきたと思うと、午前三時ごろにはもう夜が明けはじめる。いわゆる白夜というのだろうか、そのためか食事は一日四回になった。

六月一日、いよいよ戦闘圏にはいり、わが六空の宮野大尉、岡本先任、尾関兵曹、上平兵曹が、さっそく「隼鷹」戦闘機隊の指揮下に入り、上空哨戒についた。

待機する零戦が、飛行甲板にならべられた。しかし厳寒のため、暖気してもすぐエンジンが冷えるので、エンジンにすっぽりとカバーをかけ、暖房器を入れてあたためているが、整備員もじつに大変である。

この方面では一年を通じ、五、六月がもっとも天候のよい時季と聞いていたが、あいにく海は荒れ、霧はかなり深かった。

ダッチハーバー方面には伊号潜水艦が配置され、偵察機を飛ばして毎日のように敵情を探っていたが、攻撃予定の前に着水した偵察機を収容中に、敵哨戒艇の近接を知って急速潜航したさい機体を破損し、以後、飛行機による偵察はできなくなって敵情報告が充分でなくなった。

この当時、ダッチハーバー方面の地図は、毎日新聞社の「ニッポン号」が、世界一周飛行のさいに写した、航空写真がただ一つの資料だったらしい。後にダッチハーバー攻撃のさい、第二集合点が新しくできた敵の飛行場の上空であったため、艦爆七機と戦闘機一機を失う結果となった。この飛行場は、六空の尾関兵曹により発見報告されたものだった。

濃霧ゆえの悲劇

六月一日ごろより敵PBY飛行艇の触接をうけ宮野大尉、岡本先任らが飛び上がったが、視界が悪くまんまと逃げられてしまった。翌二日もPBYの来襲を受けたが、雲が低く視界が悪いため、捕捉するにはいたらなかった。

六月三日は攻撃予定のN日であったが、天候不良で中止ときまり、ホッとしているところへ突如、「対空戦闘配置につけ」のラッパが拡声器からなりひびいた。

その拡声器がなりやまぬうちに、敵PBY飛行艇が忽然《こつぜん》として現われた。たちまち「隼鷹」の二十五ミリ機銃がいっせいに火をふいた。

敵は電探で索敵していたのであろうか、雲から出たとたん、目のまえに日本の空母がいたので、あわてて魚雷を投下したらしく、魚雷は「隼鷹」の飛行甲板をこえて、向こう側の海中に飛び込んだ。もし、これが爆弾であったなら、大きな被害を受けたかもしれない。

そのPBYは、魚雷をおとして「隼鷹」の上空を通過したのち、重巡「高雄」の砲火で撃墜されたとのことで、この戦闘における両軍を通じて最初の犠牲となった。

四日午前四時――いよいよ攻撃が下令され「第一次攻撃隊用意」で、飛行甲板はたちまち轟音につつまれた。

北海の天候は相変わらず悪い。

攻撃隊は行動のしやすいように、二機ずつの編隊にして、第一次攻撃隊は「隼鷹」飛行隊長志賀淑雄大尉を指揮官とし、零戦十六、艦爆十二、艦攻六、合わせて三十四機が発艦準備を終了、甲板の先端から風見蒸気をふきだして、艦を風にたてた。

信号マストに旗旒信号がスルスルとあがり、艦橋の発着艦指揮官の「発艦はじめ」の手旗がふられた。

まず戦闘機から発艦をはじめる。エプロンでは帽振れの礼で攻撃隊を見送った。

攻撃隊が発艦したあと、攻撃に参加できなかった私たちは、通信室に向かった。直接攻撃に参加できなかったので、戦闘状況をくわしく記すことはできないが、終了後、参加者からいろいろと戦闘の状況をきき、胸をおどらせたものである。

第一次攻撃隊は、悪天候のなかを難航したが、やっと雲の切れめに目標を発見して、燃料タンク数基と軍事目標を爆撃した。

一方、艦戦隊は水上の飛行艇と小型舟艇を銃撃して、それぞれに戦果をあげて帰投したが、このとき、敵戦闘機の迎撃はなかったという。

午後もひきつづき志賀大尉の指揮で第二次攻撃をかけたが、天候がさらに悪化してきた。途中、ＰＢＹと交戦して一機を撃墜したものの、各隊がバラバラになってしまったため、ついに攻撃を断念して引き返したのである。

五日は、ひきつづき第三次の攻撃を行なった。「隼鷹」および六空の戦闘機隊は、Ａ級の搭乗員ばかりで編成していたので、迎撃に飛び上がってきた米陸軍のＰ40戦闘機十数機と空戦を行ない、たちまち六機を撃墜している。

このうち、宮野大尉はＰ40を一機、尾関兵曹は二機を撃墜している。また、母艦直衛隊だった岡本先任と上平兵曹は、母艦上空において、ＰＢＹ二機を撃墜して、六空戦闘機隊の名を大いに高めた。

戦闘が終わって着艦するさいに、岡本機の着艦フックが下がらず、せまい飛行甲板に着艦フックなしで着艦できるか心配されたが、ほかの飛行機がすべて着艦を終了したあと、艦長以下多数の乗組員が見まもるなか、みごとに着艦して喝采をあびた。

午後になって、霧がまたでてきた。

まだ帰投しない艦爆が七機おり、艦爆隊長や分隊長が電信室へ集まってきた。艦爆からの電波をキャッチした電信員が、受信紙にうけるその鉛筆の先をみなの目が追う。

「われ機位不明、方位たのむ」

母艦の方向探知器が艦爆の位置をさぐる。方探室から、すぐに方位があたえられると、通信長は、「針路百八十度で帰れ」と電文をつくり、電信員がすぐに電鍵をたたいた。

その直後に、「針路百八十度、了解」との応答がかえってきた。この機は岡田兵曹の操縦で、偵察員は杉江兵曹だった。

霧がますます深くなった。霧の高さは五百メートルくらいで、上空は晴れているものの、下が見えないのだからどうすることもできない。

しばらくして見張員より、「爆音が聞こえます」という報告があった。母艦からは、探照燈が上空にむけて照射され、また、煙弾を上空にむけて打ち上げたが、無情にも爆音は遠のいてしまった。しかし、通信だけはやすむまもなくつづけられている。

「燃料あと三十分」

「がんばれ」

いまのように、超音波による電話通信が発達している時代とちがって、電信による通信はもどかしい。近くまできているのに、われわれからはどうすることもできない。

「燃料あと十分」

「最後までがんばれ」

集まった搭乗員たちの顔にも、あせりの色が見えてきた。すでに爆音は聞こえなくなったが、上空からは必死の通信がつづけられている。母艦からは、ただ〝がんばれ、死力をつくせ〟というだけで手をこまねいているほかなかった。

「燃料あと五分。われ自爆す。帰れぬことをお許しください。操、偵ともよろこびおります。天皇陛下万歳」

これが最後の通信だった。こうして岡田・杉江機は、あのどす暗い北海の濃霧の海に消えたのである。居合わせた一同の目には、涙が光っていた。

予定の作戦を終えた第二機動部隊は、いよいよ最終目的であるミッドウェー島へ、六空零戦隊を上げるべく南下を開始した。

しばらくして、補助暗号員の私たちは急に、電信室に立ち入りを禁止された。だれからともなく不審の声がひろがりはじめた。

南下していたはずの艦隊の向きがおかしいので、私は待機する零戦の羅針儀を見ると、はたして北上していた。が、半日ほどするとまた向きが変わった。

〈なにかあったな？〉

私はにわかに不安をおぼえた。

つぎの日、艦内放送で、「『蒼龍』の搭乗員を収容する」と知らされ、ミッドウェーの戦況に対する疑惑がいよいよ深まった。

そうこうするうち、水平線上に駆逐艦らしき艦影がみえて、だんだんと近づいてきた。やがて洋上に両艦が停止した。

帽子をかぶらない者、靴をはかない者などが駆逐艦の甲板にならび、さかんに手をふっている。

やがてボートがおろされて、つぎつぎに搭乗員たちを母艦に収容した。だれもみな無言のままである。「蒼龍」の搭乗員との会話は禁じられたが、それでも真相がポッポツわかってきた。

第一機動部隊はミッドウェーで、想像を絶する惨憺たる戦況下の末に、ついに敗れたのであった。

宮野大尉より、六空はミッドウェー作戦を打ち切ると伝えられ、「本艦はふたたび北方作戦を行なう」と艦内放送が流れたが、翌日には作戦を終了し、内地に向かうことになり、母艦は一路、南下し、六月二十四日、霧雨のけむる大湊に入港した。

オトリ部隊として敵機動部隊を北方にひきつけ、第一機動部隊の作戦を有利にすべく作戦した第二機動部隊が無傷で、肝心の第一機動部隊が全滅とは、運命の皮肉というべきか……。

ここで六空のみは、十二機の零戦を「隼鷹」に残し、陸路、木更津へと向かった。

二度と見ることもないかもしれないと別れた、懐かしい、美しい祖国の山河に接しても、なぜかみなの心は重かった。

木更津では、第一機動部隊に配属された組も帰隊し、ふたたび闘志に燃えての訓練がはじめられた。

そんなおりもおり、たなばたの七月七日、突然に、私と杉野計雄一飛は特設空母「春日丸」(のちの空母大鷹)に転勤を命じられた。

「大鷹」戦闘機隊

昭和十六年九月に就役した輸送空母「春日丸」は、日本郵船の欧州航路貨客船である新田丸級の三番船で、昭和十五年九月十九日に三菱長崎造船所で進水したが、国際情勢の悪化にともない、建造中に海軍に徴用されて特設航空母艦になり、南方への飛行機輸送を専門にして活躍していた。

しかし、ミッドウェー海戦の大敗により、急遽、艦隊に編入されることになったのである。私たちは、この特設空母の初代搭乗員として、大分空に基地をおくことになった。

速力が遅く、飛行甲板が短いために、零戦などを使用することができないので、九六艦戦と九六艦爆を搭載することになった。そのために搭乗員は、ベテランばかり集められた。若年兵は同期の杉野一飛（丙飛三期）と私だけ。

飛行長五十嵐周正少佐（海兵五十六期）、隊長兼分隊長塚本祐造大尉（海兵六十六期）、分隊士松場秋夫飛曹長（操練二十六期）、先任搭乗員青木恭作一飛曹（操練二十五期）、大久保良逸一飛曹（操練二十七期）、近藤任一飛曹（乙飛六期）、前田英雄一飛曹（甲飛一期）、安達繁信二飛曹（乙飛九期）などで、九六艦戦一コ中隊、九六艦爆一コ中隊で編成された。

九〇艦戦、九五艦戦、九六艦戦、零式艦戦とすすんできた私だが、またも九六艦戦に逆もどりとは。私たちは若年兵とはいえ、まことにさびしい思いがしたものである。しかし塚本大尉は、

「おれは九六艦戦でグラマンＦ４Ｆと戦ってきたが、Ｆ４Ｆなどは九六艦戦で充分だ」

とみなを力づけたので、私たちもその気になって訓練をはじめた。

大分空は、私たちが実用機教程で、戦闘機操縦員として教育をうけた思い出ぶかい航空隊

である。目に入るものすべて、大分の街などもみな懐かしかった。

そして、文字どおり月月火水木金金で、連日、猛烈なる空戦訓練や、定着訓練が行なわれた。

春日丸の飛行甲板は長さ百六十メートル、幅は二十三メートル、最大速力は二十ノット（約三十七キロ／時）で、平甲板型の空母である。

空母の離着艦は艦隊搭乗員の生命である。そのために陸上においても、きめられた位置に着陸する定着訓練は、艦隊搭乗員にかぎらず必須科目であり、とくに夜間着陸は欠くべからざる絶対的なものである。

着艦訓練は、最初は「疑接艦」からはじめる。胴体の日の丸のなかに、水性塗料の白で搭乗員の姓名の頭文字が書きこまれる（士官は丸、准士官は三角の中に、下士官は山がけ、兵はそのまま）。これは、各搭乗員の着艦成績を記録するためのものである。着艦訓練は周防灘の姫島周辺でおこなわれた。

基地を離陸して編隊を組み、母艦の上空にたっすると、母艦は波静かな内海を風下側に向かってすすんでいる。

編隊をとくと、隊長機がまず風上に向かって着艦態勢のととのった母艦に着艦してゆく。これはあとにつづく搭乗員の、着艦成績を採点するためである。

着艦には、ふつう秒速十五メートルから十六メートルくらいが必要である。春日丸は全速二十ノット／時で、無風時には風速十メートルしか出せない。地上風が五メートルあって、ようやく合成風速十五メートルになる。

信号マストに旗旒信号の航空数字が上がる。「着艦よし、合成風速〇〇（数字）メートル」――いよいよ「疑接艦」だ。この場合は飛行機の着艦フックは出さないし、艦では制動索も張らない。

一番機より誘導コースにはいる。飛行甲板の前部より、風見蒸気がふき出している（この蒸気がキール線に一直線になったときが、風に正対したときである）。

通信マストは全部、両舷に倒されている。さらに母艦後方の第四旋回点付近約八百メートルに、駆逐艦一隻が配置されている。

左旋回にて誘導コースにはいる。高度二百五十メートル、左側に母艦をキープして、フラップを出し（零戦の場合は脚も出す）、第三旋回後に高度を除々に下げ、翼の左前付根付近に第四旋回点をセットしながら、第四旋回を終わって、機首カウリングの左機銃口付近に定着点をセットする。

この場合、座席は一ぱい上げの位置で、飛行機の着艦姿勢はアップの三度ぐらい。定着点の飛行甲板の左側に赤青の指導灯があり、これは約六度から六・五度にセットされている。この赤と青を横一線に見通して降下するのが理想であるが、艦はローリング（横ゆれ）、ピッチング（縦ゆれ）、ヨーイング（縦横合成）があって、なかなかむずかしい。

艦尾に張り出しといって、白赤のマークがつけてある。これを一般に、「床屋の看板」といっていた。またこのマークは各艦により、いろいろとかわった模様に書かれていたので、艦名の識別にも利用された。この張り出しを前翼で切ると、艦尾通過の高度は約七メートルである。「疑接艦」は、この着艦コースになれるための作業なのである。

飛行甲板の張り出しをすぎたところで、エンジンを全速にして、ふたたび上昇して誘導コースにはいる。

この訓練がくりかえし何回も何日もつづけられ、訓練が終わるたびに隊長より講評があり、私たち二人には、いつもムチが飛んだ。

この訓練をパスすると、つぎは「接艦訓練」である。もちろん、飛行機のフックも下げず、母艦の制動索は立てられていない。第四旋回を終わってのパスもおなじ要領だが、艦尾張り出しを切ったところで、エンジンをしぼって三点姿勢に起こし、接艦したのちふたたびエンジンをふかして、発艦する作業である。

これも何回も、何日もつづけられる。この間、前回同様、さまざまな注意をうける。

これをパスすると、いよいよ着艦である。この訓練はさすがに極度の緊張をする。もちろん母艦の制動索も張られ、まず、飛行機のフックを下げて、艦尾張り出しをすぎエンジンをしぼって三点に起こすと、甲板に接する小さなショックのあとに、ガクンと大きなショックがくる。

思わず体に力が入り、後方に背をそらす。このときのうれしさは何ともいえない。ポケットに待機する整備員がとんできてワイヤをはずす。搭乗員はフックをあげる。整備員は、そのまま飛行機を艦尾の方までおしてくれる。

そして、その位置からふたたびエンジンを全開にして発艦するのである。これが、単機収容の基本訓練の要領である。

このように書くと簡単だが、第四旋回後に指導灯にセットするのは、並大抵のことではない。母艦の飛行甲板は海面上十五メートル前後ぐらいの高さにあり、これが全速で航行すると、艦尾は空気が薄くなってしまう。

そのために着艦角度が低いと、艦尾に吸い込まれるおそれがあり、艦尾激突で殉職しかねないので、左側指導灯のそばには着艦の指導のために、赤旗をもった分隊士が配置されている。そしてパスが低いと、赤旗を振ってやりなおしを命じる。

この単機収容を完全にマスターすると、こんどは、より高度な急速着艦と、夜間着艦が実施される。これで一応訓練は終わるが、つぎは、荒波狂う大洋での本番が待っているのだ。

危機一髪の着艦

塚本大尉は各空母を歴任した艦隊航空士官で、色は黒く、ギョロッとした目はタカのようにするどく、小兵ではあったが、なかなか勇ましい隊長であった。

いつもムチを片手にして、訓練のあとにはかならずそのムチが飛んだ。これがのちの、艦隊搭乗員としての各戦闘において、戦果もあげられ、今日まで生きながらえた原因になっていると、いまでも感謝している。杉さんも同じ気持だったたと思う。

訓練も一段落したころ、いよいよ出撃の命が下った。

昭和十七年八月、大分基地を撤収、同月十七日、連合艦隊旗艦「大和」の護衛空母として、ソロモン方面にむけて柱島を出港した。

このとき、第三艦隊第一航空戦隊の「翔鶴」「瑞鶴」「龍驤」などは、ガダルカナル島飛行場奪回作戦のため、一日はやく出撃していった。

一方、われわれは九六式艦爆が艦隊の前路哨戒と対潜哨戒を行ない、戦闘機隊はもっぱら上空哨戒待機をしていた。

そんなある日、艦内放送が、「本艦はただいまより赤道を通過する」と放送した。古い連中が叫ぶ。

「おーい、赤道通過だ。はやく行って赤い線を見てこい」

はじめて越える赤道である。

「杉さん、見に行こうか」

二人で待機所を出て、じっとあたりを見るが、赤い線なんか見えない。まんまと二人はだまされたらしい。

「なにも見えませんでした」

と帰ってから話すと、

「ハッハッハ、若い者は一度はだまされるもんだ、オレたちもだまされたもんなあ……」

とみなで大笑いされる。

このころになると、しだいに、ソロモン方面の敵情が入ってくる。

八月二十二日ころより戦闘機隊は、二時間交替で対潜哨戒、および艦隊の上空哨戒に出る。対潜哨戒は一機で、上空哨戒は三機で出る。対潜哨戒は六十キロ爆弾二発を装着して発艦し、ただちに哨戒にはいる。

島影一つない南太平洋、さすがに海は広いなあと思う。と前方に白波が見える。もしやと思って全速で突っ込む。すると、アッという間に消えてしまう。魚の群れである。〈畜

生！〉

　こんどはちがう方向に波頭が見える。〈また魚群だな〉と思いながらも確認のため近づく、やはりそうだった。不なれな私たち〝若《じゃく》〟は、こんなふうに何度も魚群にはだまされた。

　つぎの日、塚本隊長が、

「この艦は作戦に出るのははじめてだから、着艦前に爆弾を落として、乗組員に見せてやれ」

といわれた。私は哨戒が終わったので、母艦に近づき、高度八百メートルぐらいで投下把柄をひいた。うしろをふり返ってみると、一発しか落ちていない。何回かくりかえしたが、だめである。それではと横すべりや、上昇反転をくりかえすが、ぜんぜん落ちてくれない。

　爆弾の安全装置は、発艦前に兵器員がはずしているし、投下把柄は引いているので、こうなったらいつ落ちるかわからない。大変なことになったと思いながら、あらゆる操作をくりかえす。

　そのうち母艦より「そのまま着艦せよ」と信号が送られてきた。飛行甲板では全員が避退するのが見える。私は〈ようしこれまでだ〉と意を決して、着艦態勢に入る。まかりまちがえば自爆である。極度に緊張したまま、着艦コースに入った。

　艦尾がせまってきて、まもなく艦尾の張り出しを切った。ついで機体を引き起こして着艦すると、ガクッと制動索がかかる。一瞬、目をつむる。やれやれ落ちなかったと思ったら、いっぺんに力がぬけた。

　整備員たちがあわてて駆けよってくる。そして投下器より爆弾をおろして原因を調べてみると、なんと動揺止めのしめすぎとわかった。隊長に報告すると、「着艦はよかったが、投下が母艦に近すぎた。あれでは至近弾じゃ」とまたムチが飛んだ。

やがて『第一機動部隊が会敵攻撃中』との情報がはいる。わが戦闘機六機が上空哨戒に発艦をする。本艦の上空は異常なし。

これが第二次ソロモン海戦が行なわれた八月二十四日のことで、このときアリューシャン攻撃のさい、「隼鷹」とともに戦った「龍驤」は、機動部隊と分離して、輸送船を護衛してガタルカナル島に向け航行中、米空母サラトガの艦上機二十七機の攻撃を受けて沈没してしまった。

こうして二十五日の作戦は終わり、戦場を離脱してトラック島に向かった。そして入港後に艦隊よりはなれ、またもとの輸送空母にもどり、以後マーシャル方面の二五二空への零戦輸送に従事することになる。

八月三十一日、「春日丸」は軍艦「大鷹」と命名され、菊の紋章が艦首につけられた。

何回目かのマーシャル空輸のあと、青木先任搭乗員と私は、突如として猛烈な悪寒におそわれた。二五二空ミレー島分遣隊長の森田平太郎中尉（操練十二期）が、

「それはデング熱だ。はやく毛布をかぶって休養したらすぐなおるよ」

と簡単にいわれたが、それからの二人は当分、四十度前後の高熱にうなされながら、苦しさにたえねばならなかった。

一週間ほどしてようやく熱も下がり、本隊に合流すべく、ルオットより九七大艇に便乗してトラック島に向かい、夏島の水上機基地に仮入隊して、「大鷹」の入港を待ったのである。

何度目かの内地との輸送ののち、九月二十八日、トラックへ入港直前に、待ち伏せた敵潜水艦により数本の魚雷攻撃をうけ、うち一本は船底通過、一本は前部艦橋下の軽質油庫と、弾火薬庫の中間のキールに命中したが、不発でキールをぶち抜いただけに終わった。

「大鷹」は商船改造のため吃水が浅く、これが幸いしたのか、引火もせず誘爆はまぬがれた。これがもう少し前方か後ろに当たっていたら、轟沈だったと思う。

この攻撃で十数名の死傷者がでたが、そのまま自力でトラックに入港して、応急措置をほどこした。そして燃料は内地回航分だけを残し、飛行機や不必要なものは、ほとんど陸揚げしてトラック島を出航した。

駆逐艦四隻に前後左右を護衛されて、見た目にはなかなか力強いが、この駆逐艦も内地へ修理に向かう艦ばかりで、まことに心細いかぎりである。

速力は六ノットくらいしか出せず、荷物をおろして吃水を浅くしてあるので、大波がくると艦尾があがり、推進器が空転してガラガラと、ものすごい音と震動である。こんな状態では、艦内でも落ち着いていられない。いつまた敵潜水艦の攻撃を受けるともかぎらないので、杉さんと私は搭乗員室を出て、救命ブイをまくらにして飛行甲板で夜をすごした。

艦は対潜警戒を厳重にしながら、ぶじ豊後水道を通過し、ようやく十月七日、呉に入港した。ここでついに「大鷹」戦闘機隊は、解散することになった。

これぞ艦戦の檜舞台

思い出の「大鷹」に別れをつげ、ほとんど全員がともに大村空の戦闘機教員として転勤することになった。大村空の飛行隊長は黒沢丈夫大尉（海兵六十三期）で、練習生は二十四期飛練（甲七と丙七）であった。

私たちの教員生活はみじかい日数であったが、練習生もめでたく卒業して勇躍、任地に向かっていった。

そして十二月一日付で、練習生の卒業したあとの黒沢隊長はじめ教官教員が主力となり、佐世保空戦闘機隊大村派遣隊が軍港整備のために新設された。

新人の錬成と、九〇機練による兵学校生徒の体験飛行を行なうかたわら、工場より零戦を領収し、大村で兵装や自差修正などの最終整備を行ない、上海《シャンハイ》経由で台湾の南方中継基地である新竹空まで空輪を行なった。

大村を出発し、済州島を右に見て上海に向かう。大陸に近づくにしたがって、海の色が茶褐色に変わってくると、間もなく上海だ。

上海に到着すると、着陸前に上海市内上空を低空で示威飛行を行ない、翌日は舟山列島にそって、低空で逃げるように台湾に向かう。この行動は上海のスパイにより、ただちに重慶に知らされるらしい。そのために、このような擬似行動をとるのだといわれた。

このときの黒沢飛行隊長が、戦後の最大航空事故となった御巣鷹山日航機遭難事件で活躍された、群馬県上野村の黒沢丈夫村長である。

そうこうするうち昭和十八年二月、杉さんと私に「翔鶴」戦闘機隊への転勤命令がきた。

航空母艦「翔鶴」は昭和十六年八月八日、制式空母として横須賀海軍工廠で竣工した、本格派の空母である。公試排水量二万九千八百トン、満載排水量三万二千百五十トン、飛行甲板長二百四十二・二メートル、速力三十四ノット（約六三キロ／時）。

緒戦のハワイ攻撃をはじめ、数かずの作戦に戦果を上げ、昭和十七年十月二十六日、南太平洋海戦において被弾、横須賀海軍工廠において修理完了し、ふたたび連合艦隊に復帰したばかりであった。

第三艦隊第一航戦は、宮崎県富高基地で再編成を行なった。ミッドウェー海戦で主力空母を失った日本海軍は、虎の子部隊として一番艦「瑞鶴」、二番艦「翔鶴」、三番艦「瑞鳳」で再編され、各艦それぞれの基地へ転出して、つぎの出撃にそなえて訓練に入った。私たち「翔鶴」戦闘機隊は、鹿児島県笠ノ原基地に移動した。

そのころ、足の速い零戦に爆装をして、制空隊をかね本隊より一足はやく敵空母群に攻撃をかけて飛行甲板に打撃をあたえ、敵機の発着艦を不能にする作戦が採用されることになり、周防灘における標的艦「摂津」にたいし、一キロ煙弾にて編隊または単機による緩降下爆撃の訓練に入った。

ついで、最後の仕上げとして鹿児島基地に移動し、薄暮、夜間、黎明の着艦訓練や、夜間の洋上三角航法、会合法など、また編隊空戦も重要な課題の一つとしてとり上げられた。

昭和十八年七月十日、いよいよ基地を撤収し、全機ともに母艦に収容され内海西部を出撃し、わが機動部隊は太平洋の白波を蹴立て、威風堂々とトラックに向かったのだ。

七月十五日、トラック島に入港、戦闘機隊は竹島基地に、艦攻、艦爆隊は春島基地に基地設営、ふたたび猛訓練に入った。

この竹島はかつて、第二次ソロモン海戦のころ、山本長官の座乗した「大和」の護衛空母として参加した空母「大鷹」戦闘機隊として、基地訓練をした懐かしい思い出の島である。

トラック島では標的艦「矢風」による、降爆の総仕上げが行なわれた。

敵艦隊の情報が活発になってきたある日、艦長より隊歌の募集があった。小林隊長がみんなで辞世になるような、思い出の歌を作ろうではないかといわれて、歌にはまるきり縁のない者たちまでが、懸命に頭をひねって作ったものである。

そして司令部からA攻撃隊編隊が発令され、二コ小隊の人員が発表された。

指揮官・隊長　小林保平　大　尉（海兵六十七期）
二番機　杉野計雄　二飛曹（丙飛三期）
三番機　脇本忠男　二飛曹（乙飛十一期）
四番機　植木吉行　二飛曹（丙飛六期）
二小隊長　岡部健二　上飛曹（操練三十七期）
二番機　谷水竹雄　二飛曹（丙飛三期）
三番機　浜中行雄　二飛曹（丙飛三期）
四番機　城所邦男　二飛曹（丙飛六期）

名実ともに「戦爆隊」のハシリである。このときのデータが、のちの戦爆隊編成の資料として利用されたのであるが、とうとい犠牲者のあったこともわすれられない。それは脇本二飛曹の殉職である。

戦後、雑誌「丸」に掲載された、標的艦「矢風」艦長の手記の一部を再録してみよう。

――九月十日（金）、本日より開始される機動部隊の爆撃訓練のため、春島東方海面に向かった。ところが、超低空からの爆撃は、命中弾も多く、艦橋の防御に不安を感じるほどであった。そのため今日も、爆弾の破片で窓ガラスに破損を生じた。夜は錨泊中の「矢風」に対して、爆撃訓練が行なわれた。

九月十一日(土)、本日は低空爆撃の訓練を実施したが、これは命中率も高く、外舷の船体鉄板も危なくなるくらいデコボコが多くなり、不安を感じた。

九月十二日(日)、本日の訓練の最中、午前七時すぎに空母「翔鶴」の戦闘機一機が、本艦の左百六十度の方向から進入してきて爆撃を行なったが、予定通り爆撃が終了して上昇コースに入ったとき、低すぎたためか上昇しきれずに、その機は本艦の前檣の上部に激突して機体は粉砕し、バラバラになって右艦首付近に散乱した。

当時「矢風」は、十七ノットで面舵一杯で回頭中だったので、ただちに煙幕展張を命じ、爆撃訓練の中止をもとめ、行き足をとめて救助作業に入ったが、機体は破損してすでに沈没してしまっていた。

搭乗員の死体の上半身のみを収容することができたが、まことに壮烈な殉職であった。これも猛訓練のための犠牲だと思うと、ほんとうに気の毒であり、搭乗員の冥福を祈った。

以上のような記述に見られるとおり、戦友の死にも、「矢風」乗員の負傷者続出にもかかわらず、猛訓練はつづけられたのである。

九月十八日、敵情により急遽、基地を撤収し、機動部隊は全機を収容してブラウン環礁に向けて出撃したものの会敵せずに終わった。

九月二十三日、トラックに帰着、ふたたび訓練に入る。

十月十七日、大鳥島に敵の機動部隊が来襲したとの報告により、連合艦隊はふたたび敵をもとめてブラウン環礁にむけ出撃したが、索敵圏内に敵を見ることはなかった。

十月二十六日、トラック島に帰着した。

決戦のラバウルへ

昭和十八年十月三十日夜より十一月一日未明にかけて、米軍がブーゲンビル島西岸トロキナ岬のオーガスタ湾に上陸を開始してきたとの報に、「ろ」号作戦が発令され、トラック島に待機中のわが第三艦隊（司令長官小沢治三郎中将）第一航空戦隊「瑞鶴」「翔鶴」「瑞鳳」の搭載機（零戦、九九艦爆、九七艦攻）約二百機が、ラバウルの増援部隊として進出が発令された。

そして十一月一日、トラック島に母艦を残し、飛行機隊のみにより進出することとなった。艦攻隊はニューアイルランド島のカビエン基地へ、「瑞鶴」「瑞鳳」の戦闘機隊はラバウル東飛行場に、わが「翔鶴」戦闘機隊と艦爆隊は、ブナカナウの中攻基地に翼をやすめたが、明けて二日の黎明攻撃のため、整備員たちはそうそうに攻撃準備をいそいだ。

昭和十八年十一月一日、「翔鶴」戦闘機隊のラバウル進出隊員を、つぎに列記してみよう。

隊長　瀬藤満寿三大尉（海兵六十四期）
分隊長　小林保平大尉（海兵六十七期）
分隊士　酒見郁朗中尉（海兵六十九期）
〃　増山保雄中尉（海兵六十九期）

〃　宮部員規中尉（乙飛二期）
〃　丸山　明少尉（乙飛四期）
〃　佐藤仁志飛曹長（操練二十六期）
〃　檜垣英次郎飛曹長（乙飛七期）
〃　窪田晴吉飛曹長（乙飛七期）
〃　岡部健二飛曹長（操練三十七期）
〃　吉田義雄飛曹長（操練四十六期）
隊員　佐藤源七上飛曹（丙飛三期）
〃　磯部隆造上飛曹（丙飛七期）
〃　杉野計雄一飛曹（丙飛三期）
〃　柴田　一飛曹（丙飛三期）
〃　川村正次一飛曹（甲飛六期）
〃　前田秀秋一飛曹（乙飛十一期）
〃　早川　寿一飛曹（乙飛十一期）
〃　立住一男一飛曹（乙飛十一期）
〃　西脇弘之一飛曹（丙飛七期）
〃　谷水竹雄一飛曹（丙飛三期）
〃　浜中行雄一飛曹（丙飛三期）
〃　塩野三平一飛曹（甲飛七期）

隊員　和田　猛一飛曹（甲飛七期）
〃　城所邦男一飛曹（丙飛六期）
〃　植木吉行一飛曹（丙飛六期）
〃　杉滝　巧一飛曹（丙飛七期）
〃　椎名友治二飛曹（丙飛六期）
〃　中沢　晟二飛曹（丙飛六期）

明くる二日。搭乗員起こし午前三時――飛行場より離れた椰子林の中の仮宿舎で目をさます。

すでに飛行機のほうからは、試運転の爆音が聞こえてくる。整備員も大変である。このような縁の下の配置の人たちがいてはじめて、零戦の持てる性能を充分に発揮できるのであるが、この大戦においても、はなばなしい戦果のかげにかくれ、表に出るのは搭乗員ばかりであるが、整備員たちこそかげの英雄なのである。

外はまだ暗い。整備員に感謝しつつ身仕度をととのえ、三々五々、飛行場に向かう。椰子の木にとまっているホタルの大群が、内地のホタルとちがっていっせいに点滅してボォッボォッと、じつにみごとなチームワークで足もとを照らす。

黎明《れいめい》をついての第一次連合攻撃（ムッピナ沖の敵輸送船団攻撃）である。指揮官は納富健次郎大尉（瑞鶴戦闘機隊長）。

この日は、くわしい敵情が入っていないので、索敵攻撃が発令された。編成は零戦六十五機（瑞鶴二十五、翔鶴二十四、瑞鳳十六）、九九艦爆十八機（瑞鶴九、翔鶴九）である。

午前四時三十五分、艦爆隊十八機は、ブナカナウ基地（西飛行場）を発進。四時四十五分、直掩隊（零戦）六十五機のうち「翔鶴」隊はブナカナウ、「瑞鶴」隊、「瑞鳳」隊はラバウル東飛行場を発進、花吹山上空に集合して、ただちに進撃を開始した。

午前五時五十分、センドジョージ岬、百三十五度、百五十海里に巡洋艦、駆逐艦計九隻と大小の敵輸送船団を発見、ただちに「突撃隊形」が発令された。

敵の防御砲火はものすごくはげしく、下を見ると、敵輸送船団は、白いウェーキをひきながら避退をはじめている。ものすごい数だ。各機は増槽をいっせいに投下する。どれかに当たりそうなくらいだ。

敵の猛砲火をものともせず、艦爆隊は、高度五千メートルより急降下突入する。直掩隊は高度四千～六千メートルで敵グラマンF4FおよびF4U十数機と空戦、わが方は有利であったが、直掩隊のため深追いもできず、艦爆隊の避退針路にて艦爆隊を収容、帰途についた。

「翔鶴」隊艦爆七機、艦戦二十四機がブナカナウに帰投した。

戦果は、撃沈＝駆逐艦一隻、大破（火災）＝巡洋艦または駆逐艦三隻、撃墜＝F4U六機（不確実×三）「瑞鶴」「翔鶴」戦闘機隊協同。

この攻撃はくわしい敵情報が入ってなかったので、敵をさがしながら攻撃する索敵攻撃のために、艦爆は六番（六十キロ爆弾）二発だけだったので、戦果も上がらなかった。

この攻撃で「翔鶴」艦爆二機（井出夏雄上飛曹＝操、山地徳良飛曹長＝偵。山本卓也上飛曹＝操、小泉四郎一飛曹＝偵）は、敵防御砲火のため被弾自爆した。

帰投後ただちに二次攻撃が発令され、戦闘機隊は準備ができていたが、攻撃隊整列がなかなかからない。

指揮所で聞けば、ブナカナウには二百五十キロ爆弾の運搬車が少ないので、東飛行場にとりに行っているので少し遅れるとのことで、戦闘指揮所で待機していたところ、やがて十一時三十分ごろ、攻撃隊整列がかかり、戦闘機隊列線よりトラックで本部指揮所へ集合、指揮官が指揮台に上がった直後に、指揮所当番が「空襲、空襲！」と叫びながら、指揮所の鐘を連打した。

大空の日米激突！

迎撃も戦闘機の重大な役目だ。

トラックの荷台に飛び乗って列線に急ぐ。すでに整備員によりエンジン発動の零戦に乗りこむや、われ先に離陸し二機、三機と編隊を組む。

一番機を見ると、歴戦の岡部飛曹長だ。

幸いなことに、ブナカナウ基地は標高二百九十メートル、飛び上がってすぐ下を見ると、ラバウル市街に落下傘爆弾が無数に落下している。

上空にはP38の一群がおり、下方にはB25、B26が低空で、湾外に向かって避退しているのが見える一方で、すでに敵機と空戦に入った味方機もいる。

もったいないが、二次攻撃のために装備していた三百三十リットル満タンの増槽を落とし、「翔鶴」隊はB25に突っ込む。後上方からは危険なので、前上方から入る。

岡部分隊士は早や一機を血祭りに上げた。私は二番機に突っ込んで、二十ミリをぶち込んだ。最初の一撃で敵は火をふいた。敵機の曳痕弾がみな自分に向かってくるように見えるが、まるで訓練のように反覆攻撃ができる。

ブナカナウの方にきれいなタコの足のような炸裂弾を見た。基地隊の零戦が三号爆弾の攻撃をかけたようだ。そのみごとな弾幕の中に敵Ｂ25が数機、煙をはきながらのた打ちまわっている。

そのうち、上方にいたＰ38のグループが、だんだんと下に降りてきて、文字通りの対戦闘機戦になってきた。敵の後ろに味方、味方の後ろに敵と乱戦になって、戦場はしだいに湾外のほうに移動していった。

戦い終わって下方を見ると、ガゼレ湾の海面に敵機の落ちたあとが、ちょうど浴衣のしぼりのように、いつまでもきれいに波紋になってのこっていた。

この日の敵襲はＢ25、Ｂ26約百二十機、Ｐ38約百二十機。味方は艦隊戦闘機五十八機（瑞鶴二十一機、翔鶴二十五機、瑞鳳十二機）、二十六航戦（二〇一空、二〇四空、二五三空）の戦闘機七十四機が協同して、これらを迎撃したのであった。

「翔鶴」戦闘機隊は、最初から優位で空戦にはいったが、Ｐ38が三層に展開していたので乱戦になり、Ｂ25、Ｂ26、Ｐ38など四十七機を撃墜（不確実×七）、司令部発表の総合戦果は地上砲火の分もくわえて撃墜二百一機と発表された（艦隊では編隊空戦をとり入れるようになってから個人撃墜はみとめなくなった）。

このラバウル派遣隊初の迎撃戦で、初のとうとい犠牲者が出た。

「翔鶴」戦闘機隊においては、宮部員規中尉（乙飛二期）が重傷（十一月三日死亡）、佐藤源

七上飛曹（丙飛三期）、川村正次一飛曹（甲飛六期）、山本武雄一飛曹（丙飛六期）、椎名友治二飛曹（丙飛六期）が戦死した。

また「瑞鶴」戦闘機隊では、大倉茂上飛曹（操練四十一期）、駒場計男一飛曹（丙飛三期）、吉田三郎一飛曹（甲飛七期）が戦死。

「瑞鳳」戦闘機隊は、岸敬一飛曹（乙飛十二期）が行方不明で、福井義男少尉は被弾炎上し、落下傘降下して軽傷を負った。

昭和十八年十一月三日、第二次連合攻撃（ムッピナ角付近の敵艦攻撃）が実施される。指揮官は納富健次郎大尉（瑞鶴戦闘機隊長）で、午前八時、艦爆九機（瑞鶴）、艦戦四十四機（瑞鶴十六機、翔鶴十六機、瑞鳳十二機）がラバウルの両基地より発進する。

九時五十分、会敵予想地点付近に進出したが、天候不良にして敵を発見することができず、反転する。

十時十分、艦爆隊はハモン付近揚陸地点を爆撃した。艦戦隊はＦ４Ｕを四機、Ｆ４Ｆを五機、Ｐ39二機を高度五千メートルにみとめこれと空戦、戦果は「翔鶴」隊がＦ４Ｕを二機撃墜し、「瑞鳳」隊はＦ４Ｕを四機撃墜（うち不確実×一）した。

この攻撃で「瑞鶴」戦闘機隊は、同期の青木久一飛曹（丙飛三期）が未帰還となった。

昭和十八年十一月四日、カビエンに在泊し荷揚げ中の清澄丸の上空直衛に、三飛行隊が交替で当たる。「翔鶴」隊は午後一時半より一時間三十分の上空交替で、一直七機は十二時四十五分、ブナカナウ基地を発進する。

一直七機――①丸山明少尉②前田秀秋一飛曹③植木吉行一飛曹

二直八機――①岡部健二飛曹長②谷水竹雄一飛曹③城所邦男一飛曹④杉滝巧一飛曹
①増山保雄中尉②窪田晴吉飛曹長③浜中行雄一飛曹④杉野計雄一飛曹
①佐藤仁志飛曹長②磯部隆造上飛曹③早川寿一飛曹④西脇弘之一飛曹

しかし、いずれも哨戒中に敵を見ず、ぶじ基地に帰投した。

燃えるラバウルの空

このころよりラバウルでは、迎撃戦と攻撃が連続して展開された。

昭和十八年十一月五日、ラバウル迎撃戦＝指揮官は佐藤正夫大尉（瑞鳳戦闘機隊長）。

午前九時十分、トベラ（二五三空基地）に敵大編隊見ゆとの警報により、一航戦四十七機（翔鶴十七機、瑞鶴十五機、瑞鳳十五機、ただし翔鶴零戦七機は途中、爆弾補給のため着陸、ふたたび迎撃に上がり延べ二十四機）、基地戦闘機隊二十四機が合同して、ラバウル上空の迎撃にあがる。

午前九時二十分、敵機動部隊より艦載機が来襲。第一次はＳＢ２Ｃが四十機、Ｆ４Ｆ、Ｆ６Ｆが四十機。

第二次はＳＢ２Ｃ、Ｆ４Ｆ、Ｆ６Ｆが各四十機、主としてガゼレ湾在泊の艦船を攻撃目標として来襲した。

第三次はＢ26が二十七機、Ｐ38が四十機、ＴＢＦが十機、ＰＢ２Ｙが二十機、ラバウルの陸上施設を攻撃目標に来襲した。

これを迎撃した空戦で、「翔鶴」零戦隊はＰ38を七機（不確実×二）、ＴＢＦを四機（不確実×三）、B26を四機撃墜した。また、この迎撃戦で、瀬藤満寿三大尉、檜垣英次郎飛曹長、吉田義雄飛曹長、中沢晟二飛曹が被弾して軽傷を負った。

「瑞鶴」隊では西村博一飛曹（乙飛十一期）が戦死。「瑞鳳」隊はP38一機、F4F一機を撃墜したが、湊小作上飛曹（操練四十四期）が戦死、大友松吉二飛曹（丙飛六期）が重傷（十一月六日死亡）。

昭和十八年十一月七日、ラバウル迎撃戦＝指揮官納富健次郎大尉（瑞鶴戦闘機隊長）。

午前十時、敵大型機来襲の警報にて、ブナカナウ基地より「翔鶴」零戦隊十二機、東飛行場より「瑞鶴」十四機、「瑞鳳」十二機、計三十八機が発進した。

敵B24が二十機、P38十五機が来襲したので、これをラバウル上空高度四千メートル～六千五百メートルにて迎撃して、各隊協同で空戦にはいる。

午前十一時四十分、零戦三十八機、全機ぶじに帰着した。戦果は「翔鶴」隊がB24を二機（不確実×二）、P38を五機（不確実×一）撃墜した。また「瑞鳳」隊はP38を二機撃墜したが「瑞鶴」隊の戦果は不明。この日は、被弾機は各隊若干あったが、人的被害はなかった。

昭和十八年十一月八日、第三次連合攻撃（トロキナ付近の敵艦船昼間攻撃）＝指揮官は納富健次郎大尉（瑞鶴戦闘機隊長）。

午前八時十五分、艦偵隊の報告により、敵上陸点付近の艦艇攻撃のため、艦爆二十六機（翔鶴十六機、瑞鶴十機）は二百五十キロ爆弾を腹に抱いて、ブナカナウ基地を勇躍発進した。

午前八時三十分、直掩隊は、零戦四十機（翔鶴十五機、瑞鶴十機、瑞鳳十五機）、基地隊零戦三十一機がラバウルを発進、艦爆隊の後を追う。

午前十時、高度七千メートルにてムッピナ角より三百度十五海里に敵巡洋艦四隻をふくむ大輸送船団を発見、艦爆隊は爆撃態勢に展開、敵の防御砲火を突っ切り突撃にはいる。

このとき艦爆隊は、大型輸送船を二隻、駆逐艦を三隻撃沈、輸送船一隻炎上、巡洋艦一隻大破の戦果を上げたが、「翔鶴」艦爆隊は斉藤舜二大尉（操）・河野卓士飛曹長（偵）、江藤義人上飛曹（操）・中村富士男一飛曹（偵）、池田福次郎飛曹長（操）・西館与士飛曹長（偵）、中所修平飛曹長（操）・松橋喜久雄大尉（偵）、諸岡充一飛曹（操）・河原正雄一飛曹（偵）、島木喜久雄上飛曹（操）・上原利夫一飛曹（偵）の六機十二名を失い、ほかに被弾二機、一機大破、戦傷者一名をだした。

直衛隊は、高度八千メートルから一万メートルに重層配備の敵戦闘機P38、P39、F4U、F4F約四十機と空戦したが、深追いもできず「翔鶴」戦闘機はP38を二機撃墜（不確実×二）したが、射撃の名手・檜垣英次郎飛曹長（乙飛七期）を失った。

「瑞鶴」隊では、この日の攻撃隊指揮官納富健次郎大尉（海兵六十二期）が未帰還であった。

昭和十八年十一月十一日、ラバウル来襲敵機迎撃＝指揮官は瀬藤満寿三大尉（翔鶴戦闘機隊長）。

敵戦爆連合大編隊来襲の警報にて一航戦戦闘機隊三十九機（瑞鶴十二機、翔鶴十五機、瑞鳳十二機）、基地戦闘機隊六十八機、指揮官森田平太郎中尉（操練十二期）はラバウル基地を発進。

第一次の敵機群はTBF六十機、F4U、F4F、F6Fなど七十機。第二次はSB2A三十機、P38二十機、PB2Y二十機であったが、基地戦闘機隊と協同にて、これをラバウル上空に迎撃して大空中戦になる。

この空中戦で「翔鶴」戦闘機隊はF6F十五機（不確実×六）、SBD六機（不確実×三）を撃墜したが、佐藤仁志飛曹長（操練二十六期）、磯部隆造上飛曹（丙飛七期）、立住一男一飛曹（乙飛十一期）を失い、「瑞鶴」隊では分隊長荒木茂大尉（海兵六十七期）を失った。「瑞鳳」戦闘機隊はF4Fを五機、TBFを三機撃墜したが、山田昇一郎少尉（予学九期）、長田進一上飛曹（操練五十期）、中川明吉一飛曹（丙飛七期）を失った。

艦攻隊に涙せよ！

この日の敵の来襲機の多数が、艦載機であったので午前十時、ただちに敵機動部隊攻撃隊が編成された。

指揮官は佐藤正夫大尉（瑞鳳戦闘機隊長）で、艦爆三十三機（翔鶴十六機、瑞鶴十七機）、艦攻十四機（翔鶴五機、瑞鶴五機、瑞鳳四機）、艦戦三十三機（翔鶴十五機、瑞鶴九機、瑞鳳九機）という兵力であった。

▽「翔鶴」戦闘機隊（十五機）編成

①瀬藤満寿三大尉②吉田義雄飛曹長③早川寿一飛曹④西脇弘之一飛曹

①酒見郁郎中尉②谷水竹雄一飛曹③城所邦男一飛曹④杉滝巧一飛曹

①増山保雄中尉②窪田晴吉飛曹長③杉野計雄一飛曹④浜中行雄一飛曹

①丸山明少尉②前田秀秋一飛曹③植木吉行一飛曹

▽「瑞鶴」戦闘機隊（九機）編成不明

▽「瑞鳳」戦闘機隊（九機）編成
①佐藤正夫大尉②松井松吉一飛曹③小八重幸太郎一飛曹
①大野安次郎上飛曹②坂正飛長
①中川健二大尉②佐藤八郎一飛曹
①福井義男少尉②鹿野至一飛曹

艦爆隊を先頭にして艦攻隊がつづき、高度三千メートルほどで進撃した。その前方と上空を一航戦の零戦隊が、バリカン運動をしながら進撃していった。

十一時三十分ごろ、艦爆隊が高度を上げはじめたので、直掩隊もそれに合わせて高度を上げつつ、艦爆隊についていった。艦攻隊はこれと反対に、高度を下げつつ別れていった。いよいよ敵が近いことを感じ緊張する。

出発前の説明では、艦攻隊には基地隊の戦闘機隊が直衛につくはずだったのに、直衛機が見えないのに不審を抱きつつ、艦爆隊の直掩隊である私たちは戦闘隊形をとって進撃した。

突然、左前方の同高度付近に敵の高角砲弾が炸裂した。下を見ると、単縦陣の空母三隻を中心に輪型陣の敵機動部隊が、全速で避退しているのが見える。上空には敵戦闘機十数機が哨戒している。

ここで全機がいっせいに増槽を投下した。敵の高角砲弾がまとまって、しだいに修正されて近づいてくる。尻がムズムズするが、艦爆隊は風を修正しているのか、反航してなかなか突撃に入らない。

やがて、敵戦闘機の妨害もなく、いよいよ突撃に入った。

そのときふと列機を見ると、列機の増槽が落ちていないではないか。私はすぐ近づいていき、手先信号で列機の杉滝一飛曹に知らせて、横滑りやバンクなど、いろいろの操作をするように伝えるが、なかなか増槽は落ちてくれないようだ。すでに味方の戦闘機は、艦爆隊とともに降下していったが、ここで列機を見すてるわけにはいかない。

戦場を見やると、降下した艦爆がつぎつぎと爆弾を投下して、避退している。と、ふき上がる水柱のあとに、敵空母が現われてくる。至近弾だ。

だが、なかなか命中弾の黒煙は現われない。そのうちに、低空で避退している艦爆に対して、軸線を合わせて主砲を射ち上げてくる。

避退している味方艦爆の目の前に水柱が上がる。全速で避退する艦爆は避けるひまもない。そのまま水中に没して、ふたたび姿を現わすことはなかった。

また被弾して火災を起こし、低空で避退している機もある。〈ああなんとかロープでもあって引き上げることができないか……〉と思うが、どうすることもできない。

その間にも列機は、さかんに増槽を落とす作業をつづけているが、なかなか落ちないようだ。上空哨戒のグラマン四機が私たちを見つけて、いいカモがいると思ったのか、突っ込んできた。

私がナニクソと反撃の態勢にうつったとき、杉滝の増槽がやっと機体から離れ、小さく落下して行くのを見た。

付近にはすでに味方機はいない。杉滝機はすぐ編隊の位置につき敵に向かったが、敵はそのまま避退していった。

本隊から離れてしまったので私たちは、かねてより定められている第二集合点に向かった。前方には、攻撃に参加した基地部隊の彗星艦爆が二機、低空で全速避退している。

第二集合点で左旋回で旋回していると、味方の九九艦爆二機がわが機の腹の下に入ってきた。近づくと二番機の操縦員が、手先信号で後席を指さし、耳に手を当て（如何？　の意）聞いてくる。

それまで気づかなかったが、後席の風防が真っ赤に血にそまって、偵察員はうつむいたままだった。私は操縦員に「だめだ」と知らせ、「帰途につくからわれにつづけ」と信号を送り、ラバウルに向かった。

しばらくすると、味方の零戦が二機近づいてきた。増山中尉と列機だった。増山中尉は私に手先信号で、「オレがこの艦爆を護衛して行くから、お前らは前方の彗星艦爆を護衛せよ」といってきた。

そこで私は杉滝機とともに彗星の後を追ったが、彗星も全速で避退していたので、ラバウルに着くまでついに追いつかなかった。

この攻撃で、直掩機のなかった九七艦攻（雷撃）十四機は、全機未帰還となり、九九艦爆は私が最初に収容した二機と、エンジン不調のため本隊から離れた一機の計三機のみの帰還だった。

艦攻隊の護衛は、基地戦闘機隊の三十二機が編成されていたが、通信連絡の不手際から基地発進の時間のずれで集合できず、艦攻隊は直掩機のないまま攻撃を行なった結果、全機未帰還となったのである。艦攻搭乗員の無念さは、はかり知れないものがあったろう。

あとで考えると、敵の上空哨戒機が少なく感じたのは、この艦攻隊にむらがっていったのではないかと……。

艦隊司令部の命により、この日の作戦で「ろ号」作戦は打ち切られた。

十一月十三日午前五時、一航戦残存部隊は無念の涙をのみながら、ラバウル両基地とカビエン基地を撤収して、トラック基地に引きあげた。

この間にも、有力な敵機動部隊が近海を遊弋《ゆうよく》しているとの情報が入ってきたが、母艦搭乗員を陸上作戦で消耗した結果、母艦は手も足も出せないまま、残存の飛行機隊はギルバート作戦のため、戦闘機隊のみマーシャル群島のルオットに進出を命ぜられた。

そして私は、つぎの作戦のため休養を命ぜられ、トラック島に残留することになったのである。

消えゆく派遣隊

この「ろ」号作戦で、大量の搭乗員を失った第一機動部隊母艦群は、再編成のため再起を期し、内地に帰還した。

そして昭和十八年十二月十三日、「瑞鳳」戦闘機隊分隊長中川大尉を隊長として、三艦より選抜された搭乗員をもって、旗艦「瑞鶴」戦闘機隊ラバウル派遣隊を編成して、ふたたびラバウルへ派遣されることとなり、トベラ基地の二五三空の指揮下に入ったのだった。

派遣隊員二十名は次の通り。

隊長①中川健二大尉（海兵六十七期＝鳳）②藤瀬文市一飛曹（乙飛十一期＝瑞）③伊藤史雄

一飛曹（乙飛十二期＝瑞）④馬場良助二飛曹（丙飛七期＝瑞）

①鹿田二男飛曹長（甲飛三期＝鳳）②浜中行雄一飛曹（丙飛三期＝翔）③小八重幸太郎一飛曹（丙飛七期＝鳳）④横井川末三飛長（丙飛七期＝鳳）

①大野安次郎上飛曹（操練四十三期＝鳳）②松井松吉一飛曹（丙飛三期＝鳳）③杉滝巧一飛曹（丙飛七期＝翔）④田中件六飛長（丙飛八期＝瑞）

①杉野計雄一飛曹（丙飛三期＝翔）②西脇弘之一飛曹（丙飛七期＝翔）③谷口信恵二飛曹（丙飛七期＝瑞）④森末記飛長（丙飛十期＝鳳）

①谷水竹雄一飛曹（丙飛三期＝翔）②植木吉行一飛曹（丙飛六期＝翔）③沼謙治飛長（丙飛七期＝瑞）④坂正飛長（丙飛十期＝鳳）

二五三空では「瑞鶴」戦闘機隊を主力に再編成されて、昭和十八年十二月十九日より連日にわたるラバウル迎撃戦、マーカス、フイシシュハーヘン方面の攻撃に参加したものの、日を追って戦力の消耗がはげしくなっていき、「瑞鶴」戦闘機隊ラバウル派遣隊でも戦死者が続出し、

横井川末三飛　長（18・12・19）
大野安次郎上飛曹（18・12・27）
松井　松吉一飛曹（18・12・27）
沼　　謙治飛　長（18・12・27）
馬場　良助二飛曹（19・1・4）
西脇　弘之一飛曹（19・1・14）

植木　吉行一飛曹（19・1・18）
谷口　信恵二飛曹（19・1・18）
田中　件六飛　長（19・1・18）

以上九名の未帰還者を出すにいたり、生存者は昭和十九年二月一日付で後方部隊への転勤命令が出ることになる。

昭和十九年二月一日付で私が台南空戦闘機教員として、また同期の杉野計雄兵曹は大分空戦闘機教員として、それぞれに転勤を命じられたのはラバウルのトベラ基地で、「瑞鶴」戦闘機隊ラバウル派遣隊として二五三空の指揮下に入り、はげしい航空戦を演じている真っ最中だった。

杉野兵曹とは予科の土浦航空隊以来、飛練の筑波空、大分空と実施部隊の六空、「大鷹」、大村空（教員助手）、佐世保空（戦闘機隊大村派遣隊）、「翔鶴」「瑞鶴」、二五三空（瑞鶴戦闘機隊ラバウル派遣隊）と、海軍でもめずらしくいつも二人いっしょに転勤していたが、ここで初めてべつべつに転勤することになった。私が、

「杉さん、こんどはめずらしく、土浦以来はじめて二人べつべつに転勤することになったから、これが最後になるかも知れんね」

というと、杉野兵曹は、

「ほんとやな、日本海軍でもこのような転勤はめずらしいことやった。なあ谷さん、戦いはこれからや、われわれは誇りある艦隊の戦闘機乗りや、どこにいても忘れずにがんばろう」

と手をかたくにぎり合った。

ブナカナウ基地から輸送機で内地便待ちのためトラック島へ。春島基地で錬成中の二〇二空に仮入隊した。

二月四日の昼すぎ、突如として空襲警報が発令され、ふと上空を見ると敵B24が一機、高度五千メートルくらいで東に向かって飛んでいる。

「杉さん行こう」「よっしゃ」——こうなれば独断専行、はやいものがちだ。

私たちは仮入隊で搭乗配置はないけれど、これが海軍戦闘機乗りのサガというもの。さっそく待機の零戦に飛びのり発進したが、時すでにおそくB24には追いつけなかった。

帰ってから杉野兵曹が、ポツリといった。

「おい谷さん、ここで死んだら、どこで海軍葬やってくれるんかのう」

「そりゃ二〇二空でやってくれるんじゃないかなあ」

「そうやな、どこのみ空で果てるやら、ダンチョネーやなあ」

このときはどうやら敵の偵察飛行だったらしい。近いうちにかならず攻撃があるぞ——私と杉さんの話は完全に一致した。

三番艦「瑞鳳」がトラック島へむかえにきてくれて、二月十日、ラバウル派遣隊員十名ほどの生存者を収容して、「瑞鳳」はトラック島を出航した。

途中なにごともなく呉に入港、各自再会を約して任地に向かった。この呉到着二日後の二月十七日、トラック島の大空襲が報じられた。

台南空に着任す

私は台湾方面行きの航空便を待つために、鹿屋空へ向かった。先任伍長室で仮入隊手続きをしたさい、ふと仮入隊者名簿を見ると、なんとラバウル二五三空でともに戦っていた、同期（飛練次期）の田中勇一飛曹の名があった。

行き先もおなじ台南空だったので、先任伍長に相談して行動をともにすることにする。伍長室のしらべでは、台南空より鹿屋経由で大村の航空廠へ、練戦の領収にきていることがわかった。私はさっそく田中兵曹とともに陸路、大村基地に向かうこととなった。

そこで台南空の空輸指揮官、松田二郎飛曹長（甲飛一期）に理由を話して領収飛行に参加、沖縄の小禄基地を経由して台南空にぶじ着任した。

台南空は艦上戦闘機、艦上爆撃機、艦上攻撃機など実用機教程の練習航空隊であったが、戦争なんてどこでやっているのか、と思うようなのんびりとした雰囲気だった。

当時、台南空戦闘機隊では、特乙一期（三十四期飛練）、特乙二期（三十五期飛練）が二コ分隊ずつ、四コ分隊にわかれて飛練教程に入っていた。

私は特乙一期を受け持ったが、十九年五月にその特乙一期が卒業し、それぞれ希望に燃えて各任地へ向かっていった。そのあとに十三期予備学生が入隊することになり、その受け入れ準備にはいったころ、つぎに特乙二期が六月に卒業、先輩のあとを追ってそれぞれの任地に散っていった。

司令は高橋俊策大佐（海兵四十八期）、飛行長寺島美行少佐（艦爆）、飛行隊長兼分隊長田口俊一大尉（機五十飛学三十九）、分隊長加藤敬次郎中尉（操練十期）、林八太郎中尉（操練二十六期）、分隊士青木義博中尉（予学十一期）、岩井勉飛曹長（乙飛六期）、松田二郎飛曹長（甲飛一期）といった陣容であった。

教員は中田重信上飛曹（操練四十期）、高橋茂上飛曹（甲飛五期）、野末甲子上飛曹（乙飛十二期）、山村恵助上飛曹（乙飛十二期）、田中信策上飛曹（乙飛十二期）、半田享二上飛曹（丙飛三期）、松葉三美上飛曹（丙飛三期）、田中勇上飛曹（丙飛三期）、梅津一城上飛曹（丙飛四期）、児島良人上飛曹（丙飛七期）、中島信次郎上飛曹（乙飛十三期）、玉田英生上飛曹（乙飛十三期）、豊嶋豊洋美上飛曹（甲飛九期）、上田峯男上飛曹（甲飛九期）、大和重喜一飛曹（甲飛十期）、伊藤学一飛曹（甲飛十期）、鈴木博信一飛曹（甲飛十期）の面々で、ほかに教員助手数名であった。

機種は九六練戦、九六戦、零式練戦、零戦で、零戦は戦地で不評の三二型の払い下げ機がほとんどであり、教官、教員の訓練および待機、哨戒に使用された。

ふつう午前中は教育訓練飛行で、午後は教官、教員の訓練飛行が日課だったが、戦局もだんだんきびしくなり、輸送船団直衛や、厦門《アモイ》や虎尾、新竹などの上空哨戒にも派遣されるようになった。

われ「大物」を食う！

昭和十九年八月三十一日、私は当直だったので、夕食を終え、教員室で「外出員整列」の隊内放送を聞きながら、事務の整理をしていた。しばらくして、戦闘機隊指揮所の電話当番佐藤整長より電話で、

「隊長より戦闘指揮所にいそいでくるように……」と知らされた。

私はすぐに、自転車で飛行場の戦闘指揮所へ走った。指揮所では、『敵爆撃機十数機、成都発台湾方面爆撃に向かうもののごとし』の電報を、田口飛行隊長より見せられた。

さっそくチャートを出して敵速と距離を概算し、二十二時ごろになるなあと考え、身じたくしているとき、「警戒警報」が隊内に発令され、つづいて「緊急呼集隊集合」で、隊内はにわかにざわめきだした。

当時、台南空には夜間戦闘のできる、A級搭乗員は少なかった。艦戦による夜間戦闘は一機か、二機が限度なので、いつも夜間待機は岩井飛曹長と、私が行なっていたが、その岩井飛曹長はまたも艦隊へ転勤していったので、私一人で待機することになっていたのだ。

私は待機する翼の下で機付整備員たちと寝転んで雑談しながら、晴天の夜空をながめていた。澄みきった空であった。

二十二時ごろ、台南空では空襲警報もかからないのに、突然、高雄方面の空に探照燈の光芒と、アイスキャンデー（高射機銃の曳痕弾の光）が交錯しだした。

「おーい、高雄が空襲だ。エンジン回せ！」

私は大声でさけびながら、隊長に報告するや、ただちに単機で飛び上がった。高雄上空に到達すると、探照燈に照らされたB24の姿がヤミの中に浮かび上がって、ちょうど映画の一シーンを見ているようだ。だが、高角砲弾の炸裂の閃光と、高射機銃の曳痕弾の交錯で、なかなか近づけない。海上からも、在泊艦艇が射っているのか、閃光が見える。

探照燈に照らし出されたB24が、つぎつぎと眼前に現われるが、下から射ち上げているので、なかなか近づけない。ようやく地上からの射撃が終わり、〈ヨシッ、イケッ〉とばかり機銃のレバーを引いたとたん、探照燈が消えてしまう。たしかに手応えはあったが確認できず、アッというまに二、三機を見のがしてしまった。

〈ヨーシ、地上砲火が敵にも当たらないのなら、俺にも当たるまい〉と意を決して、爆撃中のB24の左前下側方の死角を利して思い切り突っ込んだ。

夜間は距離の判定がむずかしい。〈アッ、ぶっつかる〉と思うのと、機銃のレバーをにぎるのと同時だったような気がする。避退して後ろを振り返ると、B24の左内側エンジンから火が見えた。

〈ヨーシ、これこれ〉と反転して機首を突っ込み、速度をまして左後下方から射ち上げたところ、落下傘が一つふわりと飛び出した。

〈よーしもう一撃〉と態勢をととのえたとき、落下傘がつぎつぎと五つとび出した。と、見るまにB24は降下状態になり、炎につつまれて高雄港外に墜落し、一面が火の海になった。ただちに無線で、「敵一機撃墜、落下傘降下六」と報告、つぎのB24にそなえたが、すでに敵の編隊は避退してしまっていた。

戦闘指揮所より無線にて帰投を命じられたので、機首を台南空に向けふと下を見ると、編隊灯をつけた小型機が二機飛んでいる。どうやら味方機らしいので、やりすごして台南空の上まできたが、警報が解除になっていないのか、着陸用の灯火もない。やむなく指導灯のみで着陸した。

指揮所では、さっそくとどけられた主計長よりのお祝いの「高砂ビール」で乾杯したが、そのときのビールの味はいまでも忘れられない。

九月三日午後二時、敵大型機高雄空襲の報に、私は待機の零戦で飛び上がった。見ればB24らしい機影が、高雄港外の上空を西に避退している。私はこの前の夜間戦闘のように、近づいて射てばかならず墜とせるという自信を持っていたので、思い切り近づいて二十ミリをぶち込もうと、スロットルを一ぱいに上げた。

と、そのとき敵味方不明機が、後上方からわが機に攻撃をかけてきた。さては護衛機がいたのかと、いそぎ避退してよく見ると、なんと風防を開けたままの陸軍の一式戦とすれちがった。〈畜生!〉と思いつつ敵をふりかえると、すでに敵機は密雲の中へ入ってしまい、とうとう見逃してしまった。

その後なにごともなく、十三期予備学生の訓練も順調にすすみ、卒業もまぢかになった。

十月に入り、米五十八機動部隊が台湾近海を遊弋《ゆうよく》中との情報が入ってくるようになり、内地で錬成した部隊が、ぞくぞくと台湾経由でフィリピン方面へ進出するのが目立ってきた。

教員たちも待機や、哨戒でいそがしくなってきたある日、飛行作業も終わり、戦闘指揮所で待機していると、隊内放送で「偵察員をのぞく搭乗員総員、道場へ集合せよ」と報ぜられた。

いそぎ道場へ行ってみると、司令、副長はじめ飛行長、隊長ほか幹部の人たちが道場の神《かみ》棚《だな》を背に、ずらりとならんでいる。そして操縦員がそろったところで、分隊士の手で道場の戸がかたく閉められた。なにごとだろうかと、みな顔を見合わせてささやき合っている。

高橋司令がおもむろに口を開き、現在の戦局をのべたのち、

「妻帯者は開け、長男も開け、親一人子一人の者も、また許嫁《いいなずけ》のある者も開け（開けとは海

軍用語で解散または列外の意）……」

ときりだした。なにがなんだかわからぬまま、私も母と二人きりだったので道場の外に出た。外に出た者は、煙草盆に集まって、〈なんだろうな、決死隊の話だろうか〉と、落ちつかぬまま、みなの出てくるのを待っていた。

三十分も待っただろうか、みながどやどやと出てきた。「なんの話だった」と聞いたが、だれも答えてくれない。

台湾沖の情勢が険悪になってきてから、高雄空戦闘機隊台中派遣隊より村田飛行隊長が、一コ中隊をひきいて台南空へ応援にきていたが、その隊員の一人から、「この前、台中でもこのようなことがあった」と特別攻撃隊の話を聞かされた。

あとでわかったことだが、司令は、「これは司令部からの命令で、このことは他の隊員には絶対に話してはいけない。この困難なときに、特別攻撃以外には勝利の道はない。なお希望者は分隊長のところに申し出るように」といわれたそうだ。

場外に出た者も、この一事がわかった以上、黙っているわけにはいかないと、申し合わせて連名で願書を分隊長に提出した。


歴戦の腕をみよ！

十月十二日――情報により台南空飛行隊長田口大尉が、二コ小隊をひきいて二時間交替の第一直として、黎明《れいめい》哨戒に上がった。
私の小隊は第二直だった。そこでつぎの哨戒の準備を列機の伊藤学教員に命じ、哨戒にたいする注意などをあたえながら、ふと上を見ると、上空にはさきに出た哨戒機が、朝日を受けてピカリピカリと光っている。

伊藤教員が、「先任教員、きょうは来そうですね」と童顔をほころばせながらいっていたとき、戦闘指揮所へ『敵戦爆連合大編隊台東通過、台南、高雄方面へ向かうもののごとし』と第一報が入った。

私は指揮所をとび出し、「エンジンまわせ！」と整備員にさけびながら、愛機の側に走り、エンジン発動の整備員と交代し、ただちに発進すべくチョーク（車輪止め）をはずさせ、列線を離れようとしたとき、指揮所より赤旗がふられ、「発進待て！」が令された。

戦地におけるこれまでの経験からも、一秒もはやく離陸し、一メートルでも敵より高く上位にあれば、優位に戦闘ができるのに……と、思いながらエンジンをまわしたまま上空をながめて、〈哨戒隊は敵襲を知っているのかなあ〉と考えていた。

練習航空隊にある零戦（三二型）は、第一線よりの払い下げ機が多く、無線機もつんでいないものもあったので、このようなときは発煙筒をたくようにきめられていたのに、その発煙筒もたかれていない。

〈指揮所はなにをしてるのか〉とヤキモキしていると、上空でピカリピカリと光るのを見た。

「敵だ、チョークはずせ！」と整備員にさけびながら列線を離れた。

ただちに待機中の台南空、および高雄空の零戦がつぎつぎと離陸する。

私が高度一千メートル付近を上昇中、上空に黒煙をみとめた。さきの哨戒隊が奇襲を受けていることが感じられたが、ときすでに遅く、またも黒煙が視界に入る。とたんに白いのがパッとひらいた。落下傘だ。

そのうち、敵F6Fが、上昇中のわが零戦隊を発見したらしい。わが方も戦闘隊形をとるが、はやくも敵の一部が味方の迎撃機を追いかけている。味方が危ない。

私はバンクをして列機に知らせ、そのまま空戦に入る。ふと後方をみると、F6Fが列機の後方にせまっていた。私はとっさに反転して、後上方より機銃を射ち込んだ。F6Fはパッと赤黒い煙をはくと、機首を下に落下していった。

よく実戦記に右に左に、上に下にと書いてあるが、対戦闘機戦で乱戦になった場合は、機の動きなどいちいち書けるものではない。が、ときには印象にのこる場面もあるにはあるが……。

私はつづいて、もう一機に喰いついて、機銃を射ち込んだ。

黒煙はみとめたが、すぐ後ろに敵がまわり込んできたのですぐ避退したため、撃墜は確認できなかった。

この空戦で、わが台南空戦闘機隊は、F6F十機を撃墜、六機撃破、一機が地上砲火により撃墜と報告されたが、台南空は飛行隊長田口俊一大尉（海機五十期）、木原健中尉（海兵七十二期）、奥川昇飛曹長（操練二十九期）、玉田英生上飛曹（乙飛十三期）、奈良正敏二飛曹（丙特十一期）らの戦死者と、青木中尉ほか数名の落下傘降下の負傷者で、十七機発進（台南空）の零戦のうち帰投したのが七機、そのうち四機は被弾要修理で、実働機数は三機になってしまった。

あのまま飛び上がっていたら、もっと優位に戦闘ができたと思うが、実戦部隊ではない悲しさか。それになぜ、あのとき「発進待て！」の赤旗がふられたのか、いまもってわからない。

なお、高雄空の戦死者は村田芳雄大尉（予学四期）、内藤良雄中尉（海兵七十一期）、岩川良一上飛曹（操練五十六期）、松永利博上飛曹（乙飛十三期）、杉浦茂峰上飛曹（丙飛六期）、竹本忠美上飛曹（丙飛六期）、田辺包幸一飛曹（甲飛十期）であった。

そして、この日いらい台南空は練習航空隊としての機能を失い、入隊まもない一期予備生徒および乙飛十八期練習生は、安全な内地の練習航空隊へ転隊されることになった。

また台南空、高雄空は十二日の迎撃戦で両隊長を失ったので合併して、林八太郎中尉が隊長になり、昼間は仁徳基地、台南基地で待機し、哨戒および迎撃を行ない、夜間は台中基地で待機するようになった。

ついで十三日、十四日とひきつづき敵機の来襲があったが、実働機数が少なく、戦果もあげられなかった。

しかし、内地へ零戦の引き取りに行っていた空輸員が帰ってきて、どうやら新しい編成も行なわれた。

そして前線基地となった台南空には、内地で編成された攻撃部隊がぞくぞくと集まってきた。そのなかにT攻撃部隊という夜間、および荒天専門の攻撃部隊がきているということで、みなは大いに期待していた。

十三日、海口から二五四空隊長杉浦彰大尉（予学八期）が零戦十六機、十五日には竜華より二五六空隊長山崎圭三大尉（海兵六十八期）のひきいる零戦十二機が、ともに台南空に進出してきて台南空司令の指揮下に入り、仁徳基地にて隊長を失った高雄空および台南空と合同して、強力編成を行なったのであった。

目標は敵機動部隊！

十月十六日、六航艦攻撃隊の直掩隊として、十四連空より二五四空の南義一中尉（乙飛二期）の指揮する零戦六機、二五六空の山崎圭三大尉指揮の零戦五機、台南空から二機、合計十三機が出撃することになった。

このとき寺島飛行長が、「敵機動部隊の攻撃に出るが、古い搭乗員がいたら応援してほしいとたのまれたから、すぐ準備して行ってくれ」といわれたので、私は部隊名も指揮官名もわからなかったが、久しぶりの敵機動部隊攻撃と聞いて、即座に引き受けた。

午前十一時、搭乗員整列。台南空の百度二百七十海里、敵機動部隊の攻撃に向かう艦爆隊の直掩隊として出撃することになり、隊長の説明ののち、「カカレ！」で列線へ走り、指定された零戦のそばへ行き整備員と交代し、燃料を増槽に切りかえて試運転を行なっていたところ、突然、プスプスとエンジンが止まってしまった。

「オーイ、増槽に燃料が入ってないぞ、予備機をまわせー」

私は、思わず整備員を怒鳴ってしまった。すでに先頭機は離陸をはじめているので気が気でない。そのうち機の用意ができたので、いそぎ単機で本隊のあとを追った。

台東をすぎて海上に出るころより、しだいに雲が多くなってきた。雲高は二千メートルほど、攻撃隊は三千メートルで雲上を飛行している。

と、突然エンジンの調子がおかしくなり、ブスッと止まってしまった。そこですぐ機首を押さえ、燃料コックを増槽より翼槽に切りかえ、翼槽ポンプのスイッチを入れた。エンジンはすぐにかかったが、ふつう三時間はもつ増槽が一時間で切れるとは。またしても増槽が満タンでなかったのだ。〈畜生！〉——いいかげん腹が立って、よほど引き返そうかと思ったが、戦いはこれからだと思いなおして、本隊の後を追った。

二時間くらいたったころ、天山艦攻隊が、わずかの雲の切れ間より降下して行った。いよいよ予定地点にきたなと思い、身のひきしまるのを感じた。

かつて、空母「翔鶴」で戦った第三次ブーゲンビル島沖航空戦のさいに、私は艦爆隊の直掩隊だったが、艦攻隊が雷撃のため高度を下げて別れていったとき、直掩隊のいないのをふしぎに思ったことがあった。

帰投後、艦攻隊の直掩隊は、ラバウルの基地戦闘機隊がきめられていたのに、集合できず引き返し、そのために裸で行ったということがわかった。案の定、十四機の艦攻は全機未帰還だった。搭乗員の悔しさは、想像に絶するものだったと思う。

が、こんどは新鋭の天山艦攻、それに直掩隊がついているのだから大丈夫だろうと、必勝を確信した。

艦爆隊は除々に高度を上げて行った。雲はますます厚くなり、海面はまったく見えなくなっていた。

わが機影が丸い虹の中に入り、雲に映えている。〈美しいなあ〉——その直後、ふとわれにかえる。左前方の積乱雲の横に黒点が見える。敵だ、それがだんだんと大きくなってきた。

Ｆ６Ｆのようだ。一、二、三……と数える。敵は十二機だ。

味方の先頭編隊からつぎつぎと、増槽を落とすのが見える。艦爆隊が左に変針をはじめた。敵との高度差は一千メートルくらいだ。艦爆の直掩が任務だから、勝手に飛び出すわけにはいかないので、艦爆についていったが、ふしぎなことに、敵は知ってか知らずにか、左旋回して遠ざかって行った。

攻撃予定時間はすでにすぎていた。艦爆隊がそのまま帰投針路に入るので、私はこの悪天候で、目標を発見できず引き返すものと判断した。

このとき私は、にわかに燃料が心配になってきた。そこで、できるだけ高度をとって、本隊の後ろからついていくことにした。

はるか右前方の雲上に、雪をかぶった新高山《にいたかやま》が雄姿を現わしている。台湾に近づくにしたがってだんだん雲もうすくなり、やがて陸地が見えてきた。

ここで本隊とわかれて、私は台東基地に着陸して燃料を補給し、台南基地に帰った。

この日、台南基地から発進した攻撃隊は、天山艦攻十八機、九九艦爆三十七機、零戦四十二機で、艦攻が雲下に出たところで、Ｆ６Ｆ三十数機の迎撃にあった。零戦隊がこれを反撃しているうちに、雷撃隊が突撃して敵空母一隻と、戦艦一隻に魚雷を命中させ、炎上爆破したという。

二五四空、二五六空の零戦隊はＦ６Ｆ四機を撃墜したが、わが方は、天山十四機、零戦九機が未帰還になった。雲が薄く、艦爆隊が敵を発見して攻撃できていれば、もっと戦果もあがっていたと思うと残念だった。

期待されたT攻撃部隊も、戦果のわりに被害も大きく、除々に消耗していったようだ。

そして、この台湾沖航空戦は夜間攻撃が多く、味方の自爆機の炎を敵艦の火災と見まちがえ、戦果が誇大に報告された結果、その後の作戦に大きな支障をきたしたということだ。

その後、さらに再編成が行なわれ、上空哨戒、船団哨戒などを行なっていたが、台湾はおおむね平穏だった。その一方、比島方面の不利な戦況がつぎつぎと入ってくるようになった。

不覚の落下傘降下

十月三十一日——青木中尉を指揮官として、厦門《アモイ》港上空哨戒のため零戦六機、零式輸送機一機（整備員用）が台南空より厦門基地へ派遣されることになった。

午前十時、台南空発、厦門基地へ向かう。途中、豊嶋上飛曹機が燃料系統不良のため馬公《まこう》上空より引き返し、その後、代替機にて単機で厦門基地に到着する。岩下中尉機はエンジン不調のため、厦門基地を目前にして海岸に不時着、機体は大破したが、搭乗員はぶじだった。

こうして五機が厦門基地に進出し、厦門第十一根拠地隊司令官原田中将の指揮下に入る。厦門へは船団が入るたびに、台南空より派遣されていたので、付近の状況はよくわかっていた。

当時、海軍では福建省の厦門島とコロンス島だけを占領していて、対岸の中国軍とは五キロほどの海峡をはさんで対峙《たいじ》していたが、おたがいに積極的な攻撃はなかった。

十一月三日（明治節）午前六時より、二機編成の二時間交替で、船団上空哨戒を開始した。当日は雲高二千メートル、雲量九、しぐれ模様。

午後二時より私たちが最後の直として、列機伊藤学兵曹（甲十期）とともに、二機で高度千八百メートル、左旋回で哨戒を行なう。

やがて、なにごともなく二時間の哨戒も終わり、基地に帰ろうと思ったとき、指揮所より無線にて『警戒警報』が発令された。ついで『敵味方不明の爆音聞こえる』と知らされ、すぐ『空襲警報』が発せられた。

私は列機に戦闘隊形を命じ、機銃の試射を行ない、二機で警戒に入った。

雲下で哨戒したが、敵機らしいものも発見できず、指揮所よりその後の情報も入らないので、わずかばかりの雲のすき間を見て、雲上にでて哨戒したが異常なく、ふたたび雲下にでて哨戒するうちに、『空襲警報解除、着陸せよ』と無線連絡があった。

正規の着陸時間もすぎていたので、さっそく高度を下げ飛行場上空を通過、風向を見て編隊を解散し、飛行場を左に見て誘導コースに入り、脚、フラップを出し、第四旋回に入ったとき、突然、右翼の下を曳痕弾が走った。

私は列機が、安全装置をわすれ誤発したものと判断し、第四旋回を終えて定着点に機首をセットして列機を見ると、なんと列機が火をふいているではないか。

〈敵だ！〉

私はとっさに脚上げ、フラップ上げにして機首を突っ込み、増速した。『空襲警報解除』と無線で指示されたので、ホッとして安心しきっていた私の大きなミスだった。あとできけば、地上の整備員も機銃音がするまで、敵に気がつかなかったという奇襲だった。

敵は、在支米空軍のP51ムスタングだった。何回か射線をかわしつつ、高度をとることに専念したが、奇襲を受けたショックで、心の平静を失ったのか、なかなか高度がとれない。とにかく一番機の攻撃はかわしたが、二番機の曳痕弾が右翼端に見えたと思ったとき、目の前が真っ赤になった。着陸直前だったので、風防は開けたままだった操縦席は、負圧で翼の炎を吸い込んだらしい。そのとき両手と、顔に火傷したのだった。

文章に書くと長いけれど、〈ああこんな名もない戦闘で死ぬなんて、犬死だなあ〉〈まてよ、落下傘で飛び降りて助かった人もいるなあ〉と一瞬、思った。

とっさに腰ハンドをはずして、機外へ飛び出したが風圧で倒れ、足が風防にかかってはずれない。飛行機は上昇姿勢のままである。とにかくどのようにして離れたのか、しばらくして体がスッと離れたと思ったら、ガクンと大きなショックがあった。

落下傘が飛行機にひっかかったと思ったが、白い大きなのが目にはいった。〈助かった！〉

頭が下になっていたので、はやく頭を上にしなければと思って、両手をバンドにかけて姿勢をなおそうとしたとき、厦門と大陸との中間に着水していた。

落下傘が海面ちかくで開いたので、加速が残っていたのか、そうとう深く海中に沈んだように思う。早く海面に出ようと、海面を見上げ両手でこいだときの、海面の明るくギラギラしていたのが、いまでもまぶたの奥にやきついている。

あたりを見まわして、味方陣地の方に向かって泳ぐ。左手はみずぶくれが大きく、泳ぎにくいので皮をはいでしまった。顔は波をかぶって目がしみる。手でふくと皮がツルッとはげそうで、ぬぐうこともできない。

とにかく三キロほど泳いだようだ。岸に近づくにしたがい、流されているのがよくわかる。もうこの辺で立てるかなと思って、立とうとするとブクブクと沈み、海水をガブリ。しばらく泳いでまたブクブク、なかなか背が立たない。

陸の方をよく見ると、男の人がふたり板切れを持って、手を振っているのがよくわかる。私が「オーイ」と叫ぶと「ニッポンカ?」とかえってきた。「おお、日本海軍!」と答えたら、「ホウホウ」といって、丸に親と書いた赤い腕章を見せて、海に入ってきた。

そして、そのあと私の両肩をささえて、彼らの集落につれて行ってくれた。集落では温かいスープを出してくれたが、海水をたくさん飲んだので、ノドがかわいてたまらず、「スイ、スイ」と水をたんのだら、ドンブリに一ぱいの水を持ってきてくれた。私は一気に飲んだが、このときの水のうまさもいまでは忘れられない。

しばらくして、陸戦隊のサイドカーに収容され、厦門海軍病院で治療を受けたのだった。二日後、零式輸送機で台南空に帰った私は、集会所に疎開している病室に入室し、さらに治療を受けることになったが、傷が痛むたびにあの〝痛恨の一瞬〟を思い出しては、悔しさにひとり涙していた。

さらば特攻金剛隊

昭和十九年十一月十四日——火傷治療中に、特攻隊への転勤命令がきた。人事部へは負傷の報告がとどいていなかったらしい。軍医長にそのむねをつたえたところ、退室はまだ早いと許可されなかった。

台湾もすでに戦場となり、練習航空隊としての機能を失ったいま、高雄空、台南空の教官、教員で特攻編成を行なうとのことであった。

二、三日して顔と右手の包帯がとれた。私は、どうせこの戦いには生きのびることはできない、と覚悟していたので、きたるべきときがきたと決心して、再度、軍医長に退室をおねがいした。

軍医長は特攻隊にたいし、自分の考えを話されたあと、まだ一ヵ月は治療の必要がある、といわれたが、私は知った連中がほとんどだからぜひにと頭を下げた。しばらくすると軍医長は、

「何度いってもわからないのなら、勝手にしろ！」

と大きな声で怒鳴られた。とうとう軍医長を怒らせてしまった。私は心の中で〈えらいことになってしまった、どうしよう〉とつぎの言葉も出ず、ただうなだれていた。軍医長もしばらく黙っていたが、

「どうしても行く、というならしかたがないが、どうせ短い人生だとはいえ、無理して死をいそぐではない。くれぐれも身体を大切にしてがんばってくれ、犬死だけは絶対にするなよ」

といって、ようやくして退室を許された。私は軍医長の温情ある言葉に、うつむきながら涙のあふれ出るのを押さえることができなかった。

私は左手の包帯もとれないまま、病室のみなさんに感謝と別れを告げていったん隊に帰り、台中へと向かった。

台中では毎日、緩降下の訓練と直掩訓練のみがくり返されていたが、私はまだ飛行機に乗れないので、地上でメモして訓練の指導をしていた。

一航艦大西瀧治郎長官の代理として、猪口力平参謀長をむかえ、台中基地の庁舎前で命課式が行なわれた。

上級者より順に官職氏名の申告が行なわれたのち、参謀長は、「本隊を神風特別攻撃隊金剛隊と命名す」とおごそかに命名した。ついで、

「諸子は名誉ある特攻隊員として選ばれたことを誇りにしてほしい。いまや天下分け目の戦いである。味方の苦しいときは敵も苦しいのだ。ガダルカナルはアメリカも撤退を計画していたそうだが、日本はアメリカの計画より三日早くあきらめてしまったために、このような結果になってしまった。フィリピンではガダルの二の舞いを演じたくない。フィリピンが落ちれば、日本は時間の問題である。もし日本が負ければ、地球上から大和民族が抹消される。大和民族の存亡はお前たちの双肩にある。大和民族のためによろこんで死んでほしい。君たちの死は決してむだにはさせない」

という訓示があった。

それからは本格的な訓練が実施されて、隊員の外出も禁止された。訓練も順調にすすみ、いよいよ二日後、フィリピンへ出発すると発表された。

朝食後、突然、台南空の庶務からの電話だと知らされた。さっそく電話にでると、鹿児島県の笠ノ原基地で錬成中の戦闘三〇八飛行隊へ転勤命令が出たから、すぐ原隊へ帰るようにと伝えられた。

特攻をまえに複雑な気持だったが、隊長の助言もあって原隊に復帰することにした。台南空に帰ったところ、ちょうど庁舎の前に高橋司令がおられたので、私が原隊復帰したことを報告すると、私のまだ包帯のとれない左手を軽く両手で持ち上げて、

「おお帰ってきたか、つらかっただろうな」

といわれた。私は胸にジーンとくるのをおぼえた。司令は、

「このままだったら、どうせ総員特攻になるのだが、君のような夜間戦闘もできるA級の搭乗員を死なすのはまだ早い。内地に帰って後輩の指導をするのも、国に尽くす道にかわりはない。ちょうど人事部員が、各隊の搭乗員の実態を調査にきたので、私は君の転勤を強調したのだ」

とのお話であった。

司令は去る八月三十一日のB24の夜間空襲時に、私が零戦で迎撃し、撃墜したのが印象に残っていてくれたのだろうか。

私は内地便のあるまで、また病室に入室することになった。そして昭和十九年十二月六日、私は思い出多き台南空のみなさんにお別れをして、輸送機に便乗し、鹿屋基地に向かったのであった。

新任隊長の温情

昭和十九年十二月六日――台南空より九六陸攻の輸送機に便乗して鹿屋に着陸した私は、笠ノ原で錬成中の二〇三空指揮下に入っていた、戦闘三〇八飛行隊へ入隊した。

そのころは内地も、いろいろと不自由はあっても、内地に帰ったという心の安らぎがあった。アリューシャン、第二次ソロモン、ブーゲンビル、ラバウル、台湾沖と戦ったあと、負傷して久しぶりに内地に帰ってきても休養はあたえられず、顔と右手の包帯は一ヵ月でとれたものの、左手の包帯はとれぬまま飛行作業にも出ず、宿舎でくすぶっていた。

やがて戦闘三〇八飛行隊にも出撃命令が発令され、河合少佐の指揮で前線に出て行ったが、左手の傷がいえぬために、私一人が残された。

笠ノ原では、戦闘三〇八飛行隊が出て行ったすぐあと、私はつぎに錬成される戦闘三一二飛行隊に編入された。隊員は私ただひとりだったが、そのうち戦地や内地部隊より二人、三人と集まってきた。飛行隊長には林美博大尉（海兵七十期）が着任されて、私は士官室に呼ばれた。林大尉は、

「私は教育部隊の教官をつとめてきたので、隊長としての実戦の経験がない。君は実戦の経験者だ。これからは実戦的な訓練を行ないたいから、先任搭乗員として協力してほしい」

という意味の相談をうけた。

階級制度のきびしい軍隊で、飛行隊としては最上級の飛行隊長の率直な言葉に、私は（下士官、兵は単純だと思われる方もおられるかも知らないが）〈よーし、この隊長とならば一しょに死ねる〉と思った。

そのころ、交通事情のわるいのにかかわらず、戦地から帰った搭乗員たちに、父母兄弟の面会が絶えなかった。

私はいちばん末っ子で、年老いた母がひとり、三重の田舎で暮らしていたので、内地に帰

ったことは知らせたものの、余計な心配をかけたくなかったので、火傷のことも知らせず、面会はあきらめていたが、なぜかさびしく、配給の少ないサツマ焼酎で、心の寂しさをまぎらわせていた。

日ごろから結婚について、親一人子一人だから、早く結婚して母を安心させるように、と親戚からもいわれていたが、母を大切にしてくれる人ならば私はいいから、母にまかせるといっておいた。

内地に転勤してからしばらくしたころ、懐かしい母からの便りがきた。田舎の近況を知らせたあと、私の結婚について書かれていた。

現在、田舎で三人ほどの心当たりの娘さんに当たってみたが、飛行機乗りはすぐ死ぬからだめだと親にことわられたから、私は田舎ではあきらめた。お前が一生つれそうのだから、お前がよいと思う人がいたら結婚しなさい。私は老いさきみじかいから、どんな辛抱でもするから……といってきたのだ。

そこで私は、大分空時代に可愛がってもらっていた下宿の、平岡のおじさんに相談しておまかせすることにした。

訓練も順調にすすみ、戦闘機隊としての技量も、陣容も一応ととのった二月の中ごろ、林隊長より、「進出の内命が出たから、十日間の温泉療養に行ってこい」といわれて、別府の鉄輪温泉「常盤旅館」（海軍指定療養所）で、念願の火傷の温泉療養に出かけることができた。

さすが名湯、鹿屋のP屋で「あの人、顔にドロぬっている」といわれて暴れたときの、赤黒い火傷のあとの顔も、だんだんとわれながら見やすくなってきた。

やがて、あたえられた休暇も終わり勇気百倍、勇んで帰隊し隊長に報告したとき、

「もう帰ったか。進出がとりやめになったので、もう少しゆっくり療養するように電報を打ったが、行きちがいになったらしいな」

といわれ、林隊長にたいし、なおいっそうの感謝と、信頼の念をふかめた。

昭和二十年二月、笠ノ原基地編成時の戦闘三一二飛行隊の幹部は、飛行隊長林美博大尉（海兵七十期）、分隊長新井今朝男大尉（海兵七十一期）、浅井幾造大尉（海兵七十一期、20・3・29南九州戦死）、分隊士山下勝久中尉（予学十三期、20・5・11南九州で戦死、七五二空）、矢部泰次少尉（予学十三期、20・3・18南九州で戦死）、富永静少尉（予学十三期）、豊永孝康少尉（予学十三期）、千村茂允少尉（予学十三期）、富樫會少尉（予学十三期）、片田末男少尉（予学十三期、20・6・3南九州で戦死、七五二空）、福田健治少尉（予学十三期、20・6・11南九州で戦死、七五二空）、宮崎利春少尉（予学十三期）、岡野清輝少尉（予学十三期）、川名文男少尉（予学十三期）、小林弘少尉（予学十三期）、近藤政市飛曹長（操練二十七期）、中納勝次郎飛曹長（操練三十七期、20・5・4南西諸島で戦死、七〇一空）で、下士官兵搭乗員は新編成であり、ほとんど戦闘三〇三に編入されたので、その項でふれたいと思う。

燃え上がる南九州

三月に入り、平穏だった南九州にも、待機の命令が出るようになった。

三月十八日早朝、情報により黎明哨戒の準備をしていたところ、五時五十分、第一直整列

の号令と同時に、鹿屋方面に「グォーグォー」と銃撃音と火の手が上がった。

「空襲だ！　上がれ！」

戦地での経験から、私は大声で叫んでいた。これはあとで知ったことだが、敵夜間戦闘機の追従《ついしょう》攻撃により、鹿屋に帰投する哨戒機が奇襲を受けたものであった。

ただちに待機の零戦五二型二十五機が発進した。錬成部隊のため緊急発進になれていないため、離陸時に三機が大破（二名戦傷、一名ぶじ）するという事故があった。

私は中耳炎の治療で休業中だったので、迎撃編成からはずされ、地上指揮にまわった。

夜明けとともに高度五、六千メートル付近であちらに二機、こちらに三機とバラバラになっているのが見える。はやく集合して編隊を組まねばと思い、各機に無線で指令したが、なかなか集合できなかった。

午前七時ごろに敵戦爆連合の艦載機のべ二百五十機が来襲し、串良、笠ノ原、桜島、鹿屋上空の各地で敵戦闘機約三十機と交戦し、戦果はF６F一機を撃墜したが、矢部泰次中尉（予学十三期）、山口巌一飛曹（丙飛十六期）が戦死、行武義祐上飛曹（丙飛十二期）が未帰還となり、さらにこの迎撃戦で林隊長は桜島上空の空戦で被弾、落下傘降下したものの、火傷で笠ノ原基地の病室に収容された。

他の迎撃機は出水基地、国分基地に着陸して、出水基地より鹿屋や笠ノ原の上空哨戒を行ない、笠ノ原基地には一機も帰らなかった。

敵の戦爆連合の攻撃で笠ノ原基地の第一兵舎および第三、第六格納庫が全焼し、野積みの燃料ドラム缶に被弾した。南九州が敵艦載機に蹂躙《じゅうりん》される最初であった。

翌十九日は、出水基地などに展開した戦闘三一二の笠ノ原基地へ、鹿児島基地に展開の戦闘三〇三飛行隊隊長、岡島清熊少佐が零戦一コ中隊をひきつれて応援に飛来した。

私は、休養中の搭乗員の飛行機に乗れるものを集めて一コ小隊を編成し、戦闘三〇三に合同し、二時間ずつの上空哨戒につくことになった。

そのさい岡島隊長が、「お前はここの責任者だから哨戒の最後の直をするように」といわれたので、午後二時より最後の哨戒に出発する。この日は曇り空で、雲高は二千メートルくらいだった。

なにごともなく、二時間の哨戒終了の時間がきたので、徐々に高度を下げつつ、ふと飛行場の戦闘指揮所を見ると、指揮所の信号機のポールに航空Z（全機発進）の信号旗が上がって、搭乗員が飛行機の列線に向かって走っているのが見えた。

〈空襲だ！〉と直感して列機に戦闘隊形を令し、スロットルを一ぱい上げて上昇にうつり上方を見ると、雲のすき間から敵機が四機出てきた。

これを列機に知らせて追跡にうつり、ひょいと鹿屋の方向を見ると、敵戦爆隊が急降下に入っている。

〈これは大変だ〉と笠ノ原を見やると、笠ノ原にも急降下に入っている。そこで目標を笠ノ原攻撃の敵に向ける。

見れば、上昇中の味方機にF４Uが二機ついている。

〈危ない！〉私は優位から敵の一番機に突っ込み、二十ミリと十三ミリ機銃を射ち込んだあと避退して見ると、敵はそのまま降下して地上に激突して爆発した。

上昇中の零戦は三〇三の鈴木上飛曹だったので、合同してつぎの地上銃撃中の敵機を追った。

この戦いでの戦果は、戦闘三〇三と協同でF4U七機撃墜（うち三機不確実）で、味方に被害はなかった。

出水基地に不時着して、他隊の指揮下に入っていた笠ノ原の所属機も、原隊復帰してつぎの作戦に備えたが、隊長負傷のため隊長不在のまま作戦を続行した。

三月二十一日、零戦十一機（戦闘三一二＝六機、戦闘三〇三＝五機）は神雷攻撃隊制空隊の任務のため、午前十一時四十三分、笠ノ原基地を発進、鹿屋百五十度、三百二十海里付近で敵レーダー網に捕捉され、敵戦闘機約三十機と交戦してその五機を撃墜したが、直掩隊の不足から神雷隊は全滅し、期待された初陣は失敗に終わった。

直掩隊は午後七時までに六機が帰着したが、南大東島に一機、志布志に二機、高知に二機が不時着した。そして翌二十二日、燃料補給ののち、ぶじ基地に帰った。

三月二十四日、戦没英霊二柱（矢部泰次中尉、山口巌一飛曹）にたいする告別式が行なわれたが、行武義祐上飛曹は未帰還として、戦死認定はまだされていなかった。

三月二十六日、戦闘三一二飛行隊の新隊長に神崎国雄大尉が着任、新編成により私たち十一名は岡島隊長の強力編成の要請により、鹿児島基地の戦闘三〇三飛行隊に愛機零戦とともに編入された。

涙で歌う『同期の桜』

昭和十九年二月、厚木空が二〇三空と改名されて、より強力な飛行隊として北方に、南方に活躍していたが、昭和二十年二月の再編成で第五航空艦隊に編入され、本部を笠ノ原基地におき、戦闘三一二飛行隊とともに展開した。

司令は山中龍太郎大佐（海兵四十九期）、飛行長進藤三郎少佐（海兵六十期）。一方、新編成時の戦闘三〇三飛行隊幹部は、副長土山広端中佐（鹿児島派遣隊指揮官）、飛行隊長岡島清熊少佐（海兵六十三期）、分隊長蔵田脩大尉（海兵七十期）、大谷徹夫大尉（海兵七十期、20・4・12南西諸島にて戦死）、大沼満大尉（予学九期、20・3・18戦死＝鹿児島）。

分隊士は杉坂善男中尉（海兵七十二期、20・3・18戦死＝鹿児島）、小久保節弥中尉（予学十三期、20・4・16南西諸島にて戦死）、久住武中尉（現太田善仁・予学十三期）、北野五郎中尉（海兵七十三期、20・8・7耶馬渓上空にて戦死）、人見純一中尉（海兵七十三期、20・8・8九州上空にて戦死）、堀江清中尉（海兵七十三期）、大塚晃一中尉（予学十三期）、上原武夫中尉（予学十三期）、浜本義雄少尉（予学十三期、20・4・15沖縄にて戦死）、兼田功少尉（予学十三期）、杉林泰作少尉（予学十三期、20・8・8宇佐にて戦死）、石原豊治少尉（予学十三期）、大月義人少尉（予学十三期）、高橋作衛少尉（予学十三期、20・4・16鹿児島にて戦死）、加来均少尉（予学十三期）、岩本徹三少尉（操練三十四期）、長田延義飛曹長（操練三十五期、20・5・14沖縄にて戦死）らであった。

そして三月十八日以降は、敵戦爆連合の艦載機は毎日のように来襲するようになり、戦果より被害が多くなるようになった。

二十九日は、撃墜四機に味方は七機を失った。このようにしてわれは、除々に消耗していった。

四月六日——ついに菊水一号作戦が発令された。連合艦隊は第一遊撃部隊（大和、二水戦）にたいし沖縄突入攻撃（特攻）を発令したのである。

連合艦隊司令部では、この特攻の成功は疑問視していたというが……水上部隊最後の作戦として華をかざらせようと、上空直衛機もつけず死出の旅に出したのは、いったいだれの責任だろうか……。

第一遊撃部隊は午後六時、豊後水道を通過、一路沖縄へと南下する。このときすでに敵潜水艦に接触されていたようだ。

四月七日、司令部は「大和」の上空哨戒を急遽、二〇三空に令されて、零戦八機が午前八時より配置につくが、司令部は後続の哨戒機の配置もせず、第一回の哨戒機が基地に帰りついた十二時ごろ、第一遊撃部隊は敵艦載機の第一波の攻撃を受けたようだが、司令部は手の打ちようもなく、敵艦載機の蹂躙《じゅうりん》にまかせてしまったのであるが、乗組員の悔しさははかり知れないものがあったろう。

特攻機による大戦果が毎日毎日発表されていたが、はたして司令部は、真実それを信じていたのだろうか。あの発表が事実なれば、敵機動部隊はすでに全滅していたはずである。

沖縄作戦も終局に近づき、敵の本土上陸がささやかれるようになった七月十七日、戦闘三〇三飛行隊は本土決戦温存部隊として、鹿児島基地を撤退して宇佐基地に移動した。

しかし、迎撃、攻撃はいぜんとして続行され、敵の上陸にそなえて特攻攻撃を行なうための、上陸用舟艇などの艦型の座学もはじめられた。

そして八月十五日——正午より陛下の放送があるということで、放送のはじまるのを戦闘指揮所に集合して待った。いよいよ放送がはじまったが、ガーガーと雑音がうるさく、内容も充分にわからなかった。「最後までがんばれ」といわれているという者もあれば、「いや、戦争は終わった」という者もいて、意見はまちまちだった。

午後になって陸爆銀河が一機、低空で飛来して伝単をまいていった。ハガキ大のワラ半紙にガリ版刷りで『檄』と書いて、内容は、赤魔に翻弄された重臣たちが……戦いはこれからだ……海軍航空隊——という意味のものであった。

蔵田隊長は、「特別の命令のあるまでデマにまどわされず軽挙妄動をつつしみ、海軍戦闘機搭乗員らしく行動するように……」と訓示されたので、表面上は動揺は見られなかった。しかし、敵の挑発には攻撃してもよいといわれていたので、ときおり偵察にくる敵機を攻撃する場面もあったが、おおむね平穏であった。

十九日の夜、宿舎に「搭乗員総員集合」がかけられ、総員無期休暇が発表された。

そして二十日零時までに関門海峡をこえて本州に入ること、また、それができなかったら山に入ってようすを見ること、敵がポツダム宣言を履行《りこう》しなかった場合は、二十四時間以内に原隊に復帰すること、などが言いわたされた。

情報によれば、反抗する者を鎮圧するために、各鎮守府では特別陸戦隊を編成しているらしいとか、博多湾に敵艦隊が入ったとか、敵の空挺隊が関門海峡を閉鎖するとか、さまざまのデマが流れ出した。

搭乗員は戦犯として処刑されるかも知れないから、つかまったら自決せよと、拳銃と弾丸がわたされたりした。

その晩、重要書類を焼却したのち、送別会にうつり、全員で「同期の桜」を泣きながら歌ったことは、いまでも鮮明に脳裏にやきついている。

（月刊「丸」平成四年十月号）

第二章　わが二十歳の零戦時代

〈元海軍上飛曹〉河嶋透徹

さらば予科練

昭和十八年、土浦における規定の訓練、実習を消化し、学科試験も終了して身体検査もぶじ合格、いよいよ予科練卒業である。

よろこびと哀愁が心を二つにわける。一中学生が搭乗員のタマゴから二枚翼の飛行機に乗るヒナ鳥となって飛び立つのである。軍隊のことはなにも知らなかった私たちが、はじめて軍服を着、ムギ飯を食い、吊床に寝て、親にもたたかれなかった身体を、アカの他人にびしびしバッターで尻をたたかれ、アゴをとられながら罰直にたえ、幾多の試練を乗りこえて、ここまでやってきたのである。

あるときは〝エグイ〟教員から理不尽《りふじん》な体罰をうけ、あるときは温情ある教員から心からの教育を受けて感動し、励まされながら辛抱強く卒業までの約一年間を待ちに待っていたのである。

入隊当初、その苦しさ、さびしさから吊床の中で人知れずすすり泣き、罰直の痛さに泣いた少年たちもいちおう半人前の軍人となったのだ。

卒業式数日前に私たちは、飛行術操縦専修練習生として陸上機と水上機に分けられ、ついで各自がおもむく練習航空隊が発表された。私の名は〝陸上機飛練組〟にあった。そうして行く先は筑波航空隊であった。土浦を卒業すると〝予科〟の二字がなくなり、本科生ともよばれ、通称「飛練」とよばれる身分になるわけである。

操縦分隊編成いらい寝食をともにしてきた分隊員は、陸上機と水上機とに分かれ、それぞれ指定された航空隊に東へ西へと四方八方に巣立って行き、そこで九三式中間陸上練習機または水上機に乗り操縦訓練に励むのである。〝鬼の筑波に蛇の谷田部〟は、搭乗員のなかでは有名な話であるが、飛練の飛行作業は後述する。

じつに感無量、未知の世界にとびこむ気持は複雑で、不安と希望が頭の中で入り乱れ、卒業前夜は飛練に思いを馳せ、興奮してなかなか寝つかれなかった。

いよいよ卒業式当日となり、庁舎前第一練兵場に整列する。前方に司令、副長をはじめ教育主任ら多数の士官が白い手袋も真新しく、格好よくこちらを向いている。私たちの横には各分隊の教員がならび、私たち全卒業生は中央に整列している。式次第にしたがい、まず司令が卒業にあたって、その喜びと将来に対するはなむけの挨拶をする。

「卒業おめでとう。飛練にいったら、伝統ある当航空隊の猛訓練を基礎として飛行訓練に励み、一日も早く一人前の搭乗員となり、帝国海軍航空隊の戦力となってもらいたい。

いまやわが国は重大な局面に向かいつつあり、前線では諸子たちのくるのをいまや遅しと待っている。飛練にいっても健康に留意して訓練に励み、がんばられることを心より願うものである」

　これにたいして練習生代表が、「私たちはかならず立派な一人前の搭乗員となり、司令はじめ教官教員のご期待に添うことを誓います」と、大きな声で力一ぱい元気に答える。

　昼食は、森司令を正面にして教官、教員たちとの会食である。主計科心づくしの赤飯と副食が出る。そのうえデザートつきであった。食事中、思い思いの雑談をまじえて話し合っていたが、司令が席を立たれたのを機に、昼食会も解散となった。

　その後は身の回り、衣嚢《いのう》を整理して分隊員とも分かれ、他分隊員と合流して飛練航空隊別に新たな分隊を編成した。

甲飛出身の河嶋透徹上飛曹

　私と同班で、とくに仲よしだった三人は水上機飛練へ、また私の行く飛練航空隊にも同班三名が一緒であった。

　翌日、いよいよなつかしい土浦航空隊を去ることになった。各飛練航空隊別に時間はまちまちであったが、教官、教員、後輩たちが隊門の両側に整列し、「帽振れ」の合図とともに各人が帽子を力一ぱい振ってくれる。私たちはそのなかを答礼しながら教官、教員には「お世話になりました」と礼を言い、後輩たちには「頑張れよ」と声をかけながら退隊する。

指揮官は兵曹長であった。汽車を待つわずかの時間をぬすんで、私は一通の手紙を実家に送るため大いそぎで書き、子供を背負った三十歳前後の婦人に、「申しわけありませんが、この手紙をポストに入れて下さい」と五十銭紙幣をそえてお願いした。

もちろん軍規違反であったが、妹や弟たちに土浦にはもういないと、一言、知らせたかったのである。しかし、その婦人はどうやら、ポストに入れてくれなかったようである。

汽車旅を終え、筑波航空隊に到着したのは午後四時をまわっていた。軽業患者数名と衣嚢は迎えのトラックで運ばれ、私たちは航空隊への道を行軍して行った。

約一時間ほどの行軍のあと、やがて隊門が見えてくる。「歩調トレ、カシラ右」の号令とともに一行は、元気よく隊門を入った。「鬼が出るか蛇が出るか」、とにかく地獄の一丁目といわれている筑波の飛練航空隊内に第一歩をしるしたのである。

地獄の二丁目

そのあと私たちは、衛兵所に迎えに出ていた少尉に引率され、営門から庁舎前にいき、そこで横隊に整列させられた。見れば少尉の襟章には空色のマークがつけてあり、飛行科士官であることがわかった。

まもなく大尉の当直将校が、私たちの中央前に立った。そこで期長が「気ヲツケ、カシラ中」の号令とともに、「土浦航空隊より百四十名ただいま転勤してまいりました」と申告する。

と当直将校は、じっとにらみつけるような、一種独特のきつい目で、練習生一同を見まわしてから、「休め」の号令をかけた。が、なにをテストしようとしたのかわからないが、「気をつけ」「休め」を数回連続して行なった。

土浦で相当にきたえられていた私たちだったが、連続で行なわれたのは初めてで足並みがそろわず、「休め」の号令で終わったときに「気をつけ」の姿勢をとる者もいる始末。と、当直将校はおもむろに、あらためて「休め」をかけ、つぎのような訓示をした。

「当隊はすでに知ってのとおり飛練航空隊である。土浦航空隊のような初歩的訓練はしない。飛行兵長としてとりあつかう。戦局は重大な局面にいたっておる。その重大性をよく認識して、一日も早く、戦力となる操縦員になるよう猛訓練にたえてもらいたい。以上」

当直将校の訓示が終わると、少尉が前に出て、「駆け足前へ」の号令で五百メートルほど走り、兵舎前に整列した。

ここで少尉が、私たちの名を一人ひとり呼び出し、一同は一分隊員、二分隊員にわけられていった。私は第一分隊であった。

こうして百四十余名は二コ分隊となり、一コ分隊は七十余名となって訓練を受けることになった。そして飛行作業は午前組と午後組になり、一週間交代となった。

第一分隊では兵舎内で、先任教員から各教員が紹介され、ただちに各班が編成された。そしてみなが二種軍装（夏服）から事業服に着がえていたとき、「お前たちの夕食は先輩たちが用意する。身の回りを整理しておけ、いいな」と教員が私たちに告げていった。

私たちが先輩（乙飛）練習生の用意してくれた夕食をたいらげ、ほっと一息ついているとき、こんどは教員が「被服点検用意」を告げにきた。「被服点検」は土浦でもときおりやったが、そのつど予告があり、靴下とか小物が不足していると、うまくやって定数を合わせたりしていたが、これはあくまで定数合わせが主目的で、数をていねいにチェックした。

当時の軍隊では、官給品は靴下一足でもみな、天皇より賜わった物であると教育され、また、たたき込まれていたのだ。紛失はもちろん、損傷、汚損があってはならず、定数がぴたりと合っていなければならなかった。

私たちは「被服点検」ときいて、これはなにかあると頭にピーンと第六感が走った。教員たちは練習生の被服を点検するが、定数を調べようともせず、ただ各人の衣類をひっくり返して見るだけで、さっさと終了し「衣嚢納め」「ただちに総員整列」とやつぎばやの号令をかけた。

この間、先任教員は上陸用の軍服を着て、私たちをちらりと見て外出してしまった。袖に善行章二本をつけた上飛曹であった。

残った教員たちは、それぞれバッターを持って、甲板をたたきながらウロウロしている。と、一人の教員が「聞け」と突然、大声を出し、「お前たちはここをどこだと思ってきたのか」から〝儀式〟がはじまった。

「お前たちの軍服を見ろ、襟《えり》を見ろ、靴下も下着もみんな汗だらけでよごれておる。洗濯などしている者は一人もおらん。これはどうしたことか、土浦の教育はこんなものだったのか。いいか、ここは土浦の幼稚園とはちがうんだ」

すごみを聞かせた威嚇《いかく》的な態度で練習生を見まわす。

汽車に乗り、衣嚢をかつぎ駅から駅へ、また航空隊までは駆け足同様で、真っ白な夏服も下着もみんな汗とほこりにまみれてよごれている。それを洗濯もせず衣嚢に入れておいたのを「被服点検」の名のもとに因縁をつけ、バッターを振ろうとしているのである。洗濯をしないのはどうしたことかといわれても、私たち七十余名の分隊員は、「時間がありませんでした」と口がさけてもいえない。

なぜならば、先輩が用意してくれた夕食を平《たい》らげてしまっている。飯を食ってから時間がありませんでしたなどと、うっかり答えようものなら、このときとばかり、飯を食う時間はあっても洗濯の時間はないのか、と〝あげ足〟をとられ、怒りにさらに火をつけることになって、バッターの数が多くなることは必定である。

飯を食う時間はあっても、洗濯をする時間はなかったのかといわれてしまえば、弁解の余地はない。白いのも黒、黒いのも白と教員がいえば、それに同調しなければならないのが軍隊である。絶対に自分たちが正しくともそれを正当化することはできない（一般社会でも上司にさからえば、その反動はなんらかの形であとになって表われてくるが）。

私たちはオオカミの前の小ヒツジ同様、ただ黙っていた。すると教員の語気がさらに荒くなり、「お前たちは、返事ができないのか、甲飛はこんな教育を受けてきたのか。ただ等級だけは一人前以上にとりやがって、ヤワな奴らが……」と皮肉たっぷりである。

あげくのはてに「お前たちみたいな練習生を、ここではオタンコナスという（この意味は当然のことながらわからなかった）のだ」となる。ついで、

「今日は入隊のめでたい日であるが、お前たちのようなヤワな練習生には、飛練のアジをとくと知らせてお祝いしてやる」

といって、「これが赤飯だ」と総員は、バッター五本のお祝いを受けたのであった。

教員といっても、土浦の教員とはいささかちがっていた。土浦の教員は砲術、航海、運用、通信、機関、整備と多種多様の兵科出身で、飛行科出身は一人もいなかった。それに、年齢的にも相当なひらきがあった。

それに予科練での罰直は、数少ない教員で多数の練習生を修正するので、バッターをふるうさいも整然と行なわれ、振りつかれて最後の方はあまり痛くないことが多かった。

しかし、ここ飛練の教員はみな若く、私たちとほとんど同年輩で一つか二つぐらい年上の者が多かった。

飛練のバッターはその後もあったが、練習生七十余名に対して教員の数も多く、三人または四人に教員一人の割合いで、それも若いパリパリの教員たちである。それだけに腕力もあり、尻の痛いことこのうえなしで、腰のズイまで電気が走る。

また飛練の教員は延長教育、実施部隊をへて教員配置につく者、第一線で実戦を経験し、休養をかねて教員配置につく老練な搭乗員らが入りまじっていた。そのため総合的には若い教員が多く、その若い先輩が下級生に制裁をくわえるようなもので、罰直とはいっても秩序がなく、やるだけの正当な理由もなかった。

また、教員には大正時代から伝統ある操練、丙飛出身、昭和五年からの乙飛出身が多く、それにくらべて昭和十二年からの甲飛出身は少なく、教員どうしでムギメシの数の多い丙飛、乙飛出身の教員におされ、甲飛の先輩教員は私たちをかばうだけの数はいなかった（後日だんだんにわかってきた）せいもあったろう。

翌日、正式な入隊式があった。型どおりの司令の訓示を受け、つづいて飛行長の訓示があり、分隊長、分隊士、先任下士官、教員の紹介があった。教員のなかには丙飛出身らしい兵長も二、三人いる。正式には教員助手であろうが、私たちには教員と呼ばせていた。おなじ兵長でも教者と習者となって、その差は厳然とできていたのである。

兵舎内では、先任教員のきびしい訓示があった。

「土浦での教育は基礎的なものであるが、飛練はお前たちの考えているような生やさしいところではない。飛行機に乗り、いったん空中にあがれば〝生と死〟まったなしの訓練をしなければならない。ちょっとしたミス、気のゆるみが即あの世行きとなる、シャバでは〝失敗は成功のもと〟などと世迷いごとをいっているが、飛行機乗りの失敗はあの世行きであり、たった一度のミスも絶対ゆるされることではない。

今日はこまかいことはいわんが、これからの毎日の飛行作業についてはビシビシしめていくから、今からそのつもりで覚悟しておくように……」

といったなかなかに手きびしい訓示であった。とにかく飛練の教員はみな操縦員である。彼らの指導のもと、いよいよ待ちに待った悲願が、達せられようとしているのである。

初飛行の日

温（自）習時間に『九三式陸上中間練習機操縦術教科書』が配布され、これを熟読し、徹底的に頭の中にたたきこんでおくようにといわれた。教科書には〝マル秘〟の赤印が押してあり、まちがっても紛失せぬよう注意がくわえられた。

私たちはさっそく九三中練（通称赤トンボ）の構造から性能、また離陸着陸のスピード諸動作などを夢中で読み、頭の中にたたきこんだ。

教員は、いくら地上でできると思っても、空中に上がれば飛行機乗りの五分頭といって、頭の働きも手足の動きも半分になってしまう、順々にいろんなことを体験して身につけることだが、肌で知り、反射的に手足が動くようにならなければ一人前にはなれない、と指導する。私たちの温習時間は毎晩、この教科書とのにらめっこであった。

整備下士官から九三中練のエンジン、機体構造、各部の名称、作動などを実物で訓練をうける。世間ではよく赤トンボと簡単にいっているが、実際おそわる私たちは真剣そのものだった。

ついで一日がかりで教員の引率のもと、飛行場周辺を一巡する。のちのち上空から地上を見た場合の飛行場周辺の地形を、練習生に記憶させるためである。めだつ一本杉とか、白壁の土蔵、赤い屋根の民家、また大きな煙突などなど、それに川や橋など目につくものを略図に書き入れ、東西南北になにがあるかを頭におさめる。

その後、木製の計器盤を片手にもち、地上練習をはじめる。離陸時の要領を呼称しながら、油圧計、燃圧計、回転計、燃料計、高度計、水平儀などなどのチェック、エンジン全開離陸、上昇飛行、プロペラの回転、スロットルレバーのしぼりなどなどである。

離陸、第一旋回、上昇高度三百メートルで水平飛行、第二、第三旋回、第四旋回後にパスに入りながらエンジンをしぼり降下、高度二十メートル、七メートルでエンジンを一ぱいにしぼって着陸というように、プロペラの回転数、エンジンのしぼり方、手足の動かし方など自分で声を出し、左手に持った計器盤を右手で操作しつつ、何回もくりかえし練習する。

そして数日後、いよいよ慣熟飛行の日がやってきた。同乗の教官、教員が操縦し、私たちは生まれてはじめてエンジンのついた二枚翼の赤い飛行機に乗せてもらうのである。

練習コースを何周かして、飛行機というものがどういうものであるか、空中とはどんなものであるか、大空になれるための飛行で、上空より見た地上の感覚を学ぶ初飛行である。

教員の中には、練習生をおどかすつもりで宙返り飛行をやり、着陸したあと練習生がゲーゲーと小間物屋をひらく場面もしばしばみられた。すると教員は、「貴様らヤワだから、このくらいのことでヘドをはく」と文句をつける。

私たちが離着陸訓練を開始して数日がたったころ、卒業まぢかい先輩（乙飛）の夜間定着訓練を見学することになった。

夕食後、私たちは飛行場指揮所横に整列して、芝生に腰をおろして、教員からいろんな夜間着陸の説明を聞きながら、夜間離陸する飛行機、着陸する飛行機の諸作業を見学していたが、トラブルはそのとき発生した。

当時の飛行場には、現在のような立派な夜間着陸の設備はなく、一定の間隔にドラム缶をおき、廃油を燃やして照明灯がわりにしていた。

と、いままで順調に離陸訓練をしていたそのうちの一機が、照明用ドラム缶に車輪をひっかけたか、ドラム缶が倒れて廃油が一面に流れ出し、定着地付近は火の海となってしまった。

さあ大変である。つぎつぎに着陸してくる空中の飛行機に、教官や教員が発光信号器でパッパッパッと短符信号を連続する（短符連送は危険信号）。パスに乗って下降中の飛行機はみな着陸寸前で、エンジンをしぼっている。

着陸寸前の最初の一機は、目前に火の海をみて、急上昇しようとして失速、墜落してしまった。

二機目も前方の機につづいて、パスに乗って降下中であったが、いちはやく地上の異変に気がついたのだろう、グワーンとひときわ大きな爆音を残して急上昇し、飛行場を離れていった。上空で飛行中の十数機は、飛行灯をパチパチ点滅させながら、飛行場周辺を旋回している。

教員、整備兵らが消火につとめ、負傷者を病室に運ぶあわただしい悪夢の一瞬がすぎたが、私たちはなにもすることもできず、ただ驚き呆然として、あれよあれよというだけだった。

そのあとすばやく定着地は整備され、「着陸ＯＫ」の信号が発せられて、上空を旋回していた飛行機はつぎつぎと着陸してきたが、私たちは早々に兵舎に帰されてしまった。

その後、この件については他言無用であり、翌日から何事もなかったように平常にもどったが、先輩たちは卒業前だったのに、さぞ大目玉をもらったと思われる。

上昇は、スロットルレバーを入れて（エンジンをふかしてから）操縦桿を引き上昇し、降下はスロットルレバーをしぼってから、操縦桿を前方に押して降下するのが鉄則であった。

上昇、降下のレバー操作は、操縦員にとってイロハのイであるが、まだ経験不足な練習生は悲しいかな、とっさの場合、飛行機乗りの〝五分頭〟でそれができないのである。

私は今なればこそこんな簡単にいえるが、当時は一つの小さなミスがああなるのかと思うと、本当に生と死をかけた訓練ぶりに心がひきしまり、その夜は興奮してなかなか寝つかれなかったものである。

海軍の搭乗員は、いつも航空母艦に着艦することを前提として、毎日の訓練が行なわれる。定着訓練は滑走距離を短く、そして離着陸訓練からは三点着陸を徹底的に訓練され、前車輪二輪と尾部の三点が同時接地するよう、レバー、操縦桿を操作せねばならない。うまくいったときは「ドンピシャリ」といい、ジャンプすると、なにがしかのお返しをもらったものである。

一方、陸軍では滑走路を一ぱいに使い、前車輪で相当滑走したあと尾部をつける着陸をしており、海軍の着陸を陸軍では、〝トンボがタマゴを生むみたいにチョコンと着陸する〟といっていたようである。

旬日を経ずして、私たちに夕食を用意してくれた先輩練習生たちは飛練を卒業し、専修機種別に分かれて延長教育（実用機教程）航空隊へと巣立っていった。

悲しき五分頭

このころから私たちはペア四人となり、一人の教員が毎日つきっきりで、四人を順番に教える、いよいよ本格的に訓練がはじまった。

まずは離着陸同乗飛行からはじまった。練習生は前席、後席には教員または教官が乗る。前席と後席の操縦装置は連動式（前席と後席ともおなじく操作ができる）になっており、前席の練習生の操作に後席の教員、教官が修正するのである。

私たち四人のための教員は丙飛出身の二飛曹で、小柄な口かずも少ない教員であった。班長は丙飛出身の一飛曹で、なかなかの好男子であった。班長兼教員を班長とよび、ペアの下士官を教員とよんだ。

すでに記したように土浦での教員は、二十名くらいの練習生を一人で受け持つ班長であったが、飛練では四人の練習生に一人の教員であり、また毎日、分隊長はじめ分隊士数名が飛行作業を指導する。

七十余名に対して二十数名の教官、教員が私たちの作業いかにと見守っているのだ。ペア教員は一人ひとりの練習、そのでき具合、調子のよしあしを班長に被告し、各班長は先任教員に飛行作業の上達ぶりを報告する。

私たち一分隊は午前、二分隊は午後ときまり、いよいよ離着陸同乗飛行の開始であった。先任教員からこまかい注意を受け、隊伍をととのえ、駆け足で飛行場に向かう。

飛行場には指揮所が設置され、その横には長い吹き流し、大きな白いT字板などがすでに用意されており、黒板には搭乗割（教員、練習生、飛行機番号）が記入されている。

整備兵が格納庫よりひき出した羽布張り二枚翼の九三中練は、エプロンに一線にならべられており、すでにプロペラも回っている。

分隊総員が指揮所前に整列すると、分隊長よりいろいろと訓示がある。きびしい飛行作業の開始である。今日はこまかいことを整備科がやってくれたが、明日からは列線ならべから練習生がやるようにとのことである。

黒板の搭乗割にしたがってまず地上訓練であるが、教科書どおり操作して離着陸訓練を行なう。いずれも夢中だったので初日の記憶は今はない。ただ練習機だと思っていたのが、実際に操作してみると、翼は大きく感じられ、エンジンのひびきも腹まで伝わり、身体が取り残されそうになったのをおぼえている。練習機といっても、四百八十馬力「寿」エンジンが全開するのである。

翌日からの日課は、すべて飛行作業である。起床、庁舎前での朝礼、掃除、朝食、朝食後は食卓番を残して飛行作業準備、準備のできた者から飛行用具を持ち、三三五五、駆け足で飛行場に向かう。

吹き流しを立て、T字板をならべ指揮所の準備をする者、整備兵と一緒に搭乗機の両翼と尾部にとりつき、「左前よし」「右前よし」「そのまま押せ」と声を合わせて列線まで押して行く者など、みな懸命である。

エンジンのかかっていない飛行機は、ヨチヨチ歩きの赤ん坊みたいで、数人に押されても思うように動かない。地上では始末の悪い飛行機であるが、いったん空中に上がれば操縦桿一本で自由に飛べるのに、地上ではまことにヤッカイ者である。

一機また一機と列線にならべたあと、チョーク（車輪止め）で両輪をとめる。

操縦席に乗り、声を出して「チョーク、よし」「スイッチ・オフ」を確認し、二人でプロペラを手で回し、エンジン各部にオイル（潤滑油）をゆきわたらせる。操縦席の練習生は、地上の練習生に「前離れ」を宣し、地上の「前よし」を確認し、「前よし、エナッシャー回せ」（クランク棒）でエナッシャーを回すと、ウーンウーンとうなりだす。

調子をみて「スイッチ・オン」となる。ついでコンタクト（エンジンの軸とプロペラの軸をかみ合わせる）でエンジンがかかる。プロペラがブルンブルンとゆるやかに回りだす。はじめのうちはなかなかエンジンがかからず、整備兵に助太刀してもらう。スロットルレバー（座席の左側下についており自動車のアクセルに相当）を前方に一ぱいに押し出して全開とし、手前に引くとだんだん微速となる。

この動作を何回かくり返し、全開、微速時に異常はないかを確認する。

ついで操縦桿を前後左右に動かし、異常のないことを確認すると同時に諸計器のチェックをする。とくに燃料は計器が満タンであっても、燃料タンクは自分の目で確認する。これは教員よりきびしくいいわたされており、自動車とちがって燃料切れは死を意味するからだ。自動車は路上にとまるが、飛行機は即墜落なのだ。

つぎに伝声管のとりつけをする。初めてのころはなにくれとなく整備兵が手伝ってくれたが、慣れてくると、彼ら本来の燃料補給、エンジン整備などの仕事に専任し、ほとんどの作業は練習生だけでやるようになる。

練習機の準備ができたころ、全員の食器の後始末をすました食卓番が、早駆けで飛行場にやってくる。

先任教員の「総員整列」の声で教員、練習生が指揮所前に整列すると、分隊長の訓示やら注意をうけて、「飛行作業かかれ」の号令で、搭乗割にしたがい練習生、教員とも飛行機に向かって散ってゆく。

教員と一緒に試運転をし終わったところで、分隊長の前にタッタッタッと駆け足で行き、

約五、六メートル手前でピタリと停止、分隊長に向かい挙手の礼をしながら大声で怒鳴るように、

「C練習生、離着陸同乗飛行、出発します」

と報告する。しかしながら、数機のエンジンの音がごうごうとひびき、声がなかなかとおらない。やりなおしを数回させられる（このため夕食後の合い間をみて号令調整の練習をして大きな声を出す練習をする）。

分隊長が黙ってカッコいい搭乗員特有の答礼をするときはOK、そのまま出発である。

列線の搭乗機に駆けて行って飛び乗り、エンジンの調子、機体の操縦装置を動かしてみて再確認し、後席の教員に「エンジンよし」「機体よし」と伝声管を通して出発準備完了を報告する。

列線から離陸地点まで地上滑走で行くのだが、飛行機は思うように滑走してくれず、地上の練習生が両翼について補助してくれる。

いよいよ離陸開始である。前後左右を見まわし、「見張りよし」「エンジンよし」「機体よし」「出発します」と伝声管で報告する。

教員の「出発」の号令で、いそぎ変更輪を上昇に調整して、レバーを徐々に押してエンジンをふかし全開にする。たちまち飛行機は、芝生上を生をえたように滑走しはじめる。地上訓練どおりにはいかず、機体を左側に持っていかれる。すかさず教員が「右を踏め」とどなる。右を踏むとちょっと直進するが、こんどは右側にもっていかれる。あわてて左を踏む。スピードがつくと、尾部があがり水平滑走となり、左、右、左、右と機は蛇行しながら滑

走して、ようやく離陸し、ふわっと空中に舞い上がる。教員が後方で補助してくれていることが操縦装置をとおして伝わってくる。

理屈はよく勉強しているものの、その加減が残念ながらわからないのだ。右足を踏めば行きすぎ、左を踏めばこれまた行きすぎで、右に左にジクザグヨタヨタ離陸である。

直進離陸の三点目標として、エンジンカウリングの間に飛行場エンドの目標と、遠い目標（白い土蔵とか赤い屋根など）を見きわめて離陸するのであるが、夢中になってあがってしまい、その目標がどこにあるのか、全然目に入らないのが最初のころだった。

三点目標とおなじ理屈であったが、新米の練習生の頭は五分頭どころか、頭の中はなにもおぼえておらず、ただ夢中で手足を動かし、教員がそれを修正して飛行したというのが実際であった。

地上演習では、あれほど頭にたたきこんだつもりが思うようにゆかず、教員が私よりはやく手足を動かして操作しているのが、私の操作とチグハグになって伝わってくる。

鬼の教員

尾部が上がり、機は水平となって全速滑走にうつる。静かに操縦桿を手前に引く（教員のいうとおりタマゴをにぎるように軽く）。機は地上を離れ、フワリフワリと空中に浮かび上昇飛行にうつる。変更輪（フラップに相当）をもどし直進する。

やがてプロペラの回転数が二千三百回転にたっしたことを計器が示す。レバーを少ししぼって回転数千八百にする。機はなお上昇飛行をつづける（回転数に記憶ちがいあるかもしれない)。前後、左、右、上下を見て「見張りよし、第一旋回ヨーソロー」を教員に報告、教員の「ヨーソロー」でゆるやかな第一旋回をする。「ヨーソロー」は語尾をあげると「よろしいか」で、語尾のソローを低くさげれば「よろしい」の意味で、「ヨーソロー」一語で二つの意味をもっていたのである。私は練習中「ヨーソロー」の語尾を上げたり下げたりせず、いつも大きな声で怒鳴っていた。

第二旋回も第一旋回とおなじく周辺をよく見て「見張りよし、第二旋回ヨーソロー」、つづく教員の「ヨーソロー」で第二旋回に入る。このころ機は高度三百メートルとなり、エンジンをしぼって(レバーをしぼる)「水平飛行ヨーソロー」となる。

第三旋回で少しあてかじをとる。第四旋回に入る前に飛行場をよく見て、吹き流し、T字板を確認、着陸地点の目標をさだめて第一、第二、第三旋回とおなじく充分に見張りをし、教員に「見張りよし、第四旋回ヨーソロー」とやり、教員の「ヨーソロー」で第四旋回に入り、変更輪を降下に調整し、エンジンをしぼりながら降下飛行にうつる(パスに乗るという)。

飛行場の吹き流しやT字板をもう一度確認し(風速・風向)、着陸目標点に機首を向けて行く。目標地点をエンジンカウリングの中に入れ、はみださないようレバーを操作して徐々に降下、高度二十メートル(目測)で教員に高度二十メートルを報告する。機はスピードも落ち、飛行場の芝生もスーッと後方に走って行くのがわかる。

高度七メートル(目測)で教員に高度七メートルを報告、エンジンをしぼり、三点着陸ができるようゆっくり一、二、三と数えたころ、操縦桿を一ぱいに引くと、「ドンピシャリ」

と着地してくれる。

うまく着陸してくれればよいが、初めからうまくいくわけがない。教員がはやくカンをつかむよう指導してくれるが、高度計は二十メートル以下になるときかないので、カンでやるほかはない。なんとか着陸して地上滑走で離陸地点にもどり、ふたたび離陸にかかる。一日の飛行作業は前記のように、離陸して飛行場周辺を高度三百メートルで一周、ついで着陸とおなじことを三回訓練する。飛行時間の正味は一人二十分から二十五分くらいの時間であった。

数日間は教員が手足をそえて補助してくれるが、だんだん手をぬいていき、練習生が主体となって操縦するようになるが、ミスをするとエライことがあとに待っている。

飛行作業も日ましにきびしくなり、うまく旋回できないと〝玉がすべる〟といって後席の教官が棒で練習生の頭をゴツンと殴る。それでも私たちは操縦桿をにぎっていなければならない。教員は操縦桿をはなして殴るので、飛行機はグラグラとゆれる。

一人の練習生が終わると、つぎのペアの練習生と交替するため、機を列線まで地上滑走させて行くのであるが、地上での操作は空中操作の逆で、右に行くときは左の足を踏み、左に向けるときは右足も踏む。これはプロペラの気流が尾翼方向逆に当たり逆作用するからである。

ブレーキも使用するが、急激な操作をすると〝鼻をつく〟といって飛行機が逆立ちしてしまう。はやく列線にもどらないと、後席の教員が「なにもたもたしている、日が暮れるぞ」といっていそがせる。

ようやく練習機から降り、教員と一緒に指揮所まで駆け足でいき、出発時とおなじ分隊長の前で、「C練習生、離着陸同乗飛行終わりました。燃料前缶（または後缶）異常なし！」と大きな声で報告する。声が小さかったり、敬礼のしかたがわるいと出発時と同様、何回もやりなおしをさせられる。

分隊長の答礼でぶじ終了すると、つぎのペアの練習生がおなじ教員とならんで出発報告、飛行作業、ついで分隊長に報告と教員は、つぎつぎと一日に何回も同じことをくり返す。相手変われど主変わらずである。

飛行作業は、みなはじめての連中ばかりであるから、教員は気をぬくことができない。ちょっと目を離せばなにをやらかすか、わからないからである。

飛行機にすこし慣れたころから、ついに教員は小さなミスでも見逃さず、アゴには大きな飛行手袋がとび、また〝前支え〟となってカンシャク玉を破裂させる。

指揮所では分隊長をはじめ教官たちが、望遠鏡で飛行作業全般を見守っている。何号機には〇〇教員と〇〇練習生が飛行作業中であるか、搭乗割黒板を見れば一目でわかる。こまかいことは分隊長はいわないが、練習生が機上で殴られていることは当然、知っているはずである。

飛行作業が終了すると、指揮所前に総員整列し、分隊長の訓示、諸注意をうけて「本日の飛行作業終わり」の号令で解散となる。練習生は飛行作業用具をそれぞれにもち、駆け足で兵舎前に整列、先任教員の諸注意をこまごまとうける。

その先任教員の注意によって、巡検後の罰直がバッターになったり、アゴになったり、前支えとなる。いちど分隊長から元気がない、といわれたことがあったが、その晩は尻が紫色くらいではすまされず、黒くなるまでやられ、翌日はみな尻の痛みに泣いたこともあった。

先任教員や分隊長から、一言でも「たるんどる」とか、「お前たちはやる気がない」などといわれようものなら、その晩は若い教員から待ってましたとばかり罰直を受けたものである。

しかし、生と死の谷間の訓練であれば、たるみは許されることではなく、そのたるみがミスとなってあの世行きになるのであるから、しかたのないことであった。こうして毎日、離着陸同乗訓練がつづき、きびしい指導と教員のイヤミの中で、じっと我慢をして訓練に励む。

またペアの教員は各人に具体的に注意し、悪いところだけを指摘してアゴを二、三発くわせ、いいところは一つもいわない。まちがっても上達したなどと口には出さない。他ペア教員から、「〇〇練習生は順調だそうだな」などと声をかけられることもあったが、ペア教員は知らん顔でどこふく風であった。

今日も離着陸同乗訓練であるが、ようやく蛇行離陸もなくなり直進離陸ができるようになった。左右の足の動かしかたも身について、着陸も三点着陸ドンピシャリと接地できるようになった。

このころにはうっかりバウンド着地などすると、乗員が目をむいて大きな声で「馬鹿モン」と雷が落ちたように怒鳴り、兵舎に帰るとアゴが待っている。

こうして、もうバウンド接地はゆるされない教程にきていることを、いやというほど知らされる。

〽ジャンプしたとてこわれはせぬが、耳の伝声管がやかましい――と、教員のカゲでひそかにこう歌っていたのを知っている。

離着陸訓練もおなじコースばかりではない。風向が変わると吹き流しが変わり、T字板が訂正され、着陸もそれに合わせて実施される。離着陸は風に向かって行なうのが原則だからである。

こうして単独飛行にかかるまで、風雨の強いとき以外は毎日、毎日、離着陸訓練にあけてくれる日がつづいた。

単独飛行

本格的に訓練をはじめてから一ヵ月くらいすぎたころであった。離陸して飛行場上空を一周して着陸すると、ただちに教員が離陸を命ずる。車輪が接地と同時に発進である。今でいうタッチ・アンド・ゴーである。

着陸即離陸となれば、降下にしていた変更輪を上昇に調整（手回し）し、レバーを一ぱいにして発動機を全開にしなければならない。左手で変更輪、レバーを押し、右手は軽く操縦桿をにぎり、両足でフットバーを押さえて全速にする。加速のついたころを見はからって、操縦桿を手前に引く。その間、前後左右上下の見張りはかかせない。いつものように飛行場を一周し、またおなじ訓練を数回くりかえす。

いままでは離陸と着陸は別々の操作で、少しはゆとりがあったが、こんどは秒をあらそう連続操作で両手、両足はもちろん、首をまわして周囲の見張りも大変である。

変更輪とはフラップのことで、練習機時代はフラップとよばず、また手でまわしたものだが、実用機は自動であった。

計器の見方が遅かったり、目標が確認できなかったり、操作のミスがあると、毎度のことながら、教員から精神棒を頭にもらう。

地上に降りてきても、教員の目つき、顔つきが日ましにきつくなり、操作が荒いといってはアゴを殴られ、たるんでいるといっては前支えである。

旋回時にちょっと〝玉がすべった〟といって文句をいわれ、水平飛行でも自分は直進で飛行しているつもりでも、フラフラの酔っぱらい飛行だと精神棒で殴られる（精神棒はバッターとちがって細くみじかく現在の警察官の携行している警棒くらいで、教員は赤青のヒモで手に巻きつけて飛行機に乗っていた）。

〝玉がすべる〟とは、横すべりのことで、旋回しても手足の操作が一致していれば、水平儀の玉（鉄球）は真ん中にあり、操作が一致していないと右にすべったり、左にすべったりする。もっとも実用機では横すべりの技は、戦技の一つであるが……。しかし、基本飛行訓練では許されることでない。横すべりのときは横風を受けることになるので、後席の教員はなおさら頭にきて、「教員を殺す気か！」となって怒りが爆発するのである。

そうなると、精神棒で教員は力一ぱい殴りつける。しかし、その勢いも風圧のためか頭にコブができる程度である。それにしても、力がいる教員の方が大変だったろう。そこで私たちは生活のチエで手ぬぐいを三枚ほど頭に乗せ、その上から飛行帽をかぶり、緩衝装置とした。見つかれば大目玉であったが、だれも見つからなかった。

そのところをもっとわかりやすくいえば、こうである。九三式中間練習機には実用機のような風防がなく、前面に申しわけ程度の小さな風よけがあるだけで、教員が後席から立って頭を殴るのであるが、それが風圧のため手が後方にもっていかれてしまうのだ。さぞかし教員は、鬼のように怒っているのであろうが、幸いに効果（痛さ）はあまりない。

練習機といえど、空中のスピードは特急列車の数倍は出ている。電車の窓から手を出せば、すぐ後ろにもっていかれる、あの理屈である。

飛行作業も順調にすすみ、単独飛行もまぢかいころ、私たちのペア教員が実戦部隊へ転勤となった。それも分隊員にも、ペアの私たちにも一言も話さず退隊してしまったのだ。「サヨウナラ」「帽振れ」のあいさつもなく、練習生たちに隠れて行くように昨夜のうちに出発したらしい。

きのうまでいつもと変わらず教えてくれた教員が、朝にはもういなかった。朝礼後、先任教員から話されてはじめてわかったことであった。転勤先はどうやら南方の部隊らしかった。殴られ、前支え、バッターと数多くの罰直をくわしてくれたが、はじめて操縦桿をにぎらせてくれたのも彼、そして単独飛行まで教えてくれたのだ。教員ももうすこし教えたかったであろうに。

いまとなっては私たちペア練習生にはただ懐かしく、痛かった罰直も忘れ、楽しい思い出だけが残っている。戦後、もしや特攻隊員であったかもと思って調べてみたが、どこにも氏名は記載されておらず、生死、住所不明のまま現在にいたっているが、できるものならもう一度お会いしたい思いでいっぱいである。

後任の教員は、乙飛出身の一飛曹であった。さっそく飛行作業を続行したが、前任の教員のやわらかい操作に対して、新しい教員の操作はいささか手荒く感じられた。たとえば離陸時のエンジンのふかし方など、レバーを一気に押して急速全開で離陸するし、旋回時でも一気に強引に旋回してしまう。訓練の途中で教員が変わったので、しばらくは新しい教員の操作になれるまで苦労させられたが、うわさによると、どうも戦闘機出身らしい。以前の教員は大型機出身であったので、その操作指導は比較的やわらかい操作であったのだ。

このころになると、分隊教員の種別（甲飛、乙飛、丙飛）と機種別（陸攻、艦攻、艦爆、戦闘機）などの専門機種、出身別もわかってくる。

教員が地上で教えるときつい、艦爆ではこうするとか、戦闘機の旋回はこうだと口をすべらせて、例をとって教えるので、それが練習生どうしの話になったとき、うちの教員は何機種出身で乙飛の何期とかいって、班長や教員の素顔がわかってくるのだ。

いよいよ単独飛行が許可されるころとなった。一人ひとりの飛行作業がチェックされ、はれて単独飛行の許可がおりると一人で離陸、コースを一周して着陸と、これを数回行ない、全員が許可されたところで互乗飛行となる。前席も後席も練習生であるから、気がらくである。もちろんその前に、厳重な諸注意が訓示される。

鬼の教員たちは、地上で私たちの飛行作業を見まもっている。教員が乗っていないと思うと、なんとなくいい気分になってくる。

ゆっくり地上を見ると、まるで箱庭のようである。色とりどりの民家がマッチ箱くらいに見え、流れる小川は白糸のように見え、前方の山々は青々と、まるで一幅の絵画を見ているようで、心から互乗飛行の痛快さを味わった。

飛行作業始めのころ、教員から、「右下に見えるのが飛行場だ、わかるか」といわれ、右下を見るが、あの大きな飛行場が目に入ってこない。それでも「ハイ」と返事をすると、とたんに「バカモン、飛行場は左側だ、よく見ておけ！」とくる意地わるさだった。

南方の最前線におもむく実戦部隊の初陣者が、先輩に「あれが赤道だ、よく見えるだろう」といわれ、「ハイ、よく見えます」といったとか。赤道が目に見えるはずがないのに、悪い冗談である。

いまから思えば笑い話であるが、当時は真剣そのもので、飛行訓練未熟ゆえなにをされても、いわれても、「ハイ」の返事一つのみで、いかんともしがたかったのである。

教員あれこれ

飛行作業がつづくある日のこと、私たちのペアが伝声管のとりつけをまちがえて、連絡不通のまま飛行して、大目玉をくったことがあった。

伝声管とは、練習生と教員の機内での電話みたいなものであるが、前席と後席を直径二センチくらいのコードでつないであり、一本はゴムでできたジョウゴのようなものを口につけ、伝声管が教員の受聴器につながり、もう一本は教員から練習生の受聴器につながるようになっていて、おたがいにこの伝声管を通して指示し、また指示されて機上での連絡をとるものであった。

伝声管のとりつけをまちがえた日、私が「出発よし」を告げても、いつもの「出発」の指示がない。他機はつぎつぎと離陸していく。私は出発の指示がないのでもたもたしていると、それと気づいた教員は、みずからの操縦で離陸し、上空で伝声管をひきぬくや、私の頭をその伝声管でなぐりつけてきた。

教員は後席に立って操縦桿を離しているので、飛行機はグラリと大きくゆれる。私は必死に操縦桿をにぎっていたが、予定コースだけは飛行して着陸した。当然つぎの練習生もおなじく機上で伝声管の見舞いをうけながら飛行作業を実施したであろう。いま思えば、飛行メガネがよく割れなかったものと不思議である。

現在では各家庭でさえインターホーンという便利な物があるのに、当時は設備の悪い、しかも難聴な伝声管を、そのつど前席と後席とをつなぎ使用していたのである。

その日はなんとか飛行作業は終了したものの、先任教員の訓示後、われわれペア練習生は兵舎裏で夕食まで〝前支え〟であった。

その間、教員はいちど顔を見せたが、なにひとついわず立ち去り、私たちは地獄の一丁目の味をたっぷりと知らされたのである。

バッターの罰直の方がまださっぱりしており、土浦いらい数多くもらっているので五本や、十本くらいなら平気であった。しかし、飛練の教員はアゴと前支えが多かった。バッターは音もするし、自分もつかれるからである。

罰直のとき、教員のいうこともいつも同じであった。「お前たち甲飛は等級ばかり盗みやがって、やることとなすこと半人前だ」「こんなヤワな練習生は見たことがない、びしびしめていくからイイナ」であった。

いずれにせよ、飛行時間が何百、何千時間あるか知らないが、相当に乗りこなしてきた教員からみれば、私たち練習生は赤児のようなものであったろう。

一分隊、二分隊は一週間交替で午前と午後にわかたれて飛行作業を実施したが、飛行作業のない半日は剣道、銃剣術、体育、マラソンなどが実施され、雨などでそれらが中止のときは、分隊長の訓話、航法、偏流測定、敵の艦型または飛行機の機種などをおぼえる勉強をした。

剣道は道場がないので庁舎前広場で練習したが、これまでにも中学校や土浦空でそうとう習っているので、有段者も少なくない。それを知ってかしらずか、教員は飛行作業を教えるようなつもりで、練習生にさあこいと誘いをかける。教員がこいというので立ち会ったが、それがからしき下手くそでマキ割り剣法である。私は教員が面とくるところを抜き胴を打った。ついで出てくるところを小手を打ち、面と打つ。とにかく教員の打ってくるのをかわして、私は一方的に打ちまくってしまった。

これがいけなかった。ムキになった教員は、打ち方に軍人精神が入っとらん、教えてやるといいだした。私が竹刀を右斜め下におろして待つと、マキ割りみたいに力一ぱい頭に打ちおろしてくる。道具をつけているとはいえ、竹刀が後頭部までしなってくる。それを何回もやられて頭がガーンとする。

その後は私も教員とやるときは、適当に打たせて、こちらからはあまり打たないようにした。そして練習生どうしで立ち会うときは、一生懸命やるよう心がけた（ちなみに私は小学生時から町の道場に通い入隊前に初段をもらっていた）。

その教員が温習時間には飛行作業について、いろいろと指導してくれる。模型飛行機を手にして離陸の角度やら旋回時の要領など、各人それぞれのクセを修正して、教科書と照らし合わせてもらう。このときはみな真剣そのものである。

飛行作業にもなれ、特殊飛行作業も半ばすすんだころ、先任教員が転隊して行った。私のペア教員とおなじく練習生のだれにも知らせず、サヨナラの一言もいわぬ突然の転勤であった。あとで聞いたところでは飛行兵曹長に進級して、行く先はやはり南方の第一線部隊だという。

後任の先任教員には、上飛曹の下士官が着任してきた。飛行作業はいつもと変わらず平常通り行なわれていったが、耳の早い練習生がだれから聞いてきたのか、彼が私たちの先輩である甲飛出身であることがわかった。私たちは正直いって、なにやらホッとしたものであった。

先任教員は自分から甲飛出身とはいわなかったが、戦闘機乗りの第一線帰りということもわかってきた。

先任教員が代わってから、分隊内の他の教員の態度やそぶり、雰囲気がなんとなくかわってきた。いままでいた甲飛出身の四人の若い教員も、かげになり日なたになって、乙飛、丙飛出身教員から、私たちを庇護《ひご》してくれているのがわかった。

たとえば甲板掃除のさい、手あきの者（掃除道具のない者）は兵舎内を駆け足でまわれとか、ハタキを作ってその辺をパタパタ大きな音を出し、元気一ぱいやっているところを見せるんだ、とアドバイスしてくれたりする。

そして、乙飛、丙飛出身の教員たちがだれればばからぬ大きな声で、「ちかごろの甲飛の練公はヤワくて話にならん」とか「一銭五厘のハガキで何人もくる」という言葉は自然と消えていった。罰直も少なくなり、教員は先任教員の目をぬすんで格納庫内や、兵舎裏でこっそりアゴをとったのであった。

しかし基本の飛行作業は、短期訓練のためきびしいことには変わりがなかった。一日も早く前線へ前線へを合言葉に、飛行作業でミスをおかさぬよう、また先輩の甲飛出身の先任教員に恥をかかせぬよう、汗とほこりにまみれて血の出るような努力をつみかさねていった。〝地獄の鬼〟とよばれる教員たちも、本心は私たちを早く一人前に、そして一人の落伍者もなく卒業させ、延長教育に送りこみたいと懸命だったのである。

ただ数人の古参いじわる教員が他教員を煽動《せんどう》して、練習生をこまらせて自己満足していたことは事実であった。一般社会にもいじわるはいるが、軍隊という特殊集団では階級とムギ飯の数でやられるので、上級者には一言の文句もいえない。

私の分隊のいじきたない教員の例をあげてみよう。私の班長ではなく他班の班長で、丙飛出身の一飛曹である。

練習生が飛行作業に入り、実際に飛行機に搭乗するようになると、食事がちがってくる。たとえば朝食は一般食のほかに半熟タマゴ、牛乳などが食卓に出るのだが、その班長は毎朝二コずつタマゴを食した。練習生が順番に自分のタマゴを一コ、班長に献上して犠牲になっていたのである。また夕食後の航空糧食、ビタミン剤などもかすめとって他班より少なく配給していた。

である。

教員配置の搭乗員には練習生より多くの種類、つまりパイン缶、牛缶、栄養飲料、熱糧食などが支給されていて充分なのに、練習生に支給される航空糧食までチョイアゲしていたのである。

私たちは愛国心に燃え、同胞のために犠牲になろうと猛訓練にたえ、一日も早く一人前になろうとがんばっているのに、他班長とはいえ一分隊教員にこんなエグイ教員がいるかと思うと情けなかった。

私たちはその班長を、貧乏でメシも食えず海軍を志願し、その後、飛行科に転科して搭乗員となり、教員配置についた貧乏教員だと、ひそかにカゲ口をたたき、それからは「貧乏教員」といえば分隊内で通じるようになった。

また、ある班長は朝礼時の行き帰りの駆け足に、土浦空ではそんな駆け足をならってきたのか、遅いとか、乱れるとかさまざまの文句をつける。甲板掃除でも姑の嫁いびりみたいに小さなゴミが一つでもあるとやり直させ、ベッドから毛布が少しでもズレているとやり直しと、一言文句をつけなければ一日が終わらない。

ある日の朝礼のさい、例の教員が駆け足に文句をつけているのを見ていた古参下士官があてつけに、「練習生の駆け足は立派に歩調がそろっているだろう、当隊一番の駆け足だ」と、聞こえよがしに大きな声で後ろから怒鳴っているのをきいた。

私の班長は乙飛出身。ペア教育も乙飛出身だったが、機上での飛行作業はものすごくきびしく、小さなミスも許されずよく頭を殴られたが、地上では人が変わったようになり、教え方もていねいな温厚な兄貴となり、兵舎内生活のこまかいことにはいっさい口を出さなかった。

食事が終わり、教員が上陸日でないと、「おいみんなバスに行こう」と誘ってくれ、私たちも一緒にお供して班長や、教員の背中を流すのが楽しみであった。バス（風呂）はここ飛練では下士官、兵の順であったが、こんなとき私たちは下士官と一緒に入ることができた。

また私たちの班長は若かったが、上陸日には土浦時代の班長と同様、夕食をとらず班員に分配させ、練習生には支給されない教員用の航空糧食を私たちにも分配してくれたのであった。これなどささいなことだといえばそれまでだが、量は少なくとも、その気持は私たちの心をやわらげてくれたのであった。

いずこの社会にも善玉、悪玉はいるものだが、幸いに私は先輩である甲飛の先任教員や乙飛出身の班長、教員にめぐまれ、毎日の訓練に励むことができた。もちろん、飛行作業はきつく苦しかったが、精神的に安定した日々をすごしたのである。

赤トンボの悲哀

飛行作業も日ごとにすすみ、離着陸を基礎にして特殊飛行、編隊飛行、計器飛行、定着飛行、夜間飛行および夜間定着訓練とつづけていく。

特殊飛行で一番わかりやすいのが宙返りであるが、垂直旋回、横転、逆転、きりもみ、急降下、急上昇など数種の特殊飛行もマスターしなければならない。

編隊飛行は三機で地上を出発、あくまでも三機ががっちりと一定の間隔をたもって飛行することで、左右に旋回するときは一番機が手を上げて、右に旋回するか、左に旋回するか合図をしてくれる。それによって内側に入る機は少しスピードをゆるめ、外側になる機は増速して、衝突せぬよう間隔が離れぬよう、三機がいつもがっちりかたまっていなければならない。急降下、急上昇も前記のごとく行ない、だんだんスマートに編隊飛行ができるようになる。

定着訓練は飛行作業初期の離着陸訓練時から練習していることであるが、いままでの訓練は個人が目標をさだめて着陸していたが、ここでは飛行場の一点に目標を定めて、全員が同地点に着陸する訓練である。数多くの飛行機がさだめられた着陸点に集中されるので、芝生がすっとんで赤茶色の土がむき出てくる。

夜間飛行となると昼間の飛行とちがって、周囲のようすが一変してしまって全然わからない。地上には点々と民家の電灯があり、上空には月と星だけである。暗い夜空の中でカンと計器によって東西南北を見定める訓練をする。

夜間定着訓練もまた前記のように、飛行場の一点に着地するための訓練である。

計器飛行は練習生の前席にホロをかぶせ、周囲を遮断して計器のみで飛行する練習で、水平儀、旋回計、高度計などを駆使して機が水平に飛ぶように、また上下していないか、所定の旋回をしているかなどを練習する。

ある日の編隊飛行訓練時に、大きな事故を起こしたことがあった。

それは編隊訓練で離陸のときであった。三機編隊で離陸するが、離陸時の砂塵が舞い上がるなかを一番機につづいて二、三番が滑走していった。ところが一番機がポーポイズ（離陸時にぴょんぴょんはねるようになり空中に上がれない）を起こしてしまった。

引き起こしが遅かったのか、エンジン全開でなかったのか、それはわからなかったが、ポーポイズを起こしている一番機に、二番機がその上に乗るかっこうとなって離陸し、一番機の尾部付近を二番機のプロペラでばりばりとやってしまった。

不幸中の幸いというべきか、後席の教員は片足を切断されただけで病室に運ばれたが生命に別状なく、練習生は前席のため軽傷であった。一秒の差もない瞬間の事故であったが、このようにちょっとしたミスが大事につながり、いつ死という現実に直面するかわからない毎日であった。

このときは操縦者のミスか、整備の不備か、私たちにはその原因について知らされなかったが、試運転を念入りに行なっているので、あるいは操縦員のなんらかのミスでなかったかと思う。

私もポーポイズを一回だけやったことがある。だがそのときは単機離陸だったので、一度エンジンをしぼり、ふたたび全開に入れなおし、操縦桿をひいてぶじ上空に上がることができたが、瞬時をあらそう編隊離陸では、とくに念には念を入れておちついて、作業に当たらねば命取りとなってしまう。

一方、二分隊では編隊飛行訓練中に衝突事故を起こし、犠牲者を出していた。旋回をするさいに、内側になる練習機がスピードを落とさず、そのまま直進して一番機に突っ込み、空中分解してしまったという。左へでも右へでも旋回時には、二番機も三番機もレバーの調整に注意し、減速したりするさいは、一秒のミスもあってはならない。

私たちの事故については、分隊長より一時間以上にわたりお説教を聞かされ、先任教員からは飛行場一周、夕食後も大きな罰直が待っていたのであった。

澄んだ大空を空中高く舞い上がり、気持よさそうに宙返りしたり、横転したりしている赤トンボも、空中での訓練時は目をサラのようにして全神経を集中し、少しのミスもないよう命がけの訓練をしているのであって、地上から見るのとは雲泥の差があったのである。

私も一度だけ、あれほどかたく誓った覚悟とうらはらに、苦しい訓練にたえかね、腕一本を切断して兵役免除になろうとしたことがある。

飛行作業中に、飛行機の試運転が終わったところで、チョーク（車輪止め）をとりのぞくのは練習生の役目である。それも機上の操縦員の合図でチョークのひもを手前にひくのが原則で、けっして右へひいてはいけないことになっている。

すぐ横には、プロペラがぶるんぶるんと回っている。右手で右側にひけば、右手はプロペラの私が今日やろうか明日やろうかと考えていたとき、私より先に実行した練習生がいたのだ。やはり私とおなじ考えで右手を意識的に横に出したが、チョークの反動で出しすぎて、頭から鋭利な刃物で切られたようにプロペラで真二つにわられてしまった。もちろん即死であった。

私はそれを見て心を入れかえ、やはり苦しくともここでがんばり、戦地で立派に戦って死のう、それが母への供養であると、ふたたび猛訓練に励んでいった。

デキモノ騒動

私は入隊以来、幸運にも所定の検査以外は、医務室に行ったことはなかったが、飛練の後半になって、後頭部左側の首のところに吹き出物ができ、それが大きくはれ上がって首が自由に曲がらず、飛行作業中にも見張りが思うようにできず、無理に曲げるとそのつど激痛を感じていた。

それでも我慢をして、無理な見張りで飛行作業をつづけたが、とうとう我慢ができず、飛行作業が午後番になったとき、班長や先任教員に医務室行きを届け出た。

先任教員は、「ちょっと見せてみろ」という。後頭部の首のところを見せたところ、先任教員ははれ上がった後頭部をみて、

「これは痛いだろう、それに先っぽに穴がないぞ、タチのわるいデキモノだ。なぜこんなになるまで我慢していたんだ、早く病室に行け」

と命じた。私は「診察に行ってまいります」とあらためて申告し、医務室にかけこんだ。

さっそく手続きをして軍医に診《み》せると、若い軍医大尉は「ううん」とうなりながら患部を手でおしていたが、「衛生兵、手術用意」を命じたかと思うと、カミソリで患部のまわりをごしごしとそり、ヨーチンで消毒したあと麻酔もせずに、いきなりメスで切開した。ついで綿棒で患部をぐりぐりかきまわして、吹き出物の根をとり出し、穴の中にガーゼを押し込み、包帯で頭から首までグルグル巻いてしまった。終わってからとり出した青紫色のミミズみたいなものを、「これが根っこ」だと見せてくれた。

こちらはそれどころではない。ズキンズキンと頭までひびく痛みに歯をくいしばって我慢していたのであるが、局部麻酔もせずいきなり切開とは、想像外の荒治療であった。それにしても軍医のいうことがいい。麻酔をすると治りが遅いのだ、ときた。

私が治療中にとなりで、他分隊の上等兵が性病の治療を受けていた。当時はペニシリンなどの特効薬はなく、いわゆる〝煙突掃除〟だけである。

細く長い綿棒で衛生兵が煙突を突くたびに、「う、うう痛い」とうなっていたが、衛生下士官が、

「貴様、いい思いをして病気をもらいやがって、このくらいのことは当たり前だ！」

といってアゴをとり、

「おい衛生兵、もっとしっかり掃除してやれ」であった。

私は歯をくいしばって、最初から終わりまでじっと我慢していたものだから、「さすが海鷲の若ドリだ、よく我慢したな」といわれ、忙しいだろうが、いつでもひまをみて毎日ガーゼをとりかえにくるように、と指示され分隊にもどった。

兵舎に帰って手術の内容やらその後の処置、毎日のガーゼのとりかえなどを班長、先任教員に報告すると、先任は、もっと早く診察しておけばそんな痛い目にあわなかったろうに、今後は早目に診察を受けるように、また軍医の完治許可が出るまで無理せぬように、とのことだった。

しかしいまは、一番だいじな飛行作業中である。同期と一緒に教程をすすめなければ〝次期まわし〟になってしまう。こんなことで休んではいられない（次期まわしとは、みなと一緒に卒業できず次の期の後輩と一緒になる、学校でいえば落第のこと）。

毎日のガーゼとりかえも、軍医は遠慮なしにピリピリとガーゼをとり出し、薬をつけたガーゼを押しこむので痛い痛い毎日であった（四十数年前の傷跡は、今でもかたいシコリとなって

残っている)。

私は飛行作業、航空座学などは休むことなくみなと一緒にやり、体育、マラソンなどは見学することにした。飛行作業は一日休めばそれだけ遅れてしまう。おりしも基礎訓練中であり短期訓練でもある。それに分隊長はつねづね、遅れる者はおいていく。ついてくる者だけをひろっていく、とツメタイことをいっている。座学の航法、偏流測定、気象などは操縦員にとっても重要な学科であった。

航法は偵察員の専門であるが、操縦員といえど知っておかねばならない。もしも洋上で偵察員が戦死すれば、操縦員がそれにかわって計算して、母艦または基地まで帰り着かねばならないのだ。まして私の希望している戦闘機ともなれば、ひとり何役もやらねばならない。

首マフラーならぬ白い包帯をまいて、数日間は兵舎から飛行場まで分隊のドンジリを駆け足で往復したのであった。白い包帯が目だち、教員たちが横目でそれを見る。先任教員がドンジリを走る私を見て、「無理するな、歩いて行け」と言葉をかけてくれるが、それにあまえてはいられない。

先任教員が無理するなと声をかければ、他教員はなにもいうことはできない。逆にいじわる先任だったら、このくらいのことでナマケモノめ、やる気のない練公ときめつけ、冷たい目で見られたと思う。それがこれまでの軍隊生活の実情であった。しかし、飛練後半の先輩、甲飛出身の先任教員は、飛行作業そのものについてはずいぶんきびしかったけれど、日常生活については温情ある良い教員であった。

かつての予科練時代の教員は、練習生が診療を受けることを極度にきらい、熱を出しても腹痛を起こしても横着者の烙印《らくいん》を押して、たるんどるからだとイヤ味たっぷりいうので、つい無理をして診療がおくれ、胸膜炎や肋膜炎、また腹膜炎となり、軽い者でも一、二ヵ月の入室となり、次期まわしとなっている。重い者は霞ヶ浦海軍病院に送られ帰らぬ人となった者もおれば、戦後になって退院した練習生もいたのである。

入隊試験時に二回にわたって厳重な身体検査、入隊後もまた厳重な身体検査をして訓練に入ったのであるが、それでも事故者が出るということは、教員たちの無知と訓練のきびしさからきており、生活様式になれない少年たちが精神的、肉体的にいじめつづけられたからである。

私が首から頭にかけて包帯がまかれているとき、先任教員は総員の前で、身体が悪い者は我慢せず早目に診療を受け、早く治療するように、そして身体が完調でなければ精神的に動揺をきたし、飛行作業にも支障が出てミスにつながる。「健全な精神は健全なる身体に宿る」の言葉を引用して総員に注意したのであった。

スプーン事件

飛練も卒業近くなったころ、小さな事件があった。

それは私が食卓番のときであったが、わが班の食卓用のスプーンを見失ってしまったのだ。食卓当番だった私は、同僚と夕食後いそいでスプーン探しに出かけた。そしてこのあたりがあやしいと定員分隊（飛行分隊でない分隊）に目安をつけ、食卓番が食缶を持って出てくるところを出口で待ちうけ、スプーンを一つひとつ調べながら探していた。

そこへ定員分隊の少尉が通りかかり、私たちの動きを見て、「貴様たち何をしとるか」と質問をしてきた。「スプーンをさがしています」と答えたところ、こんどは「何分隊か」というので、「一分隊であります」と答えた。

少尉の去ったあともなお探しつづけた結果、やはりその定員分隊から発見された。一分隊三班のしるしは、だれにもわかるように取手の先端に〝一分の三〟とナイフで掘ってあったが、それはきれいにヤスリでけずり取られていた。しかし、取手と汁を入れる丸い付根のわずかなすき間に、私たち班員だけがわかるように〝一―三〟とつけた秘密のマークは消されていなかったのだ。

この種の事件は土浦空でも日常茶飯事だったので、官物はもちろん、分隊所有物、班所有物にはかならず一目でわかる目じるしと、秘密の目じるしをつけておくことが、自然に身についていたのである。

一等兵の定員食卓番は、キョトンとキツネにだまされたような顔をしていたので、「このスプーンはわれわれのものだ、もらっていくぞ」といって兵舎にもち帰ってきたが、おそらく定員分隊でも紛失か盗難にあい、古参兵がわれわれのを烹炊所でかすめ取ったのだろう。ここまでは軍隊ではよくあることであった。

また、理不尽な士官が理由も聞かず、自分のメンツのために下級者を殴る場面もあったのである。やはり前記のスプーン事件のつづきであった。

巡検後、総員整列がかかった。定員分隊の少尉が中央に立っており、わが先任教員以下、教員たちも横にならんでいた。もとより練習生は甲板通路に整列を完了していた。まず少尉が、「聞け、この分隊員のなかに定員分隊に行き、残飯をあさった者がいる。スプーンで食缶のなかをかきまわしていたのを見た。定員分隊に行った練習生は一歩前に出ろ」と語気のあらい命令である。怒りくるった顔で総員を見まわしていたが、私は躊躇《ちゅうちょ》なくパッと一歩前にでた。

私が前に一歩でたとたん、少尉は私の前につかつかときて、理由を聞かず不動の姿勢をとっている私のアゴに、無言のまま右左と数発アゴをとばした。私は足を開いていなかったので左右によろけたが、もとの姿勢にもどったところを、また二発飛ばし、「以後、気をつけろ！」と教員や練習生をにらみまわし、すてゼリフを残し肩をいからせて立ち去った。

私は士官、それも他分隊の士官に殴られたので、分隊のメンツをつぶしたことになる。当然、私は先任教員や班長からの罰直を覚悟した。しかし先任教員は、私に教員室にくるように、他の者は早く寝るようにといいのこし、先任教員以下の教員たちは教員室に入っていった。

教員室でなんらかの罰直をとられると思いながら、意気消沈して一番あとから教員室に入っていった。教員室に入ると外出教員以外、全員がそろっている。さすが緊張した顔ばかりで、その顔には怒りがはっきりと現われていた。自分の分隊の練習生が他分隊士官に目の前で殴られ、メンツをつぶされたのではただではすまされない。

先任教員もおなじく甲飛の道を歩んで、ここまできた操縦員である。練習生の行動が手にとるようにわかるであろうが、怒りの顔で「正直に今日の一部始終を話してみろ」という。

私はそれこそ鬼が出るか蛇が出るか想像もつかなかったが、前述のありさま、夕食後の出来事をすべてありのまま説明した。いいわけが許されないことは、土浦空入隊より充分知っていたが、スプーンが盗まれそれをとり返したため、私はアゴを数発もらっている。こんなバカなことがあっていいのか、これが軍隊かと、そのうえにまた罰直かと開きなおった気持であった。

教員室に入ったときは、教員たちもムーッと怒った顔で、いまにもアゴでも飛ばそうかと我慢していたような顔が、話がわかるにつれて平静になり、先任教員が、「そうだったのか、そんなことがあったのか」と私に同情的になり、「ふだん一生懸命やっているお前たちが、他分隊に行って残飯あさりなどしているとは思わなかったが、万が一ということもあるからな」と、だんだん言葉がやわらかくなり、「今日のことはよくわかった」と無罪放免となった。

先任教員にしてみれば、いかに士官とはいえ、盗んだ分隊の士官が、巡検後、盗まれた分隊にやってきて、自分の分隊の練習生を殴って行ったことが相当アタマにきたのだろう。「この件については、小さなことだが明朝、分隊長に報告する。もう遅い、早く寝るように」

といわれ、私は「ハイ」といっていそいでベッドにもぐり込んだ。しかし、班員が数名、心配して寝ないで待っていてくれたので、要点だけをそっと話して、ともに眠りについた。

これがもし、理解のない先任教員だったら、どうなっていたであろうか。いいわけ無用、分隊のツラよごしとばかり相当な罰直となり、バッターやアゴがつぎつぎくわえられて、私の顔は四谷怪談のお岩さんのようになっていたかも知れない。

四十数年前のことであるが、わからずやの無知な士官、下士官と、理解ある温厚な教員とを比較すると今さらながら、ぞっと背筋に冷たいものが走る。

先輩にも後輩のなかにも、毎朝のように理不尽な上官にいじめられたあげく、ついに一人前になることなく逃亡者となって、また自殺者となって脱落していった練習生があとを絶たなかったのである。表面では隊内で内うちで処理していたが、裏面では相当な無理をしていたのだ。

軍隊では階級に絶対服従である。殴られようが叩かれようが、こちらが正しくとも、上級者に抵抗して殴り返すことはできない。古い士官は軍隊の流れを知っているから、よほどのことがないかぎり、みなの前で下士官や下級者を殴ったり、恥をかかせるようなことはしなかった。

新前でわけのわからない士官、とくに学校を出たばかりの者に問題士官が多かった。士官カゼをふかしていばりちらしてばかりいると、搭乗員であれば空戦中に乱戦となった場合、つぎのようなお返しがくる。おたがいに掩護しつつ敵機と渡り合うのであるが、部下から心からの掩護を受けられず、本当に単機となってしまい、敵機のカモとなって集中射撃され、この世には二度ともどってこれない、といったぐあいである。

空戦には敵味方はあるけれど、戦闘機搭乗員には階級はない。士官でも下士官、兵でも一機は一機であり、乱戦になれば相互の援助と、実力がものをいってくる。

空戦には編隊空戦もあり、艦船掩護や爆撃隊の掩護などもあるが、戦闘機本来の使命は敵戦闘機を早く落として、味方の作戦を有利にみちびくのが使命である。
それゆえ、敵戦闘機とわたり合い乱戦となるのであるが、乱戦中といえども、ふだんいばり散らしている上官には、その気になれない。すなわち自分が犠牲になっても掩護しようとする気持になれないのが本心であった。

戦友の災厄

話は飛練の訓練にもどる。私たちの分隊長は海兵出の大尉であったことは前述した。彼は飛行作業中はきびしい目で全般を指揮していたが、こまごまとした注意をせず、要点だけ注意し、あとは先任教員にまかせ、私たちには怒った顔はまったく見せず、肝っ玉の大きい太っ腹の人であった。

また二分隊には、乙飛一期出身の教官がいた。昭和五年以来の軍隊生活とかで、いかにもたたき上げの士官らしく、じっくり腰をおちつけ物事に動ぜず、長らく勤務した第一線の状況を教員たちに話し、実戦談をまじえながら、教員も練習生になったつもりでともに学び、一緒に自分の腕をみがきなおし、決して練習生のまえで慢心することなく初心にかえり、練習生の兄貴と思って指導するようにと、親切丁寧に教員をさとしていたという。

殴って叩いてきたえるのは簡単だが、心のこもった指導法ではない。体罰をあたえず、納得させて心で教えるよう教員たちを指導し、練習生の飛行作業に当たらせていたと、二分隊員たちが話をしていたのを知っている。

離着陸の基礎訓練が、飛行作業のなかでもっとも重要なことはすでに記したが、つぎからつぎへ教程がすすめられ、特殊飛行が終了するとつぎの科目と消化していく。こうして飛行作業は順調に続行されていたが、ある日、A練習生が突然に入室した。

甲飛の先輩が先任教員として着任してからは、教員たちに私的罰直はせぬようにとさし止められていたが、それでも教員には乙飛、丙飛出身が圧倒的に多かった。禁止されていても、かくれてバッターをふるったり、アゴをとったりしていた教員もいた。とくに丙飛出身の教員の中にひねた二飛曹がいて、お前たちはすぐオレを追いこしてしまう、といってつらく当たっていた。そして同僚教員にもかくれて練習生を呼び出し、アゴをとっていたのである。

A練習生が突然入室したのは、かの二飛曹教員が兵舎の裏の暗い場所でA練習生を呼び出してバッターをふるい、何本目かのバッターが尾骶骨を叩き複雑骨折させてしまい、尻の骨が数コに砕けてしまったのである。

彼はただちに入室し、私たちもさっそく面会に行ったが、隊の病室では満足な治療もできず、さかんに痛がっていた。そしてただ、バッターでやられたとだけ話し、多くは語らなかった。

入室中、ついに真相を話さないまま数日後、彼は霞ヶ浦海軍病院に送られてしまった。その後、多忙のためそのまま飛練を卒業してしまい、音信不通となっていた。

しかし戦後、奇蹟的に三十数年ぶりに再会したとき、前述の二飛曹にやられたことを詳細に話してくれた。

そのときバッターをふるわれたときは、特別にミスもなく、ただ「貴様、等級ばかりとりやがって、気合いを入れてやる」と夕食後、兵舎裏で五、六本バッターをもらったが、暗いため尻に当たらず、オイドの骨をたたかれてしまったという。

その後、霞ヶ浦海軍病院にて四回にわたり切開手術したが完治せず、歩行も困難であるが、これ以上の治療は現代医学でも困難といわれ、昭和二十八年になってやっと退院したとのことであった。じつに十年余の入院生活だったのである。

久しぶりの再会で一緒に風呂に入ったが、彼の尻は四方八方に手術されたあとがまだ生なましく残っており、臀部《でんぶ》の丸味などまるでなかったのが印象的であった。

その話を聞いたあと私が、かの教員のその後を調べてみたところ、特攻隊員の名簿に記載されていて、二十年四月、南方の空に散っていたことがわかった。

飛練も卒業近くなると、二等飛行兵曹に進級する。そんなある日曜日、外出で町に出かけたときのことである。

いつもなら下宿のたたみの上でのんびり過ごすのであるが、たまにはチャンバラ映画でも見ようと話がまとまり、仲間数人と映画館に入り、久しぶりに時代劇を見て胸をすかっとさせ、映画館を出たところ、善行章をつけた兵長が突然、私たちに「なぜ敬礼せんか」と因縁をつけてきた。こちらも負けず、下士官がなぜ兵長に敬礼せねばならんのか、とやり返した。かの兵長いわく、「善行章が目に入らんか、ムギ飯の数でこい。お前たちヤワなボタ下士（善行章のない下士官をボタモチ下士官と侮辱していた）になにができる、せめて善行章に敬礼でもせい」と威圧的でふてぶてしい態度である。

私たちは海軍に入って日もあさく、ましてや三年にもなっていないなりたての少年下士官である。一方の彼は三年以上も麦飯を食っていながら、まだ兵長である。相当にひねくれ、また成績が悪く同年兵と一緒に進級できず、お茶っぴきであろう。そのお茶っぴきに私たちは因縁をつけられていたわけだが、他の兵隊や下士官は知らぬ顔で通りすぎ、後事を恐れてわれ関せずである。

売り言葉に買い言葉、私たちもメンツにかけて彼を殴りつけようとしたとき、ちょうどそこへ善行章三本をつけた上等兵曹が通りかかり、かの兵長に向かい、

「貴様、その態度は何事か。ほどほどに目をさませ。二度とこんなことをすると、ただではおかんぞ」

と一喝した。彼は善行章三本の上曹では歯が立たないとみたのか、いちおう敬礼して立ち去ったが、その態度はやくざ兵隊そのものだった。

さすがのごろつき兵隊も、善行章三本の上曹には尾を巻いて逃げていったが、やはり善行章三本には太刀打ちができなかったのである。

私たちが「どうもありがとうございました」と上曹に敬礼して立ち去ろうとしたところ、上曹は「まあ、そのへんでお茶でも飲もうか」と誘った。私たちは食堂とも喫茶店ともつかぬ店に入り、コーヒーらしきものを飲みながら、つぎのような話をきかされた。

海兵団には○○分隊という特殊分隊があり、前科者、暴力団あがり、成績不良者などを教育しているが、いずれも手のつけられない兵隊ぞろいで、その教育にはそうとうな猛者《もさ》（たとえば柔道四、五段クラス）が教育に当たり内部処理していたが、戦局の悪化にともない各部隊に配属されてきているとのこと。

そして、戦局も重大な時期にあり、ああいう兵隊も、今後はもっと入ってくることだろう、

君たちは海軍の主戦力となる身体であるから、あんな兵隊とけんかしてケガでもしたら、君たちの損ばかりでなく、海軍航空隊の損失だ、と話してくれた。

上曹の兵科マークを見たところ、整備科であり、おそらく毎日、私たちの練習機を整備してくれていて、練習生たちのカゲの力となっている上整曹と思われた。

下級者が上級者に因縁をつけることは、いかなる理由があろうと許されることではないが、道理がひっこめば悪玉がのさばる裏面が、厳格な軍隊の中にもわずかではあったが実在したのである。

また、つぎのような下級者いじめもあった。

私が食卓番で同僚と二人で烹炊所（食事を作って各分隊に配膳し、また食事後の食器、食缶などを洗い熱湯で消毒し、規定の場所におさめる、家庭でいえば台所）でいそがしく食器を洗っていたところ、私と同僚の間に割りこんできて、無言で肩をこづき、アゴを左右にふって、「オレが洗うから場所をあけろ」と合図する者がある。

こちらは一刻も早くかたづけて、飛行場まで駆けつけねばならない。手を休めるわけにはいかない。ふり向いて名札を見ると、上水（上等水兵）何某と書いてある。

黙ってなお洗っていると、いよいよ無理に割り込み、こちらが洗うことができなくなってしまった。こちらは秒を争そう大いそがしの時間であるが、私はこんな上等兵がいるから新兵や、一等兵たちが遅くなって、兵舎に帰れば古参兵から、遅い、遅い、なにをしていたのかとハッパをかけられるのだと思い、頭にカチンときた。

そこで腰のポケットからイガグリ頭に黒線一本入った略帽（下士官になると帽子に黒線一本、

士官は二本入る）をかぶるや、「貴様、後からきて無理にどけとはなにごとか。貴様のような兵隊がいるから、二等兵や一等兵は泣きをみるんだ！」といって正面に向かいにらみつけた。

上等兵は私たちがイガグリ頭の少年なので、どうせ二等兵くらいに見たのであろうが、どっこいそうはいかなかった。意外にもこちらが下士官だったのでキョトンとして、ハトが豆鉄砲をくった顔で驚いている。

下士官になってから私たちは、烹炊所にいくときは略帽をポケットに入れて、丸坊主で食器洗いをしていた。下士官で食卓番をしていたのは飛行練習生だけで、他の定員分隊などには下士官の食器洗いはいなかったのだ。

私はいつもやられているように、上等兵に「足開け」を命じ、力一ぱい左右のアゴを二発くらわした。そのあと同僚が「手ぬるい」「めんどうくさい」といって、大食缶（分厚いアルミニュームでできている丈夫で大きな味噌汁用食器）で頭を殴りつけた。上等兵は頭を押さえて、「申しわけありません」といいながら、ヘナヘナと座りこんでしまった。

騒々しいのを聞きつけた主計科の下士官が出てきて、「もうこのへんでカンベンしてやってくれ」というので、私たちも長居は無用である。周囲の兵隊もみな見ている。そこで「今後、割り込みなんかしたらただではおかんぞ」とタンカを切り、いそぎ仕事をすませて烹炊所を立ち去った。

なるほど私たちはイガグリ頭の少年兵であったが、土浦航空隊も短期卒業、ここ飛練でも短期卒業の予定で訓練が行なわれており、顔や身体はまだ少年兵ではあってもムギ飯の数も多くなり、精神的にも肉体的にも日一日と充実し、気合いの一番はいった元気なときであった。

見るもの聞くもの、コト飛行機にかんするものすべてを吸収する意欲をもち、機上では瞬間的に手足も動くようになり、地上では教員の指導に全神経をそそぎ、卒業に向かって自分の希望機種（戦闘機）がかなえられるよう頑張っていたころであった。

戦闘機組へ

古い搭乗員は九三中練（九三式中間練習機）のまえに、初歩練習機で数ヵ月基礎訓練したとのことであったが、戦局はそれを許さず、予科練も短期卒業、飛練もくり上げ卒業予定と、飛行作業も急ピッチである。

離着陸訓練などは飛行場周辺で毎日訓練していたが、特殊飛行訓練、編隊飛行訓練、計器飛行訓練などは飛行場周辺から離れ、高度も千五百メートルから三千メートル前後の高度で行なわれる。

とくに特殊飛行は空域も広く、高度も千五百メートル以上から訓練に入る場合が多かった。計器飛行の場合はホロをおおい周囲を遮断しているので、操縦席がせまく感じられ、ただ計器とのにらめっこの飛行作業であった。

上空から見る地上はパノラマのように美しく、山々の景色とたんぼの調和がよくとれており、まったく絵に書いたような絶景であった。しかし、現実は見張り、見張りで、わずかの油断も許されなかった。

飛練教程も科目ごとに消化して、いよいよ卒業も近くなると、機種別選定の話になる。いままでは飛練卒業が目標であったが、こんどはみずからの希望機種の芽がむくむくと頭をもたげてくる。食事後の話や余暇の雑談に、教員から艦上爆撃機の勇ましい艦船爆撃の話、また空中で魚雷を投下する勇壮な話、戦闘機の空中戦などなど、それぞれの教員の専門機種のはなばなしい実戦談を聞かせてくれる。

私のペア教員は戦闘機出身だったが、実戦談はもち合わせておらず、私たちがこれから行く延長教育の話に終始したが、延長教育ではこれこれしかじかと空中戦練習の血わき肉おどる格闘戦について、さも本物らしく両手を使いゼスチュアたっぷりに話してくれた。あちらの教員、こちらの教員といろんな話を聞いてまわったが、私は最初から戦闘機を希望して予科練に入隊したので、その目標は変わらず心ひそかにあこがれの戦闘機ときめていた。オレも男だ、思う存分、一機対一機の格闘戦で暴れてみようと心ははずんでいたのである。

全員とも希望機種がとおるわけではないが、いよいよ〝希望機種提出〟の日がやってきた。総員が機種を記入して先任教員に提出する。これからどうなるのかわからなかったが、いままでの飛行作業状況、適性などが加味されて決定されるらしい。

私は第一希望戦闘機、第二希望艦爆と書いて提出した（第三はなんであったか記憶にない）。二日ほどして、その意味するところはわからなかったが、先任教員から、「分隊士（飛行兵曹長）と同乗飛行せよ」との指示を受け、分隊士同乗で特殊飛行に出発した。

いつもの飛行作業どおり実施されたが、離陸時の「出発します」の私の報告に、「出発」

と命じただけで、そのあとこちらから、「垂直旋回に入ります」「見張りよし、横転に入ります」と伝声管にどなったが、特殊飛行が終わるまで無言をとおし、「飛行場に帰る」の一言で着陸するまで一言もなかった。

おそらく分隊士のテスト飛行を受けたのであろうと思われるが、私のほかに三人ほどが分隊士と同乗飛行をした。もとより機種別の配分でテストをしたらしいのだが、その後の発表で幸運にも私は、戦闘機の延長教育組に入っていたのである。

機種別発表で七十余名の分隊員は悲喜こもごもで、かつて土浦空で操偵別にわかれたときのように、大型機は頭がよくて技量のいい奴さ、小型機は頭が悪くただ腕っぷしの強い奴さ、などといろいろ取沙汰されて、しばし機種別の話でもちきりであった。

そのうち二分隊員のようすもわかってきて、だれが艦爆でだれが艦攻だと、土浦空から一緒にきた練習生の身辺もしだいにわかってきた。

なかには希望がたっせられず、オレはこんなはずではなかったとか、オレはもう一度班長に話してみるとかいって教員室に行った練習生もあったが、時間とともにしだいにあきらめがついたか静かさがもどった。教員のなだめ役も大変であった。

私たち同期の土浦空出身者は一分隊、二分隊それぞれ七十名ほどが飛練教程に入って訓練に励んだが、卒業した正確な人数はわからない。

それは飛行作業期間中に入院、兵役免除、志願兵免除、次期まわしなどにひっかかった者が出ているからである。

理不尽な教員のために霞ヶ浦海軍病院に入院し、昭和二十八年に退院するまで約十年余、入院生活を過ごした一例は前述したが、つぎに私が知った志願兵免除の一例を記してみよう。

私の分隊でひとりの練習生が突然、姿を見せなくなったといううわさが流れたのは、飛練教程も半ばがすぎたころだった。何事があったのかまったく知らされず、また知っている数人の練習生も、教員からかたく口止めされているのかなにも話さない。

みなも気にはしていたが、日常の多忙さに追われてだんだんと忘れかけようとしていたころ、同班のひとりが、その練習生は庁舎裏のすみの、オリの中に入れられているのを見た、と私たち数人の練習生に話してくれた。

よく話を聞いてみると、むかしの面影はなく、げっそりとやせほそり、顔色は青白く、まるで別人のようだったという。おおやけに会うことはできず、分隊のなかから偵察者を出してようすをたしかめると、番兵がときおり巡回し、食事はにぎり飯一コだけが支給されていることがわかった。私も話だけではと思い、バスの帰りに同僚と二人で偵察をした。

そこはすでにうす暗かったが、ようすはだいたいわかった。それはサーカス小屋に飼われているサルを入れるような、角材で作られた箱オリで、寝るにしても手足ものばされない小さな箱で、大小便の処置にしてもどうしているかわからないようなものであり、人間あつかいされていないのがよくわかった。

あこがれて晴れの甲飛に入隊し、飛練まで教程をすすめてきたのに、なんとあわれな姿でオリの中にいることか、そして分隊員全員がこのことを知らないでいるのだ。私たちも大っぴらに全員に知らせることもできなかった。

事実を知った私たちも、なんとかしようと話し合ったが、練習生の知っている者だけが話し合ったところで、なにも出てくるはずもない。せめて飯だけでもと少しずつ残し、集めてにぎり飯を作り、番兵の目をぬすんではそっと手渡ししたが、これとて毎日手渡すことはできない。

夕食後、飯のなかにおかずを入れてとどけたが、私が行ったとき彼は涙を流してよろこび、悲しそうな目でじっと私を見つめていたが、言葉をかわすことはできなかった。番兵が巡回して目を光らせているので、とどけに行くのは二人で行き、一人は周囲の見張りをせねばならない。

私たちは教員の目をぬすんでにぎり飯を運ぶうち、それから二十日間くらいたったころ、ある日の昼食後、彼は階級章を剝奪され、正式の軍服も着せられず、菜ッ葉服を着せられ、やせほそった身体を番兵につれられ、隊門衛兵所に向かっている姿を発見した。

食事も満足にあたえられず、運動することもできず、歩く姿も弱々しく変わりはてた姿は、まったく別人のようであり、数ヵ月前の若々しい面影はなかった。

偶然、彼の姿を見たのは十名たらずで、それもアッという間の出来事で、ほとんどの分隊員は見ていなかった。

その後、綜合した話の結果はつぎのようであるが、真疑のほどは不明である。

彼は下宿（練習生が外出時に休みくつろぐ民家）で、同僚練習生の実家に、金が必要なので十円とか二十円送れなどと手紙で要求し、送ってきた金をすべて着服し、その金額は三百円以上だったらしい。そして、犯行が発覚したとのことであった。

もう一つの事件は、分隊のクラブ（下宿とおなじようであるが大きな家で大人数が休養できる市の有力者宅）から、なにやら高価品を盗んだらしい（クラブが途中で立入禁止となったので分隊員がどうしてだろうと疑問を持ったことであった）。

彼は現金と高価品の窃盗罪に問われ、横須賀で軍法会議にかけられ、判決待ちのため原隊にもどっていたのであった。

彼が分隊から姿を消して消息を絶ち、前科者の烙印をおされ退隊するまで二ヵ月くらいだったと思うが、その間、どんな罰直が、またどんな責め道具で苦しめられたか、それは私たちには想像できない。おそらく、死以上のあらゆる苦しみがくわえられたものと思う。

そして志願兵免除となり、牢獄に入り、今後の徴兵検査では前科者として入隊し、その汚点は一生消えないであろう。

いくたの思い出を過去のものとして、訓練に訓練をかさねてきたが、いよいよ卒業の日がきた。喜びも悲しみも苦楽をともにした同期生とも別れるときがきたのである。

夜間訓練は最後の飛行作業である。遠近の差、方向、高低などを夜空のなかで感じとり、夜間飛行後に出される夜食は、カツオ節のたっぷり入ったダシのきいたオジヤだったが、それは冷えきった身体をあたためてくれ、飛練の最後の思い出となり、いまでも忘れがたく懐かしい。

あれが零戦だ

飛練卒業の日は司令、飛行長、分隊長のあいさつにつづき、主計科こころづくしの料理をまえに各教員をまじえての歓談に花が咲いた。

きのうまで手をとって教えてくれた教官、教員ともこの日でお別れである。苦しかったこと、文句もいえず罰直に泣かされたことなど、すべては走馬灯のようにめぐってくる。みな遠い過去のようで、はや心は延長教育に飛んでいる。

ともに泣きともに笑って行動をともにしてきた分隊員も、これからは機種別にわかれて、内容のちがった専門的な飛行作業になるのである。私たちはそれぞれの覚悟を新たにして、各地の航空隊に転隊していった。昭和十九年春の一日であった。

これからいよいよ戦闘機専修の延長教育である。機種別に二十名、三十名と分かれ九州へ、あるいは東北へと転隊して行った。サヨウナラ——こんどは第一線でまた会おうとみんな張り切っていた。

私たちは九州の大村航空隊の延長教育隊におもむいた。到着とどうじに型どおりの報告をする。期長が転勤の申告を分隊長にすませたところで、いよいよ新隊員となる。

挨拶と訓示が終わると、さっそく明日より飛行作業に入るとのことである。ここでも練習生は飛練とおなじく、一人の教員が数人の練習生を教えるようである。

教官、教員の紹介があり、飛練のそれより見るからに精悍な顔つきで、目はハヤブサのようにするどく、私たちは圧倒されるようだった。飛練時代の教員とちがって、ここではみな戦闘機搭乗員だった。

地形を説明され、飛行機の概要をたたきこまれて、さっそく慣熟飛行に入る。九三中練で基礎的訓練は終了しているが、実戦機の零戦を複座に改造した零練戦は、連動式操縦装置は九三中練とおなじであるが、計器類も多く、諸操縦装置も複雑かつむずかしそうである。

古い搭乗員は九五艦戦、あるいは中国方面で活躍した九六艦戦からはじめたといわれていたが、私たちは即、零練戦であった。

はじめて乗る零練戦は低翼単葉、全金属製である。いまにして思えば、免許取りたてのドライバーが、即レーサー用の特殊車に乗るようなものであった。

しかしながら、いかに若輩とはいえ、この教程だけはどうしても卒業せねばならない。卒業できねば一人前にはなれないのである。ハラをくくって前に進むのみである。こうして約三ヵ月の教程に、無我夢中で飛び込んで行ったのであった。

まずは慣熟飛行の第一として、上飛曹の操縦する零練戦に同乗する。なにぶんにも初日ということで手足を軽く、見張りを厳重にとの訓示を受け、機上の人となる。

教員の合図でエンジンが回転をはじめ、その轟音のなかで試運転が行なわれる。まもなく「出発する」との声が教員からかかり、私は元気よく「ハイ」と返事をする。エンジンが全開され、機はものすごい爆音を残して地上滑走をはじめる。スピードがくわわり、背中が後に押しつけられる。飛行場の芝生がさっと後方に流れる。九三中練とはえらいちがいである。

機体はあっというまに空中にあり、急角度に上昇をつづけている。

飛行場から離れ、旋回を大きくとり第一、第二、第三旋回とまわり、第四旋回からは誘導コースに入って接地するが、このときどこに着陸するか目安をつけるのだという。「よくおぼえておけ、広い飛行場だが、数多くの飛行機が離着陸している、充分に注意するように」といわれる。

飛練でも見張りは、口がすっぱくなるほど注意されたが、ここ延長教育でも見張りが第一のようだ。

幸いに零練戦は低翼単葉のため、九三中練の二枚翼とちがって視界はきわめて良好だ。飛行作業中はもちろん実戦においても、見張りは搭乗員にとって一番たいせつなことであった。

教員は私に要点を説明しながら、うまく機を操縦して飛行場に向ける。パスに入るが、滑空スピードが早いのでレバーをしぼっているのがよくわかる。やがて機体をぐんぐん沈ませながらピタリ着地し、地上滑走に入ったのであった。

九三中練の場合、うまく三点着陸してドンピシャリとやっても、ガクンと音がしたものであるが、零練戦はやんわりと着地してまことにクッションがいい。

これはエンジン、機体構造などでならったことであるが、脚（車輪）にはオレオ緩衝装置（油圧式緩衝装置）がついているからであり、九三中練にはこの装置はなかったので、とくに印象が深い。

私たちはこうして零練戦による離着陸訓練からはいったのであるが、その基本はすでに飛練で習得しており、毎日の猛訓練で教程を消化しつつ、しだいに練度も上がっていった。

そして練習空域も広く、高度も高くなり、むずかしい操作、タイミングなどもとれるようになり、教員もあまりこまごましたことはいわず、要所要所をきびしく指導するのみ。飛練からきてすぐに訓練に入ったときこそ無我夢中であったが、零練戦もしだいに乗り心地のよい飛行機に思われてきた。まずは風防つきであり座席が広く、なによりもクッションがよい。これにくらべれば、九三中練はトラックのようなクッションのわるさである。

前記したように低翼単葉であるため、見張りには非常に便利であり、脚は引き込み脚、油圧式のため滑走中はなめらかである。またフラップは自動、それに大きな馬力のエンジンを搭載した、全金属製の飛行機であった。

離着陸訓練から単独飛行、特殊飛行、編隊追躡、空中戦と教程はすすむが、あくまでその基本は飛練で修得した技術である。訓練空域は諫早《いさはや》上空が主であったが、あるときはGのために目先が真っ暗になり、一時は失神状態になることもあった。

教員の話では、三ヵ月で終了などとはいっておれないようだ。なにぶんにも戦局はいよいよ緊迫し、南方戦線では搭乗員を一日も早くと要求しているため、分隊長からくり上げ卒業ができるよう指導するように、との話があったようである。

歴戦の教員による指導は猛烈をきわめ、私たちはその技量未熟をこれでもかこれでもかと見せつけられ、ミスをしたさいの訓練後の〝修正〟は、その代償としてきびしくかせられたのである。

一日も早く前線へ——その意気ごみは身にしみてわかるが、戦局は私たち若輩（ジャク）まで予定にいれて戦わねばならないほど緊迫しているのか、軍中央の作戦指導にはいささか疑問がわいてくる。搭乗員が一朝一夕に養成されるものでないくらいのことはわかっているはずである。

とにかくここまできたのだからと、歯をくいしばって頑張る。〝アゴ〟などもときおり見舞われたが、予科練、飛練とちがって無茶なことはしなかった。修正する教員も戦闘機乗りであり、修正される私たちも戦闘機乗りのタマゴであった。そこには私たちを一人前にするためのもので、個人的な感傷はなく、私たちも別にいたみを感じなかった。

編隊空戦、単機空戦、急降下、反転、射撃訓練、高々度飛行、薄暮離着陸などなど盛りだくさんの訓練を経験し、数人の事故者をのぞき、早くも延長教育を卒業することとなった。まだまだ練度未熟な搭乗員であるが、かっこうだけはこれで一人前になり、八重桜の高等科のマークをもらう。

長いようでもあり、短いようでもあった延長教育を終えた私たちは、南方へ、また北は美幌、千歳へと各航空部隊に配属され、戦闘機の実戦部隊に赴任して行くことになった。

大空の初陣

私が配属された実戦部隊である大分航空隊では、もちろん私が一番の若輩であった。一見すれば一人前の下士官であるが、部内では練成員とよばれる〝ヒヨッ子〟であったろう。

とにかく、ここ大分では実戦機に搭乗し、延長教育で修得した技術を基礎に、歴戦の勇士たちから同位戦、劣位戦、優位戦、射撃法などをならい、また実戦的な急激な操作やら特殊飛行なども修得せねばならない。

歴戦の先輩たちはもちろん、私たちを指導教育するのが専門ではない。敵とわたり合うのが仕事であり、私たちは合い間をみて指導してもらうわけである。ときには上空哨戒のさいシンガリにくっついて編隊を組むことはあるけれど、二十ミリ機銃を発射する空中戦には出撃できず、基地警戒飛行のみにかぎられた。

先輩が出撃した留守中も、私たちは訓練に余念がない。空中での機の操作とカン、空戦技術の応用、射撃のコツなどを、日一日と腕にみがきをかけてゆく。

話によれば、ふるい先輩たちは「技を盗め」といって、なかなかその要領を教えてくれなかったそうであるが、いまはその秘密の技を盗む時間的余裕さえなく、いわゆるひねりこみ戦法まですべてを教わったのであった。

短い期間であるが練成教育も終わり、同期生もつぎつぎと実戦に参加することになる。

実戦部隊の編成では、私たち若輩は各小隊のシンガリ（最後部）につき、小隊長の列機として空戦しなければならない。出撃が命令されれば当然、諸先輩とともに生と死のはざまで空戦をまじえ、また爆撃機の掩護に、艦船護衛にとその任務は多岐にわたり、また責任も重い。

また初陣者にはとくにきびしい訓示がまっている。たとえば引き込み脚、フラップ操作、燃料タンクのきりかえ、酸素マスク、空戦に入るまえの試射、増槽の落下確認などなど、そして毎度のことながら見張りを厳重にと、耳にタコがいくつもできるほど注意をうける。

さらには、先輩機につづき編隊を絶対に離れるな、編隊を離れればあの世行きだ、機銃を発射しなくてもよいから空戦空域、空戦状況をよく見きわめよ、とくどいほどたたきこまれる。

なぜならば初陣に戦死する者が多く、初陣に戦死しなければ半年は生きながらえる、というジンクスが歴然としてあるのだそうな。

初陣は搭乗員として、名実ともに一人前になる日である。私も小隊の末席をけがし、戦列にくわわることになった。編隊長の作戦行動、諸訓示をきき「カカレ」の号令で隊員たちはいっせいに各自の飛行機に向かって駆け出し、愛機に飛び乗る。そして編隊長が離陸し、私たちも小隊長につづいて砂塵のなかを離陸する。隊長の訓示によれば、他部隊ながら艦爆隊の掩護とのこと。

離陸も空中操作も訓練どおり実施するが、どうしても操縦桿、レバーをにぎる手はかたく、小隊長についていくのがせい一ぱいである。訓練ではこんなことはなかったがと思いつつ、まだ見ぬ敵機をもとめて飛行する。

途中、艦爆隊と合流し、零戦隊の私たちの中隊は高度をとりながら、艦爆隊の前方にでて水平飛行にうつる。目を皿のようにした見張りがつづく。こうして二時間ほど水平飛行をする。見れば、艦爆隊は約千メートル下を編隊飛行している。

私が訓示どおり小隊長、列機に注意ぶかく目をくばっているとき、小隊長が「敵機発見」の合図をしているのを見た。すでに先頭を行く中隊長機は高度をとるため上昇中である。私たちもおなじく上昇飛行にうつる。このあたりになると、思わず武者ぶるいがして、緊張が高まってくる。

先輩にしたがい機銃試射、増槽タンクの切り離しなどの操作をいそぐ。中隊長機は高度をとりながら、右に大きくゆるかに旋回している。空戦を優位にもっていくため、太陽を背にするよう、そしてプロペラ、キャノピーの反射の光を敵に発見されぬよう、隠密行動で敵機に接近して行く。

私は武者ぶるいがどうにもとまらない。先輩が教えてくれた「どうしてもアガってしまったら、金タマを握ってみろ」の一言を思い出して握ってみるが、どこにもない。小さくなって腹にへばりついてしまったのであろう。

敵機はゴマつぶほどから豆つぶ大となり、しだいにグラマンF6Fの機影になってくる。味方編隊は徐々に降下し、ころ合いをみて急降下し、敵編隊にかぶさるように突っ込み、機銃を発射して急上昇にうつり、敵機を何機か落としたようだが、あとは文字どおりの乱戦となった。敵の機数も相当な数である。私は乱戦のなか、必死に先輩機のあとを追っていた。

おそらく私の目はつりあがり、恐怖このうえなしの表情であったろうが、自分の顔を見ることはできない。その間にも小隊長機はあらい操作で敵をもとめ、わたり合っている。私も急上昇したかと思うと垂直旋回にうつり、後方につづくのがやっとである。もちろんレバーは全開である。

ちょうど急降下したとき、私の前方を回避降下中の敵機が一機いた。私は思わずOPL照準器に捉えると、とっさのうちに機銃を発射してしまった。初陣者は小隊長機を離れるな、といわれていたものの戦士の本能というべきか、反射的に発射レバーを握りしめたのだった。

それが敵機に命中したのかしないのか、確認するひまはない。さらに敵の一番機を追って行ったが、上下左右からアイスキャンデーのような真っ赤な曳光弾がとんでくる。夢中で離脱して味方編隊の後部についたとき、グラマンとの空戦はいつのまにか終わっていた。短い時間だったのか、長い時間だったのかもわからぬ夢の中での空中戦であった。

もとより任務は味方艦爆隊の掩護であったのだが、艦爆隊がその後どうなったのかもわからないありさまである。やがて先輩機と一緒に帰投したものの、ただ夢中で先輩機につづき、空戦場を飛びまわっていたにすぎない、といった状況であったろう。

ふつう空中戦は編隊空戦からはじまり、巴戦《ともえ》が展開され、やがて乱戦となり、一対一の死闘がつづけられる。私はこのパターンをかいま見たわけであるが、これからも先輩諸兄の動作を見習い、空戦空域の状況を身体でおぼえ、数多くの実戦を経験して技術をみがき、カンと要領を自分のものとしなければならないことを痛感した。

この間にも敵機を深追いして戦死する同僚、急降下中の引き起こしができず、海中にそのまま激突して戦死する戦友も続出していたのである。

危機一髪

冷汗三斗の初陣を体験したあと、私にもいよいよ作戦部隊の一員として毎日のように出撃命令が下り、艦船護衛に味方攻撃機護衛にと出撃し、奮闘していたが、いつも二機、三機と帰らざる戦友がおり、若い桜が大空に散っていった。

当時、零戦の搭乗員の寿命は半年だといわれていたが、それを実証するように、激烈な航空消耗戦には、全員そろって帰投することなど不可能であった。

私は私なりに死力をつくして、みずからの任務をはたしていると思っていたが、帰投のたびに先輩から、あのときはこうだ、このときはこうするのだと気合いを入れられ、ときには〝アゴ〟までとられていた。

作戦命令にしたがい、戦闘に明けくれる日がつづくうち、基地に帰らざる先輩同輩のミスを例に、若い私たちは古参搭乗員に修正され、鍛え上げられ、また実戦経験をつむことによって日々たくましくなり、一人前の若鷲となっていった。

昭和二十年に入り、サイパン島を基地とした米空軍は超重爆B29を投入して、長駆、日本本土を空襲しはじめ、それは日ごとに激しさをまし、大都市、軍需工場をつぎつぎと爆砕していった。

一方、硫黄島を守備していた栗林忠道中将の陸軍部隊、市丸利之助少将の指揮する海軍部隊も敵の艦砲射撃、航空機による爆撃で大損害を出しているとのことである。

その硫黄島で敵の進攻をとめるべく、わが陸海空軍が敵艦船の攻撃のため各基地を飛び立ち、私たちもこの作戦に参加したが、敵の防空砲火はものすごく、味方航空機の犠牲はいよいよましてゆき、いつも聞く悲報は電信関係者からひそかにもたらされるものばかりで、詳細について軍の幹部は発表せず、いつも勝利の報道だけだった。

しかし、私たち下士官でさえ、毎日のような出撃のなかで硫黄島が敵の手におちれば、日本はどうなるかくらいのことは想像がついた。いよいよ戦局もここまできたかと、その容易ならざる前途に不吉な予感さえいだいたのであった。

その後、敵攻略部隊は硫黄島につづいて沖縄を占領し、さらに日本本土にまで上陸する可能性が強くなってきた。

そこで沖縄方面へは九州各地の基地から、急速増員した搭乗員を特攻隊として投入していった。

そのころ私は、笠ノ原基地で補充搭乗員をくわえて再編成された部隊で、沖縄に突入する特攻隊の掩護に、また爆撃機の掩護にと多忙をきわめていた。

敵はレーダーを自在に使い、わが攻撃隊を待ちうけ、味方航空機に猛然と襲いかかってくる。そうはさせじとわが戦闘機隊は、その敵編隊の真っ只中に突っ込み、敵味方ともコバルトブルーの南海を血で染めて相果てていったのである。

そのころになると、当然のことながら練度の高い部隊もあれば、やっと練習航空隊を卒業した搭乗員の多い部隊もあり、部隊の幹部もその作戦には苦慮したようである。

南国九州の山野は新緑におおわれ、汗ばむ気候になっていたが、春を楽しむ余裕などなく、まずは生きながらえることが先決、という哀れな実情であった。

いつも私たちを待ちうける敵機は、高性能を誇るグラマンF6FをはじめP38、F4Uなどで、その迎撃には苦しい戦いを余儀なくされ、出撃するたびに味方にも尊い犠牲が続出し、特攻隊員とおなじく若い生命は、沖縄の空に雲染む屍と散っていったのであった。

あるときは高度七千メートルで南下中、グラマンF6F、F4Uコルセア、TBF雷撃機の編隊を発見し、わが戦闘機隊は上空より有利な態勢で突入、猛烈な死闘を演じたが、味方機も自爆、未帰還機を多数だし、被弾のため喜界島付近に不時着する機も数機あった。

私もグラマンF6Fに攻撃をかけ命中弾を浴びせたが、みずからも敵機に喰いつかれて逃げ場をうしない、先輩に教わったひねりこみでかろうじて脱出したが、このとき数発の被弾があり、幸いエンジン、燃料タンクに異常なく、九死に一生をえて帰投したのであった。

日本各地より飛来した航空機のほとんどがここ国分基地を出撃し、特攻につぐ特攻で練習機までも敵に突入していった沖縄航空戦も、航空機の大半を失って終了した。

本土決戦待機

昭和二十年四月ごろから本土への空襲は日一日とはげしくなり、B29にP51がともなう戦爆連合の攻撃を受けるようになった。すでに九州方面の航空隊では戦力の大半を消耗してしまい、私たち攻撃戦闘隊は九州を離れ、千葉県茂原基地で搭乗員、機材を補充しつつ空襲時には迎撃戦を行ないながら、その合い間をみて訓練に励んでいた。

その後、わが戦闘機隊は彗星艦爆隊を茂原に残して、東北路に基地を移動、一戦闘機隊だけが郡山分遣隊となり、空戦訓練に励むことになった。

私たちは練習航空隊に間借りした飛行隊であったが、古参搭乗員も新米搭乗員も張りきって訓練に励んでいた。そのため飛行機を掩体壕より出し、また掩体壕におさめる作業が日課となったが、整備兵の苦労は大変だったと思う。

飛行機は離陸すれば自由に大空で暴れまわるが、地上では本当にヨチヨチ歩きの赤児より始末の悪い駄々っ子のようで、芝生の上を思うように動いてくれない。

隊に補充された搭乗員は、練習航空隊教員あり、延長教育終了者ありで、その練度もしだいに高まっていったが、五月以降は沖縄より北上した母艦より飛び立つ敵艦上機は日本全土を空襲し、訓練も思うようにいかなくなり、午前に迎撃待機、午後に特訓という日がつづき、訓練さえままにならなかった。

そのうえ燃料は極度に不足し、本土防衛の水際作戦に参加が予定される九三中練は、アルコール燃料で急降下、引き起こしの特攻訓練を毎日つづけていた。

私たちの飛行隊も燃料不足のため、飛行機は掩体壕に避退させ、数機が迎撃用にまた訓練用に使用されるのみで、大部分の飛行機は米軍の本土上陸時の決戦用として温存されることになり、飛行場のかたすみに、また松林などに隠して敵機の空襲にそなえ、飛行場のめだつところには九六戦、オトリ機などを配置したのであった。

私たちはその本土決戦にそなえ、効果をあげるべく作戦をねっていたが、難問は敵のレーダーであった。レーダーをさけるためには超低空で飛行し、敵発見と同時に急上昇、そのまま切り返して突入する方法がもっともいいだろうと話し合っていた。

私たちの基地では、迎撃待機、訓練と変則的な毎日をほそぼそとくり返していたが、陸軍航空隊が本土防空に日夜奮闘しているといい、また海軍では関東の厚木航空隊が大奮闘中であるとの情報が入るにしたがい、私たちの隊も外出止めとなり、飛行作業は本土作戦に備えて完全に使用を制限され、数機だけが整備されて迎撃用として待機するだけとなった。若いはりきり予備中尉らが反撃に出ようと隊長に申し出たが許可されず、さかんに悔やしがっている。

「鍾馗」の不運

七月初旬のこと、朝食前に隊の散髪屋にいたときであった。ちょうど顔をそっていたところへ突然、ダダダダッと聞きなれた機銃音を残して飛行機が遠ざかっていった。

私が何事ぞと散髪屋を飛び出して見ると、P51が四機編隊で低空を飛び去って行くところだった。そして飛行場エンドで上昇旋回して、ふたたびこちらに突っ込んでくる気配である。

私はいそぎ待機所に駆けつけていったが、迎撃の命令は出ず、ただ静観するよりしかたがなかった。なんと悔しかったことか。

敵機は三度ほど機銃掃射をして飛び去ったが、まったく見張台も気がつかず、不意をくらって防備隊の機銃も火がふかず、どうすることもできなかった。

敵戦闘機は早朝の不意をつき、こんな山奥の基地まで空襲しはじめたのである。それ以後、飛行隊の零戦は、さらに厳重に木の枝その他の資材で隠され、迎撃用の数機も同様にしまいこまれた。広い飛行場には旧式の九六戦と、オトリ機だけが点々と置かれているのみとなった。

この基地もいよいよ敵の知るところとなってしまった。練習機までが分解されて敵機に発見されぬよう隠され、残るは防備隊の機関銃だけとなってしまった。

搭乗員たちは出撃させてくれと分隊長にたのんでいるが、隊長は腕を組み口をへの字にまげて無言である。若い分隊長も上司から命令が出ないので、心中はいかばかりか。

その日以来、基地は戦爆連合の空襲をうけるようになり、大型爆弾やら戦闘機の小型ロケット弾、機銃掃射により庁舎の一部を残して、大半の建築物は破壊され、飛行場においた九六戦、オトリもみごと爆破されてしまった。

また、こんなことがあった。空襲をうける前のある日、私たちが飛行場待機中で昼近くだったと思うが、マダラに迷彩をほどこした陸軍機二機が、高度二千メートルくらいで北から南へ飛行中であるのが望遠鏡で確認された。

B29の迎撃空戦を終え、基地に帰投中だろうと見まもっていると、そのうちの一機がなんとガソリンの尾をひいて飛行しているではないか。そのうちわが基地を発見したのであろう、僚機にバンクをふって別れをつげ、機首をわが基地に向けて接近してきた。

よく見ると、ヨモギ色をマダラに迷彩した陸軍の戦闘機「鍾馗」であった。搭乗員があわてていたのか、不時着場を発見して安心したせいかわからないが、庁舎の上空を超低空で飛行して、飛行場一ぱいに着陸してきた。

陸軍の搭乗員は機を降りると、すぐに指揮所に駆け込み、飛行長に敬礼して、なにやら報告をはじめた。ところが飛行長は、

「陸軍は礼儀作法を知らんのか、他隊、それも海軍の庁舎上空を超低空で飛行するとはなにごとか……」

ときびしいお説教をしている。

報告者は陸軍准尉であったが、おそらく少年飛行兵出身であろう。直立不動の姿勢で飛行長のお説教を聞いている。私たちはおなじ搭乗員として、自分がお説教をもらっているみたいで聞くにしのびず、待機所（指揮所）の外に出てしまった。

B29による被弾のためか、燃料系統のトラブルか、それはわからなかったが、ガソリンの尾をひいての不時着である。陸軍の戦闘機とはいえ友軍機ではないか。ご苦労さまの一つもいって、早く処置してやったらと思うけれど、下士官搭乗員がクチバシを入れることはできない。

かつて私もこの四月、国分基地より出撃したさい、南西方面にて被弾、陸軍にお世話になったことがあるので、経験者として他人事とは思えず、同情の念しきりであった。

海軍では、建物の上を低空で飛行することは禁じられており、この陸軍機は運悪く庁舎の上空を超低空で飛行してしまったようだが、陸軍の飛行要領はどうなっていたのであろう

か？

その後、整備兵に修理された「鍾馗」は燃料を補給され、轟音を残してふたたび大空に舞い上がり、お礼の意味であろうか飛行場上空にて大きなバンクをしながら、雲のかなたにその機影を消していった。

基地搭乗員はみな、おなじ戦闘機乗員である陸軍機の武運を祈り、しっかり戦ってくれよ、とかげながら激励しつつ見送ったのである。その陸軍が、そして海軍では厚木航空隊や百里の航空隊が頑張っているというのに、わが飛行隊はどうして迎撃戦に参加させてくれないのであろうか。私たちはいらいらしつつ、むなしい毎日をすごすばかりである。

基地の幹部たちは戦況を知っているだろうが、だれも教えてくれず、私たちのみでむなしい判断をするばかりであった。

とにかく、戦局は容易ならざるところまできているということだけで、私たちは他隊とも連絡がとれず、どの方面にいつごろ敵が上陸してくる公算なのか、早くそれを知りたいと思った。

みな平静をよそおっているが、心の中はおだやかではない。本土決戦も幹部が正式に私たちにつたえたわけではないので、あれやこれやと思いをはせては、焦慮の念にかられているのが実情であった。

厚木よりの使者

八月になって、分隊長より九州地区に米軍上陸の可能性が大となったことを知らされる。

八月七日、搭乗員整列がかかった。みなは九州地区に移動だと、ひさしぶりにはりきって集合したが、話は意外にも昨日六日、B29により広島が空襲されて特殊新型爆弾が投下され、大被害を受けているとの知らせであった。

そして九日には、長崎にも同型の爆弾が投下され、これまた被害甚大なることを知らされる。真意はわからなかったが、さし当たり白い衣類を着用せよとの命令が出たが、当時ほとんど白い衣類などもち合わせはなく、あるのは二種軍装（夏服）と下着類だけで、ほとんどがカーキ色のものであった。

いよいよ本土決戦の前ぶれである。血わき肉おどり、いつ死んでもいいように身のまわりの整理をする。新品の下着にすぐにもかえられるよう、整理した衣類の一番上におく。飛行機は飛行場エンドで、あらためて入念に整備され、試運転が開始されている。

そのとき、またも悪い知らせが入った。ソ連軍が不可侵条約を一方的に破り、満州方面に進入して、わが関東軍と激戦中とのことであった。関東軍は主力を南方作戦に移動させてしまっており、苦戦中であることも情報として非公式に入ってくる。

これはどえらいことになった、北部中国には兄がいるはずである。一瞬、ぶじでいてくれよと武運を祈る（兄は二十二年秋、蒙古方面から復員したが、その間いっさい音信不通だった）。

私たちの基地も七月中に数度にわたる空襲をうけていたが、幸い実用機も練習機もその被害は最小限にくいとめており、士気はますますさかんであった。空襲のさい敵機は、われが迎撃に上がらないとみると、わがもの顔に乱舞して獲物をねらっていたが、うまく隠した飛行機を発見できず、低空でいたずらに飛行場周辺を機銃掃射し、爆弾で建物を破壊したにすぎなかった。

敵機がにくい。早く出撃をとみなは念じていたが、上官よりの命令はまだ出ない。自分かってに飛びだしたのでは軍規違反になる。今日か明日かと出撃待機をしているとき、明十五日正午、天皇陛下の放送があることを知らされる。

夕食時、玉音放送について話し合ったが、特殊新型爆弾の投下、さらに輪をかけたソ連の参戦に対して、なお一層の励ましがあるのだろうということだった。

そして当日の正午すぎ、ラジオは飛行場から遠い庁舎にしかなかったので、ほとんどの搭乗員はピストにて待機していたが、わざわざ玉音放送を聞きにいっていたT上飛曹以下、数名が帰ってきた。

話によれば、ラジオはガーガー雑音が入ってよく聞こえなかったが、要はポツダム宣言なるものを受諾して、無条件降伏で日本が負けたらしいとのことであった。

そんな馬鹿なことが――待機していた搭乗員は総立ちになったが、私たちのなかでポツダム宣言とはいかなるしろものか知っているものはいない。まして、その内容についてはまったく知らない。無条件降伏とは？　全員が呆然としてがっくり肩を落とし、虚脱感におそわれる。

戦国時代の落城なれば、武将はいうにおよばず総員が城をまくらに討死にできたろうが――天をあおぐ者、首をうなだれて目だけギョロギョロさせている者、ピストルを空に向けて発射する者、いまとなってはそうするしか、ウップンの晴らし場もなく、身の置きどころさえなかったというのが実情であった。

夕食後、整列がかかった。飛行隊長は、残念ながら日本は連合軍に降伏した、詳細についてはまだはっきりしないが、降伏したことは事実であるから、以後別命あるまでそのまま待機せよ、まちがっても帝国軍人にあるまじき無謀なことは一切せぬように、と総員にクギを一本さして庁舎へ帰って行った。

その晩はむなしい、重苦しい空気のなかで酒やビール、ウイスキーなどで飲みあかし、夜が明けるのも知らなかった。

朝になると、日本刀を手入れする者、ピストルをなでている者など、みな目を血ばしらせてそれぞれに無言の行であったが、心の中は荒れに荒れていた。別命はいぜんとしてなく、ただ待機がつづいた。

みなはぶらぶらなんの目標もないまま日をすごしたが、十六日か十七日のことだったと思うが、基地上空に味方の戦闘機、夜戦月光らが飛来、そのうちの一機が着陸してきた。搭乗員は庁舎に入って一時間くらいでまた離陸していったが、その間、べつの機は檄《げき》と記したビラを市街地にもまき、着陸せず帰って行った。

そのビラには〝全海軍の将兵に告ぐ〟とあり、要旨は、軍の最高司令部は降伏したけれど、日本は神国であり絶対不敗である。必勝の信念にもえ実施部隊は敵撃滅に団結せよ、各位の同意をもとむ、といった内容で、もう一つは〝国民に告ぐ〟と題して、われら航空隊の者は絶対必勝の確信あり、今こそ一億総決起の秋《とき》である、というものであった。

わが飛行隊にも、九三中練特攻隊にも、海兵出の若い中尉クラス、予備学生出身の中尉クラスが多数いたが、彼らとて軍の方針がわかるはずがなく、私たち下士官搭乗員はなおさらのこと、全国にちらばって布陣していた航空隊のようすなどわかるはずがなく、全員そろって井のなかのカワズ同様であった。

話を総合してみると、斜め固定銃を発案した小園安名大佐が徹底抗戦をさけび、他隊にも同調を呼びかけ、若い士官連中がそのために各地にビラをまいているようであった。

厚木航空隊は歴戦の猛将小園大佐を司令とする実戦部隊で、本土防空に連日のように出撃し、雷電、零戦、さらには夜戦月光、陸爆銀河を保有し、B29はもちろん敵機の迎撃に大奮闘していた部隊である。

私たちの部隊は零戦と彗星艦爆の飛行機であったが、本隊は茂原にあり、幹部は連絡をとり合っているのであろうが、下士官兵にはなんのサタもなく、同調にかたむいている者、これ以上戦っても勝算はないだろうとあきらめかかっている者、さまざまであった。

若い中尉らが〝がんばるぞ〟とはりきっていたが、みなが同調したわけではなかった。私たちはまだまだ組織的行動をとっており、だれでも本音をはく者はいない。ただ心の動揺は隠すことはできず、夜は主計科からアルコール類を調達してきては飲み、酔ってくだをまきながら寝てしまう日が何日かつづいた。

私はこの先、生きながらえて生き恥をさらすより、いさぎよく〝雲の墓標〟となり、さきに散っていった同僚たちの仲間入りをしようと、ひそかに決心をつけていた。

翼をもがれた愛機

このころ、搭乗員ではない定員分隊では、はやくも〝復員〟をはじめたとのことであるが、復員とはいったい何だろうと、その意味もわからなかった。そして、つい先日まで飛行服に日の丸のマークを着けて、あれほどはりきっていた九三中練部隊もその後、いつのまにか隊を離れカラッポになってしまっていた。

ちょうどそのころ、横須賀鎮守府管轄の搭乗員は残れ、それ以外の搭乗員は帰れ、の命令が出たとか出ないとかのうわさが流れたが、うわさだけで正式ではなかった。

夜はまたまた酒盛りとなる。まずはリヤカーで主計科に行き、アルコール類をどっさりもらってくる。はじめ主計科もなかなか出してくれなかったそうであるが、若い搭乗員の殺気だった無理な強要に負けて、いろんな缶詰類まで出してくれるのであった。

飲みはじめのころはみな肩を落とし、放心したように飲んでいるが、だんだんと酔いがまわり、あげくのはて歌ったり踊ったりするうち、いつのまにか泥酔して、例のごとく前後不覚となって眠ってしまう。

と、こんどは米軍の総司令官マッカーサー元帥が厚木基地に着陸するのを待って、最後の決戦をまじえるといううわさが流れてきた。聞けば機体もろとも残存している飛行隊は、私たちだけであるとか。いよいよやるのかの観であった。

ところがすでに、私たちの知らぬまに、ひそかにあらゆる飛行機のプロペラがはずされていたのである。もちろん機銃弾、ガソリンもほとんど抜きとられ、あわれな機体となっていたのである。なんとまあ不覚であったことよ。プロペラのない飛行機、それはなんとみじめな姿であろう。感無量のまま、飛行機の下で座りこんでいた私たちであったが、本当に情けないやら無念やらで、総員は声もなく、ただじっと涙をかみしめているだけだった。

この間、隊内にもいろいろとうわさが流れた。婦女子は上陸してくる米軍の慰安婦として働かされ、また若い兵隊とくに搭乗員は全員、去勢されてアメリカ本国に連行され、一生ドレイとして使役につかされるというのである。

そんなうわさの流れるなかで、隊長から「搭乗員整列」がかかった。その号令も何日ぶりだったろうか。隊長は不穏な空気が流れているのを察知していたのであろう。隊長がみなを前にして話したことは、およそつぎのようであった。

——厚木航空隊だけは、なお戦闘を続行するといっている。同調する隊もいくつかあるらしいが、われわれは天皇の命にしたがうのが軍人の本分であることを決したので、早急に解隊するとの命令であった。

諸君が最後まで戦うことになれば、非戦闘員（一般国民）に多数の犠牲者を出し幾百万の人命を失うかも知れない。その損害については計り知れないものがある。諸君の気持はよくわかるが、ここで恥をしのび無念の涙をのんで故郷に帰るのもお国のためである。

そして、若い力と精神力で国家再興のためがんばることこそ真の勇者である。どうか司令の意をくんでもらいたい、君たちには長い間、本当にご苦労をかけたが、今後の健闘とご多幸を祈ってお別れする。司令よりもくれぐれもとのことである。

搭乗員はいそぎ帰郷せよ、明日、車両を用意する。——

これで、すべてが終わってしまった。本隊に帰ることもなく、正式な解隊式もなく、生死をともにした隊員たち、千葉・茂原の本隊の隊員たちとは別れの言葉もかわすことなく別れなければならないのである。

やがて、先任搭乗員から復員する身じたくをするようにと伝えてきたが、私たちは移動には慣れているし、身じたくをするほど特別なものはない。衣嚢一つで充分である。

その日の午後、先任搭乗員より飛行記録は搭乗員に危険がおよばないよう、命令によりすでに焼却処分にしたことを告げられる。飛行記録は搭乗員の履歴書であり、証明書だったが、本当に残念なことであった。

その代わりにといって、いままで一度も見たことのない軍隊手帳（経歴書）なるものを手渡された。しばし、じっと見つめる。

それには入隊前の学歴から本籍、親兄弟にはじまり何年何月何日土浦海軍航空隊入隊、二等飛行兵を命ず、また進級日、予科練卒業、操縦専修の飛練航空隊入隊、卒業、延長教育、実戦部隊、何航空艦隊所属、何部隊にて○○作戦参加などとすでに忘れていた数年前の過去の詳細が記録されており、その記録のくわしさには驚いてしまった。

土浦に入隊後、しばらくして一人ひとり温習時間に分隊長室に行き、いろいろと問われたことがあっが、それがずっと分隊長から分隊長へとひきつがれ、㊙となって本人には絶対見せなかったものである。

私たちはこんなものがあるとは夢にも知らなかったが、ただ最後のところに何月何日予備役入と記されていた。

先任から、搭乗員らしき物はすべて焼却した方がいいといわれたので、飛行服や靴、写真などいっさいがっさい焼却し、衣嚢には普段着と軍刀、ウイスキー、牛缶などを入れ、夏ではあったが万一にと思って、毛布一枚を持つことにし、遺言、形見の毛髪も処分し、タダの兵隊になった。

夕食はおのずと解散会となったが、口に入れるアルコールの味もほろにがく、話題もわびしくさびしい思い出話となり、すぎし日のいくたの苦労話、なき戦友の思い出、激しい空中戦の話など静かなお通夜のような一夜となり、そして間もなく、生への安心のためか、みなぐっすりと眠りについていった。

そして翌朝、みなは懐かしの基地に別れを告げ、航空隊をあとに三三五五、駅に向かった。だれ一人として見送りのない、さびしい退隊であった。


（月刊「丸」昭和六十二年十一月号）

第三章　わが青春の零戦隊

〈元海軍中尉〉今井清富

出陣の日きたる

昭和十九年七月二十日、われわれ三百余名の同期生（第七期兵器整備予備学生。飛行科の方は第十三期）は真新しい第二種軍装に身をかためて、みな思い思いの感慨を胸に秘めながら、午前九時、晴れの式場にのぞんだ。

終わって、照りつける太陽の下で記念撮影が行なわれ、昼食までのひとときを過ごしたあと、午後、待望の任地が発表になった。

この日はみな、いつもよりはやばやとデッキに集合して、自分の行く先をあれこれと想像していた。やがて教育主任の園原大尉が書類を片手に入ってきた。いつものことながら口をへの字にむすんだ、こわい顔である。みなは自分の名前を聞きもらすまいと、教育主任の方を凝視している。

呼ばれる順番は成績順なのだろうか、ちょうど中ほどに私の名が呼ばれた。

「今井少尉、第二〇一海軍航空隊付、場所は木更津航空基地、海軍戦闘機隊だ。いいか、わかったか!」

「はい!」私はつられて大きな声の返事をした。

この瞬間、私はサッと血のほとばしる思いがした。戦闘機隊、海軍戦闘機隊、私の一番あこがれていた戦闘機隊――操縦の方からまわされて、入隊のときの希望とはべつの道にきてしまったが、それはそれで戦闘機隊に行けるのは私にとって、大変なよろこびだったのだ。

発表がすんだときはもう日暮れ近かったので、明朝、新任地へ向かって出発する準備のため、夕食までに身の回りだけは整理がついても、心の方はなかなか興奮からさめない。

木更津航空隊は、この洲の崎とおなじ千葉県内なのですぐ近くである。そこで私は着任のさいに必要なものだけをトランクにつめて、のこりは行李《こうり》につめて送ることにした。同じ隊へ行く者がほかに二人おり、射爆(飛行機の機銃と爆弾の係)の高橋少尉と山田少尉がそろって私に話しにやってきた。いままで一度も口をきいたことのない他班の者だが、おなじ隊へ行く友があると思うと、なにかと心強いものを感じる。

夕食後、みなもどうにか整理がついたらしく、デッキのあちこちに二、三人ずつかたまって、名残りを惜しんでいる。

退隊まぎわになって、隊外にトランクを買いに行く者もあれば、手紙を書いている者、名刺に隊名を記入している者もあった。

一年近くこの隊ですべてをともにし、激しい訓練に励んできた三百数十名の友と、いよいよ明日は別れて任地へ向かわなければならない。北は北海道の端から、南は赤道以南の島々まで……。

一年たらずとはいえ、すべての苦楽をともに、切磋《せっさ》琢磨《たくま》してきた友だ。ふたたび会えることもなかろうと思うと、胸をつかれる思いがする。とくにしたしかった牧野少尉、吉川少尉――彼らともおそらく二度と会うことはないだろう（戦後、これまでに会えたのは三百数十名のうち、二人だけである）。

班長の久保中尉――一番多く鉄拳をいただいた教官であるが、さて別れるとなると、やはり名残りおしい。しかし、もうこの人たちともゆっくり名残りを惜しんでいる時間もなかった。

二〇一空付・今井清富少尉

教官より早く寝るように注意されたが、だれもがなかなか休もうとしないで話し合った。私も夜更けに釣床《ハンモック》へ入ったが、暑さと明日からのことが頭の中をかけめぐり、なかなか寝つかれない。

となりのハンモックでも、寝がえりばかりしている。ひそひそと話している者、眠れないままにまた起き出してタバコを吸いに外へ出ていく者、ざわざわとして落ちつかぬ。十二時すぎになって、友の寝息が気になってうとうとしていた私も、いつしか眠りにおちていった。

翌七月二十一日早朝、同期生に見送られながら、なつかしの洲の崎海軍航空隊、そして館山の町をあとに木更津に向かう。久保教官が駅のプラットホームまできてくれ、汽車が出てからもいつまでも帽子をふって別れを惜しんでくれる姿が印象的で、思わず胸に熱いものがこみ上げてくるのを感じる。

その夜は木更津の町へ一泊。今夜だけはゆっくり休んで、明朝着任することにズルをきめこんで、いっしょにきた高橋少尉、山田少尉らとはじめてくつろぎながら夕食をともにする。そして明日からの行動について話し合ったが、三人のなかでは私が先任とかで、彼らはいろいろなことをみな私に押しつけようとする（海軍では、おなじ階級でも一日でも早く昇任した者、また、おなじ日に昇任した者でも、官報に先に書かれている者が席順が上で、責任者にならなければならない）。いささかアタマにきたが、まあいいだろうと思いなおす。

七月二十二日、旅館を出て木更津航空隊に行く途中、トランクが重くて閉口《へいこう》していたところ、通りがかりのおじさんが、親切にも隊まで持って行ってくれ、大変うれしかった。

ところが、到着した木更津基地の当直室で、着任の挨拶を述べたところ、そんな航空隊はこの基地にはいないという。おかしいな思っていろいろたずねてみると、いまここにいる隊は、第三航空艦隊（当時まだ内地で編成されつつあった隊で、本土の守備を兼ね、もっぱら実戦の訓練にはげんでいた）で、二〇一空（第二〇一海軍航空隊の略）のことは全然わからないという。

われわれの隊は、第一航空艦隊管下のもので、現在、海軍航空隊の南方第一線部隊（主として比島）に属しており、司令部は比島ミンダナオ島のダバオ市にあるということだけがわかった。

となると、とにかくダバオまで行かなければならない。これは大変なことである。

ところが、ちょうど比島の基地から、飛行機を受けとりにきた某准士官がいるというので、その人をやっとこさでさがしてもらい、いろいろと事情を聞いてみた。しかし、彼にもはっきりしたことはわからず、一航艦の戦闘隊がダバオ方面にいるが、あるいはその隊かもしれないという、たよりない話だった。

とにかく一航艦の輸送機が、千葉県の香取基地にいるので、そこへ行ってみればはっきりしたことがわかるかもしれないなあと、親切に教えてくれた。

実戦部隊の基地移動は、最近とみに激しくなり、隊直属の司令部でなければ、はっきりしたことがわからない状態だったのだ。

聞くところによると同期生の一人が、一足先に北海道の某航空隊へ着任して行ったところ、彼がそこへたどりついたときにはもうその隊は移動していて、おもしろいことに洲の崎航空隊と飛行場をいっしょに使っている、となりの館山航空隊にきていたので、彼は北海道まではるばる旅行して、またおなじところへ帰って着任したという。

そして、こんなことを二回も三回もくり返しながら、二ヵ月も三ヵ月も隊の去ったあとばかり追い歩いていた人もあるかと思えば、そのうちに隊は全滅してしまったり、あるいは解隊してしまったりしており、行き先がなくなって困りはてている人もあるなどと、うそのような本当の話があると聞いていたので、われわれもいささか心細くなってきた。

やむなく昼食は隊でごちそうになり、とりあえず香取基地に行くことにする。この日はじめて士官室で食事をしたが、どうにも堅苦しくて窮屈だった。二人ともすぐ出てしまったので、私も茶碗一ぱいでやめて、早々に出てきてしまった。

とにかく二〇一空は、比島の第一線にいるということだけは、はっきりした。

香取基地へ向かうため、総武線に乗り込んで見なれない風景を車窓からぼんやりながめながら、私は頭の中でいろいろなことを考えるともなく考えていた。

真っ白い第二種軍装がめだつのか、乗客の視線が集まる。いつもなら汽車の旅は楽しいはずだが、行き先が急変して、このまま戦地へ向かうとなると、楽しいどころではない。この日本の風景も見おさめになるだろうか、いやいやそんなこともあるまい——。

私は子供のころから飛行機がこのうえなく好きで、なんとしてもパイロットになりたかった。

しかし、念願の海軍航空隊に入れたものの、操縦の方が適しているか、それとも不適かも決定しないさきに、通信技術をもっていることを知らせたところ、電気関係の要員が不足して困っているという理由で、翌日、いきなり航空通信の方へまわされてしまったのだ。

〝しまった〟と思ったがもうあとのまつりで、私は土浦海軍航空隊から、航空兵器(通信、機銃、爆弾、魚雷、写真、照準器)の整備員を教育する洲の崎航空隊へ移されてしまい、土浦の隊門を去るときなどは、去りがたい気持で涙がこぼれおちるありさまであった。

汽車はどんよりくもった関東平野の田園を単調に走りつづけた。車窓に展開される日本の風景も、もうこれが最後かと思うと、なんとも名状しがたいさみしい気持が、ふっとわき起こったりした。やっぱりふたたび日本へは帰れないだろう。

その夜はさみしい田舎町の八日市場へ泊まる。退隊のときからすこし腹ぐあいがわるかったが、不慣れな旅行でむりをすると、なかなか治《なお》らない。このような行動中に、食べ物に加減をしなければならないのは辛いことだ。

南方戦場をめざして

七月二十三日、香取基地の鳩部隊（第一航空艦隊の輸送機隊）に行き、先任将校に挨拶をする。しかし、ここでも二〇一空のことはやはりはっきりわからず、ダバオに本部があるらしいというだけで、あまりはっきりしない返事だった。

とにかくダバオ行きの便があるまで、ここで待っておれとのことで、仮入隊の手続きをすませ、やっと落ちついた気持になる。

先輩が銀河部隊にいると聞いたので、さっそく挨拶に行ったところ、出発するまでここで仕事を手つだって行けといわれてしまった。

私はこうして銀河部隊で無線機班の分隊士として働くことになり、隊長や隊員に紹介されたが、なにせ初めてのことばかりでようすがわからず、聞く人もなく内心、だいぶまごついてしまった。

しかし、ここで少しようすを知っておくのも悪くはない、向こうへついてからの参考になってよいだろう、と思った。

先輩からも〝お前たちはまだなにも知らないのだから、少しくらいまちがってもよい、思ったとおり、どしどしやって見ろ、少しくらいの失敗は気にしなくてもよい〟といわれ、士官のタマゴについていろいろと聞かされた。

翌七月二十四日、わが海軍航空隊の誇り、新鋭爆撃機「銀河」(三座陸上爆撃機、Y3ともいう)の通信兵器装備状況をはじめて見る。

そして午後、二十ミリ旋回機銃の試射を九十九里浜で行なうのに、私もついて行けといわれたので、海岸まで自動車で出発する。

そこでは標的を水辺にみたてて、陸の方から海に向かって発射する。曳痕弾《えいこんだん》(火をふいて飛ぶ弾丸、四発に一発くらいの割合で入れておくと、目標に命中したか、しないかが射ちながら肉眼でもよく見える)が、焼け火ばしのごとく海中に突き刺さり、あるいは水面を跳躍して(石を横から投げ込んだときのように)行くさまは、さすがにすごみをおびている。

小さな機銃とちがって、じつに勇壮そのものだ。村の人たちが大勢われわれをとりかこんで、耳をふさぎながらこわそうに見ていた。

帰りに田んぼに不事着した「銀河」の事故現場へまわってみる。田んぼのなかへめりこんだ機体をさかんに解体しているところだったが、非常に頑強で精巧な飛行機だけに、こわすのも大変のようだった。搭乗員は三名とも重傷で、生命もあぶないとのことだった。

七月二十五日、「銀河」部隊(四一〇空)が急に木更津基地へ移動したので、一日じゅうなんの仕事もなく、格納庫内の飛行機を見て歩いただけ。この基地にはほかに夜間戦闘機の「月光」部隊がおり、毎晩十時すぎまで猛訓練をしている。

七月二十七日、ここの隊では居候《イソーロー》なので、われわれの生活はまことにおそまつである。空いた部屋もないので、従兵の部屋へ入れられ、おまけに戦地へ転勤して行く士官がくるとなると、みなここへつめこまれる。少しの間だから我慢もできるが、それにしても小さな部屋へもう九人もたまってしまった。怒ってみても、居候のブンザイでは少しのききめもない。

七月二十八日、戦地から第一航艦の参謀山田中佐が帰ってきたので、二〇一空のことをきいてみる。やはりダバオだ。やっとわれわれの行き先も確定したようだ。

その夜、父母に戦地へ行くと手紙でそっと知らせた。

七月二十九日、「明朝ダバオ向け出発」と決定。もってきた軍装類はすべて家へ送りかえし、隊から三種軍装（戦闘服）を借りて行くことにする。それも体に合わないのでへんてこな格好だが、これもしかたがない。いくらたのんでも思うようにならないのだ。

帰らぬ旅だと思えば、少しはおめかしもしていきたいところだが。主計長の馬鹿野郎はあってても出さぬ、もうたのむものか――。

やはりフィリピンへ行く整備科の福西少尉と、もうひとり内田整備兵曹長と顔見知りになる。

七月三十日、九時出発の予定であったが、天候不良のため明日に延期。一日なにもすることなくぼんやり過ごす。

昼は航空弁当ですます。いなりずしだった。二食分たいらげたが、どうもまだ満足しない。

七月三十一日、午前十時三十分、零式輸送機および九六式陸上攻撃機の六機編隊は、だれも見送ってくれる人もいない香取基地を、爆音だけは勇ましく飛び立った。私は二番機の窓ぎわの座席にのっていた。

東京湾をすぎて、なつかしの洲の崎航空隊の上空をふたたび飛んだときは、さすがに感慨ぶかいものがあった。今日は雲量も相当多いが、晴れ間は視界がよくて気分は上々である。富士山の近くへさしかかったとき、なぜか家のことが思いだされた。

機はいつしか中部地方をすぎて、大阪付近の上空へきていた。やがて瀬戸内海にさしかかり、神戸の港が下に見えるころ、急に雲が多くなってきた。僚機が雲の中へ入ったり出たりして飛んでいる。

急に大きな雲が前方に現われたと思うと、よけるひまもなく深い霧の中へ入ったようになにも見えなくなった。上へ上へと出て見たが、やはり雲がきれない。雲をさけるために、機は右左へ大きく傾きながら飛びつづけた。

無線で九州方面の気象を問い合わせてみると、雲量が非常に多くて危険だとのこと、やむなく引き返すことにする。

機は大きく旋回して、ふたたび東京方向へ機首を向けた。下は四国地方だ。山また山の間を白く河がうねって海へそそいでいる。

途中、豊橋航空隊（愛知県）へ着陸したが、とたんに暑い地上にほうりだされて、いささか気分が悪くなった。

ここで一泊して待機しようとしたが、泊まるところがないというので、またも香取基地まで引き返すことになったが、六時間も飛びつづけていたので、どうも尻がいたくて閉口させられた。

台湾での一夜

八月一日、香取より九州南端の鹿屋航空隊まで一気に飛ぶ。飛行時間四時間三十分。途中、眠ってしまったので、私にはごく短い時間だった。

山にとりかこまれた広い飛行場には陸軍機、海軍機が入りまじって翼を休めていた。昼食を隊ですませるとさっそく、午後から町へくり出す。耳にする言葉がちょっとへんにひびき、聞きとれないことが多い。水仙閣という旅館へ泊まることになったが、半日たらずできてしまったので、九州の南端にいるとはとうてい思えない。町へ出ても面白いこともなかったので、宿でねそべって夕方までの一時をすごす。宿にはなにも食べるものがなく、若い連中だけにみな、ぶつくさ文句をいったが、とうとうなにも出なかった。

八月二日、ふたたび空へ。機は心地よく滑走して浮かび上がった。飛行場上空を旋回しながら高度をとる。鹿児島湾のなかに桜島がくっきり浮かんで、画のように美しい。ああこれで内地ともいよいよお別れか。祖国よ、どうかぶじで——日本よ、さようなら。

やがて機は渺茫《びょうぼう》たる海上にでた。そして九州はだんだん小さくかすれていき、ついに見えなくなった。祖国よさらば——私はもう一度、見えない内地の方をふりかえって、口の中でつぶやいた。

碧い空、碧い海、どちらを向いても碧一色のなかを、機は広々した大空へ爆音をまきちらして、心地よく静かに飛んでいる。

一番機がすぐ目の前を、多少上下にゆれながらゆったりと飛んでいる。いつの間にか一機たりなくなっている。後からくるはずの四機がいくらさがしても三機だ。きいてみたところでは、どうやら内地へ引き返したらしい。

碧い海がどこまでもつづき、陸地らしいものは一つも見えない。この海面下に敵の潜水艦がひそんで、わが輸送船団をおびやかしているのかと思うと、なにやらぶきみな気もする。いまも潜望鏡がわれわれを見つめているかもしれない。

一人でいろいろな思いにふけっていたが、いつのまにか眠ってしまい、目がさめたときはすでに台湾の上空を飛んでいた。もうすぐ着くというので、あわてて弁当をたいらげる。

空から見ると台湾もやはり、山と川と平野を組み合わせてできた一つの大きな島にすぎず、とても異国の上空とは感じられない。九州から五時間の飛行で、このあまり速くもない輸送機も台湾の南部、高雄航空隊の上空にさしかかった。

このころ突然、夕立にみまわれ、機はぬれた滑走路へ接地したと思った瞬間、〝がくん〟と前につんのめり、あぶないと思って座席にしがみついたとたん、ぐるっと一回転してあやうく急停止した。幸いにみなはバンドをしめていたので、なにごともなくすんだが、飛行機は片方の脚がぺちゃんこになっていた。

早々に機から飛びだしたところ、なま暑い空気がムッと身をつつみこみ、いやな不快感が全身にはしる。機はぬれた飛行場の真ん中で、おかしな格好をしてとまっていた。

と、にわかに雨がこれまでにましてどしゃぶりになってきた。その雨のなか高砂族《たかさご》の工員に手伝ってもらい、懸命の修理をする。

広い飛行場だ。滑走路が何本もある。内地ではちょっと見られないような広々とした基地である（この立派な飛行場も、そして建物も三ヵ月後にB29の目標になって、無残にたたきつけられた)。

ここでも隊内では寝る余裕がないというので、各自は自由行動となり、明朝の出発までに集合することになって、それぞれに分かれる。

隊門を出て歩いてゆくと、やはり南国にきた実感がする。内地では見られない樹々が大きくしげり、バナナの樹をはじめ、名も知らない果物が一ぱいなっている。いたるところめずらしい木が目につく。真っ青なバナナの大きな房、当たり前ながら画や写真で見たとおりだった。

縦貫線の岡山駅より台南市へ向かう。乗っている人たちのほとんどは台湾人だ。粗末な服装から日やけした手足をだし、内地人より骨ばってほっそりしている。

途中の車窓はずっと田園風景ばかりだ。駅々につくと、真っ青なバナナの房を売っている。見たところ、あまり売れ行きはよくないようだ。ちかごろの内地では、見たこともないバナナだが、こうしてあるところにはありあまっている。混雑した汽車のなかで何本もついた房をかかえて食べている人、座席の下にその皮が散乱して、うっかり踏むとすべってひっくりかえりそうだ。だが、バナナのにおいがただよって、とてもよいにおいがする。

車窓から見る農家の建物は、南国のせいか内地より貧弱だ。軒下に大きな袋がたくさん積まれ、なかには袋がやぶれて真っ白なものが、土の上に一ぱいこぼれている。なんだろうと考えてみても、どうにも見当もつかないので、そばに立っていた山田に聞いてみる。

「あれはなんだろうね、見当もつかないが……」

「米にしてはすこしへんだね、まさか塩でもあるまいし……」

彼にもわからないらしい。ところが、そばで私たちの話をきいていた台湾人が、横合いから教えてくれた。

「兵隊さん、あれは砂糖ですよ。このごろは船がなくて持ち出せないもんだから、あんなにたまっているのですよ」

「ほう！　砂糖ですか、おどろいたなあ。あんなにこぼれているから、まさか砂糖だとは思わなかったよ。いまの内地には砂糖なんかおがみたくもないんですよ、いいですね……」

私たちはまったくおどろいて、感嘆の声をあげてしまった。

こうして一時間余、異郷の景色をものめずらしくながめているうちに、汽車は大きな都会へ入って行った。

そして列車はまもなく、台南駅に到着した。台湾でも屈指の大都市だけに、構内はごったがえすほどの混雑ぶりであった。

私たちは駅前の東屋という内地人の経営する大きな旅館へはいると、さっそく半袖、半ズボンの身軽な服装になり、宿のコマゲタをかりて外へとびだす。これではまさか軍人には見えないだろう。これに大きなツバのついた麦わら帽子でもあれば、なおさらよいのだが……。いささか頭のテッペンが暑い。

ここまでくると、さすがに街のようすも内地とは大ちがいだ。大きな街路樹、まぶしいほどにかがやく大きな建物のならんだ商店街、自動車はほとんど見当たらないが、そのかわり人力車が一ぱい走っている。

その街路樹の下をゆっくり歩いていると、南国の情緒がしみこんでくるようだ。台湾人の若い娘が、うすいワンピースをきて、前にもうしろにも大勢歩いている。うしろから見るとスラリっとしていて、とても美しい。

それに薬屋が多いのが目につく。また菓子屋にはお菓子が一ぱいあふれている。だが、どれも砂糖ばかりでつくったものらしく、甘すぎるようである。

一時間ばかりぶらついて宿へ帰った私たちは、女中さんにバナナを買ってくるようにたのんだところ、ここらには店もすくなく、それも朝でないと売っていないという。

「なーんだ。見せつけられただけか、つまんねえの」

「お気のどくさま、でもパイナップルならありますよ、持ってきましょうか」

がっかりしている私たちの前に、女中さんが大きな皿へ山盛りにしたパイナップルを持ってきてくれた。

ナマのやつは初めてだ。どんなしろものだろうかと思っていたが、皮をむいたところはカンヅメに入っているのと少しもちがわない。しかし、香りが高くてずっとおいしかった。あまり食べすぎたので、舌が真っ白になってしまった。

「ほほほほ……よく食べますこと、あまり食べすぎますとおなかをこわしますよ」

そこへ遊びに出ていた連中がつれだって帰ってきた（私たち三名のほかに香取で、追浜《おつぱま》航空隊からきた整備科のやはり比島方面へ行く同期の人たち十名ばかりと一緒になっていた）。中には〝毛なみのよい〟ヤツもいるだろうに、いまは食い気のこととなると、だれもかれもが同じようなものだった。みなヤンチャで、こだわりがなくて愉快な連中だった。年はみな二十三、四歳であった。

仲間の一人に追浜航空隊整備科卒業生千百数十名のうち、首席で卒業したT少尉もまじっていた。

外は天気が悪く、非常にむし暑い。みなは初めて見た台湾の印象をおもしろおかしく語り合っていたが、やがてそれぞれの部屋にわかれて台湾の一夜をすごした。

またしても着地失敗

明くる八月三日の朝、隊へ帰って集合したものの、天候不良のため出発は見合わせとなる。

八月四日、この日も天候が思わしくなく、どうしたものかと思っているうちに、だんだんと晴れ間もでてきたので、機は十二時三十分に離陸した。しかしながら、碧い海の上を一時間ばかり飛んでいるうちに、またもや雲が多くなってきたので、やむなく引き返す。

ここで私は偶然にも、かつて母校でのクラスメートだった松岡英雄君と出会った。きけば彼はここで、戦闘機乗りとしての訓練を受けているという(のち十九年十二月、二〇一空第九金剛隊の一員として特攻に出撃して散った)。

八月六日、飛行機のなかへだれかが四十キロも入りそうな、バナナ籠《かご》を持ち込んできた。大きなアメの缶を持ってきた者もあるし、これから戦地へ行くなどとはちょっと思えないような情景が現出した。

「あまり持ち込むと危険ですから、そのへんでうちどめにして下さい」

と士官ばかりのお客さんへ、下士官の機長から注意されてしまった。

「じゃ、食べちまおうか」

「馬鹿いえ、腹のなかへ入ったって、結局、同じことじゃないか……」

機は大きくバウンドしてふたたび大空へ。すこし高度をとると、もう海だった。十何隻かの輸送船団が、おもちゃの舟のように南方さして航行している。たぶん東港から出てきたものだろう。S中尉が双眼鏡を目に当てて、しきりにのぞきこんでいる。

海はますます碧くなってきた。機は相変わらず心地よい爆音をひびかせて飛んでいる。大きな緑の翼に強い日光が照りつけて、まぶしいほどである。高度五千、暖房装置を入れても寒気が肌をさす。

飛行約四時間で、機はフィリピン上空にさしかかった。このあたりからぐんぐん高度をさげて、まもなくマニラ上空に到達した。一番機の着陸を待って、機首を滑走路に向ける。いよいよ戦地だ。台湾の愉快な思い出もわすれ、みな真剣な顔つきになってくる。

ところが、機はぶじに接地したと思った瞬間、ぐっと横へそれ、いきなり逆立《さかだ》ちしそうになって、〝がくん〟と元にかえって急停止した。

〝またか〟と思いながら外へとびだしてみると、滑走路からずっと離れたやわらかい土の中へ両脚を半分も突っ込んで、身動きできなくなっている。時計の針は午後二時ちょうどをさしていた。

これが、あの有名なマニラ近郊のニコルス飛行場なのか？　どうしてもそんな立派なものには見えない。滑走路以外はとても飛行場とは思えず、川原みたいなところだ。ススキのような草が一面にはえている。だが、あたりの空気は思ったより涼しかった。

結局、夕方までかかって、やっと機体を地面に引っぱりだした。私たちの機ばかり事故を起こしているので、なんとなく気恥ずかしくてしかたがない。こんど起きれば三度目だ。もうごめんこうむりたいものだ。最後のコースだというのに――。

だんだん目がなれてくると、あっちにもこっちにも緑の樹々の間に、建物がいくつも建っているのに気づく。

「雷電《らいでん》」（単座戦闘機）が、あの特有なキーンという爆音をたてながら飛んでいたが、着陸態勢に入って脚の片方が出ず、ついにそのまま草原の飛行場へ砂けむりをたてて、すべり込んできた。

もちろん、飛行機はこわれてしまったが、搭乗員には異常なく、その落ちつきはらった動作にはみなが感心していた。

そばへ寄ってみると、片方の脚が折れて、プロペラがアメん棒のようにくにゃっと曲がっていた。

はじめは気がつかなかったが、よく見ると擬装網をかぶった飛行機がたくさん翼を休めている。

やはり戦地なのだ。このくらいにしておかなければ、敵機にすぐ発見されてしまうのだろう。

マニラの水交社（海軍士官のクラブ）が満員というので、航空隊の兵舎へ泊まることになり、スマートな乗用車へのせられて宿舎へ入ったが、電燈が暗くてなにやら陰気である。もとは米軍の航空隊がつかっていた兵舎らしく、便所はみな洋式で大部まごついてしまった。

ここで内田兵曹長と別れることとなった。彼はもう相当な年配だが、温厚な性質できわめて気持のよい人物だった。別れるのがちょっとさみしかったが、比島におればまた会えるかもしれない。

かたい板の間へ毛布をしいて、眠れない一夜をすごす。

八月七日、いよいよ最後のコースだ。これからさきはいつ敵機に遭遇するかもしれないから、各自よく見張りをしてくれとのことで、この日はみな緊張して、うたた寝するものは一人もいなかった。

機はつらなる山々を下方にみて午後二時、椰子にかこまれたダバオ基地へぶじ着陸した。土をかためて造った滑走路に、太陽が直射してまぶしく光っていた。目をあけていられないほどの強烈な光線だ。どちらを向いても一面、椰子のほかになにも目につかないほど椰子の木ばかりだった。

宿舎は飛行場から四キロ近くも離れていた。着任の挨拶をすませたら、すこし落ちついた気持になる。

無線兵器のほうははじめてだから、しっかりやってくれ——と副長の玉井浅一中佐からいわれたあと、洲の崎航空隊当時から顔だけは見知っていた先任の清水中尉には、明日からの仕事のことについてこまごまと指示された。

一方、分隊長は機銃のほうの出身で、通信機のほうはわからないから、お前しっかりやってくれ、というわけで一任されてしまった。どうも最初から心ぼそいかぎりだ。そこでひとまず、零戦の機銃について一通りやってから、通信機のほうを専門に受け持つことにする。

夕食のとき、士官室で各将校に着任の挨拶をしたあと、なんだか自分でもわからない、うやむやな気持のまま一夜をすごすこととなった。

つぎに当時の第二〇一海軍航空隊の編成について、簡単に触れてみる。二〇一空は第一航空艦隊に属し、別名山本部隊とも称され、司令部と本部をダバオ基地におき、その下に戦闘三〇一飛行隊（ダバオ基地）、戦闘三〇五飛行隊（セブ基地）、戦闘三〇六飛行隊（セブ基地）、戦闘三一一飛行隊（ラサン基地）の各飛行隊をもち、装備機はいずれも「零戦」であった。

しぶりっ腹にハチ

八月八日、午前三時十五分に起床。ただちに自動車で飛行場に向かう。そこではすでに整備員が「零戦」を滑走路の両側にひきだして、真っ暗ななかで試運転をしていた。

静かな空気をやぶって爆音が、はらわたまでもしみこんできそうになっている。暗闇のなかに排気管のガスが青白く、尾をひいてすごみをおびている。

なんと勇壮な場面だろうか。ぐっと身がひきしまって、闘魂がみちみちてくる。なんだか血が燃えあがって、じっとしてはおれないような衝動にかられた。

戦地の飛行場には、滑走路が一本ないし二本きりしかないという話は前からきいていたが、ここもやはり幅百五十メートル、長さはちょっとわからないが、端から端の見えないような、でこぼこな滑走路だ。中央部に戦闘指揮所があるきりで、見るからに索漠としている。

初日は一日じゅう清水中尉と一緒に歩き、いろいろなことを教えられた。部下にも紹介され、いよいよ明日から新前の一士官として働くことになる。

その夜、宿舎に帰ってじっとしていると、小さな蚊《か》が一ぱいたかってくる。こいつにチクッとやられると、マラリアになるのかと思うと、どうも気が気でない。

八月九日。七時から十七時まで当直見習いをやる。内地とちがい一日二直制だ。しかし、思ったより仕事は少なく、主として電話の取り次ぎや、自動車の配分などであった。

いままで気がつかなかったが、当直にまわってみると、高い椰子の葉かげに木造の粗末な兵舎が、各所に分散して数多く見られた。これらは空から見てもほとんどわからないであろう。

空気が乾燥しているのか、内地とちがって暑いわりにはしのぎやすい。とくに夜になるとぐっと気温も下がって、ぐっすりとよく寝られる。

それにしても、蚊には閉口させられる。といって、カヤの中ばかり入っているわけにもゆかぬ。ここにいる他の人びとはどうしてあんなに平気でいられるのだろうか、ふしぎでならない。電燈が暗いので、椅子にかけていると、足のまわりへ一ぱいよってきてワンワンうなっている。どうも気持がわるい。おまけに半ズボンの防暑服でいるので、蚊クンにとっては絶好のエモノなのであろう。

八月十日、午前二時ごろより三回にわたり敵機の来襲をうける。生まれてはじめて空襲の気分を身近にあじわう。夜間のこととて敵機は一機か二機にすぎないが、飛行場や宿舎の上空を低く旋回しながら、エモノをねらっているさまは、あまり気持のよいものではない。かえって爆弾の破裂するのを聞くとはじめて、安心した気持になれるからふしぎだ。

八月十二日、夜になって分隊長にさそわれてダバオ市内に、中国料理を食べに行く。町なかといっても真っ暗で、人通りはほとんどなく不気味である。帰りに水交社でピアノをたたいてきた。楽しかるべき一夜のはずだが、まだどうも上官のそばにいると堅苦しくて、なにかしら圧迫感をおぼえる。

油っ気の多いものをあまり食べすぎたせいか、どうもおなかのぐあいが変だ。

八月十三日、午前三時十分に起床、ただちに飛行場へ行く。

敵機動部隊が近づきつつあるとの情報に、全飛行機を滑走路に出して戦闘準備をととのえる一方、付近の兵器はすべて椰子林の奥ふかくに分散して時をまつ。だが、闘志満々たるわれわれの前には、一機の敵も現われなかった。

午後になって、航空廠まで通信兵器の在庫品を調査に行けと命ぜられ、一人で歩いて行ってくる。このあたりの椰子林はどこまでつづいているのか見当がつかないほど、どこを歩いてみても青空が見えないくらい椰子の木が林立している。

八月十四日、早朝より空襲があったが被害なし。七時から十七時まで当直。だいぶなれてきたようだ。

八月十六日、その後、腹ぐあいはますますよからず。数回にわたり夜中に起こされるのにはまったく閉口させられる。

診察してもらったところ、だれでもここへきた者は、一度はかかる病気で心配はないとのこと、軽い仕事をしておればそのうちに治ると、一つつみの白い粉をあたえられて、簡単にかたづけられた。

それにしても夜、暗闇のなかを手さぐりで離れたカワヤへ、何回も通わねばならないのは非常につらい。急を要することだけに、目をさましたら思い切ってすぐ出発しなければ、子供ではないがまったく間に合わないほどだ。

やっとたどりついて、やれやれと思いながらお尻をだすと、待ちかまえていた蚊の大群が、ところかまわず襲撃してくるので、悲しいかな、ここでも落ちついてゆっくりかまえているわけにはゆかぬ。この苦しみを知っているのはわれ一人……いやいや、みなが経験している戦場の苦しみなのだろう。きけば、やはり水のわるいためだそうだ。

八月十七日、一緒にきた高橋少尉がラサン基地へ行くことになり、明朝の出発を前にしてその夜、分隊長とともにささやかな送別会を私の部屋で開く。

腹ぐあいがわるかったので、飲むまいと思っていたのだが、分隊長があとはまかせとけ、大丈夫だからといってすすめるので飲んでしまった。久しぶりの冷たいビールが腹にしみて非常においしかった。

ここでの酒保は、一週間にいちど二合入りのビール一本と、二、三日おきにお菓子の配給があった。煙草は日に十本、これは私にはとんと用がないので、ほとんどは部下にあたえた。

八月二十一日、昼ごろ、突如としてB24（四発爆撃機）が一機、低空で来襲してきた。しまったと思いながら、けんめいに部下とともに椰子林のなかへ逃げこむ。

飛行場には壕が一つしかないので、こんな場合はまったく冷汗ものである。爆弾を投下されなかったので難をまぬがれたが、あとで部下とあわててぶりを思いだして大笑いをする。

敵機が見えなくなってから、「零戦」四機が追いかけたが、ついに逃げられてしまい、長《なが》門《と》中尉（長門達、のち神風特別攻撃隊第十聖武隊として散る。昭和十九年十一月二十六日）が悔しがりながら帰ってきた。

ラサン基地でもおなじく、こいつに不意をつかれて五百キロ爆弾を投下され、被害も相当あったようである。

とにかく椰子の木の上から、いきなり現われたので、まったく面くらってしまった。ラサンへ落としたあとだったのでよかったが、もしこれが前後していたら……さぞや痛い思いをしただろう。

いまのところ、世界に誇るわが戦闘隊の上空へ白昼、単機でやってくるとはなんと勇敢なやつだろう。敵ながらあっぱれなものだ。

わが腹ぐあい、やっと全治す。

その夜、ぶきみな夜道を自動車にて十時すぎまで、ダバオ第二飛行場までお使いに行ってくる。軍刀をしっかりにぎりしめながら……。

痛い〝山本理容店〟

八月二十二日、この朝早く空襲があったそうだが、知らずに寝ていた。

これまでは平穏な日々がつづき、飛行作業も訓練と哨戒をかねたもので、私たちの作業もわりあいのんびりしていた。そして他の戦線の情報も、特別なもの以外はほとんど耳に入らず、そうしたことが、かえって私たちの気持をやわらげ、なんの心配もせず過ごしてきていた。それは戦時とも思えないほどだった。

しかし、このころになると敵機の来襲は日々その数をまし、ここダバオ基地にもようやく緊迫感が感じられるようになり、ぶきみな何物かが、私たちの前にたちはだかってきたようだった。

敵偵察機の出現も頻繁となり、きのうの空襲に引きつづき、この日も白昼に六機が来襲したが、高空だったため機影ははっきりしなかった。

わが隊もどうやらセブ基地に転進し、一ヵ所に集結して、敵機動部隊の来襲にそなえるようだ。

零戦に二百五十キロの爆弾を搭載し、敵艦隊群に奇襲攻撃をやるとかで、「零戦」に新しく二十五番用の投下器を取りつけることになり、それには中島正飛行長（少佐）みずから実験の任に当たった。

二十五番（二百五十キロ）もの爆弾を抱いて、はたして「零戦」が離陸できるだろうかと一人心配したが、「零戦」は簡単に離陸していった。やがて海中に爆弾を投下して帰ってきたが、〝大丈夫、成功する〟と少佐が話していた。

この日、セブ基地に二十機が転出していった。そのため、ダバオ基地はからっぽになってしまった。人員、物件は逐次輸送する予定とのこと。

このころになると、私もだいぶ仕事になれ、部下もよくおぼえてくれたので、毎日の作業もことなくすすみ、飛行作業も私たちのためにさしさわりが出るということはほとんどなくなった。

八月二十三日、この日、私は副直将校で、司令山本栄大佐のもとへ電話の取りつぎに行き、それも終わって帰ろうとしたところ、飛行長と二人で私をながめていた司令が、

「おい、お前、髪をのばす気か」

と突然、変なことをいいだした。私はちょっとまごついたが、別にそんな気もなかったので、

「いいえ、のばしません！」

と答えたところ、

「なんだ、大分のびているじゃないか。いまからそんな気をおこしてはだめだぞ。わしが刈ってやるからちょっとこい！」

という。叱っているのか、からかっているのかわからないような口ぶりなので、私は「はい」と生返事をして帰ってきた。

ところが、まもなく従兵が呼びだしにきた。

洲の崎空を出たとき以来、散髪するところもなかったので髪は大分のびて、なるほどそういえば見苦しくなっていた。私はどうなることかと思いながら、かしこまって大佐の部屋へ入って行った。

一礼して頭を上げると、大佐はもうバリカンを手にして、自分の椅子をだして待っているではないか。こうなってはしかたがない、私はおとなしく椅子にかけた。

部隊長に頭を刈らせる、なんてことはすこしも思っていなかったので、少し気にならないでもなかったが……それにしても、あまり具合のよいバリカンではなかった。

ちくりちくりと毛をひっぱって痛いことこのうえない。アイタ、タタ……と口にでかかったが、それもできず、顔をしかめるわけにもゆかぬ。とうとう最後までヤセ我慢をしていた

が、大佐の方はすこぶる上機嫌で、

「お前の頭にはフケがないなあ。どうだ、痛くないか……」

などといいながらさかんにバリカンを動かしている。終わったところで洗面器に水をくんで、石鹸まで出してくれた。

あとでみなの前でこのことを話したところ、私だけが特別であったわけではなく、ときおり気が向くと、こんなことをするらしい。副長とちがってあまりやかましくない人だが、飛行場へはほとんど顔を出さず、本部でひまなときにはなにやら黙々と造ってみたり、草とりをしたり一風変わっている御仁だが、こんな一面がかえって部下のウケをよくしていたようだった。

八月二十四日、飛行機をセブ基地へ送ってしまったので、仕事もなくただぼんやりしていた。ひまなままに航空便の往復ハガキをもち出して父母に出すことにする。おそらくはとどかないだろうが……。

攻撃一〇五（K一〇五）飛行隊の「九九式」および「彗星《すいせい》」艦上爆撃機が六機、ダバオ第二飛行場から共同作戦をするため本隊にくわわってきた。整備要員として下士官と兵が四名きたきりなので、これらも私が指揮しなければならなくなった。

「彗星」には零戦用の無線電話機を装備して試験してみたが、地上ではなんともないのに、空中に舞いあがると、どうも思わしくない。この六機も明日にはセブ基地へ行く予定である。

この日は夕方からぶっつづけて二時間ばかり、目のまわるような忙しさだった。

八月二十五日、高橋少尉が基地移動のためラサン基地よりダバオに帰ってくる。彼の話によると、この前のB24による空襲のさいは、やはり不意をつかれてひどい目にあったよし。

八月二十六日、八月分の俸給、手当とともに百七十六円二十銭ナリを軍票でいただく。私が働いてえたはじめての俸給である。

八月二十七日、昨晩から当直の任についたが、夜十時ごろから一晩中、敵機の爆音になやまされつづける。全隊員の生命をあずかっているのも同然なので、当直のときの空襲は大いに気がもめる。敵機がそれて行くのをまちがって、少ない睡眠時間の隊員を起こしても可哀そうだし……。

それに、このころ第二飛行場の「月光」（双発夜間戦闘機）が、哨戒に出ることになっていたので、敵か味方かを判断するに真っ暗な空ではきわめて困難である。私にはまだ「月光」の爆音は、よく聞き分けることができないからだ。

敵機は「月光」が上空にあるとやってこず、着陸するととたんに、どこからともなく上空へ姿を現わす。まったくしゃくだが、彼らの電波兵器の優秀さを認めざるをえない。

八月二十八日、この日一日じゅう輸送物件の荷造りを行ない、夜になって分隊会を行なう。飛行場のかたすみで、当直将校の目をぬすみながら、兵隊がつくった野戦料理がいろいろと運ばれてくる。

果物を主としてバナナの焼いたもの、バナナの天ぷら、豚肉のすきやきなどなど、こんなものどこから探してきたのかときいてみても、彼らは笑ってこたえない。

夜更けまで歌ったり踊ったりのドンチャンさわぎ、部下はいつまでもやめようとしなかった。こうして部下と一緒に楽しくすごす会も二度とこないだろう。

鉄と炎のあらし

八月二十九日、きのう準備した兵器を輸送船「東光丸」に積み込む。沖へでたら十中八、九は沈められるだろうと思ってみても、大きな荷物は船で運ぶよりほかはない。私の受け持っているものは、比較的小さいものばかりだが、やはり飛行機だけでは持っては行けず、船にも沈められるのを覚悟で乗せざるをえなかった。

各班から兵器について行く兵一名が割り当てられた。ムダ死をさせるのかと思うと、大いに困惑したが、出さないわけにも行かないので、折笠上等兵を私室へ呼んで乗船命令をだした。

しかし、出て行く部下の前で、そんな気持をみじんも見せてはならない。はなむけには何もなかったので、タバコをあたえて彼と別れた。どうかぶじに着いてくれよと念じていたが……翌三十日に彼は船に乗りこみ、それから二日後の未明、「東光丸」はあえなく轟沈されてしまったという。

奇跡的に生還してきた彼の話すところによれば、予定の出航がおくれて、海岸に近いところで停泊していたが、夜半にいたって突然に爆撃をうけて、甲板からいきなり海中に突き落とされた。そのあと夢中で泳ぎ、ちょっとうしろを振りかえって見たときにはすでに船影はなく、まったくの轟沈だったとのことである。

それでもほとんどの者が甲板に出ていたので、うまく海中にとびこんだ者が多く、みなで助け合いながら暗い海を陸地まで泳ぎついたとのことであった。この報告を聞きつつ私は、部下の面前であるが涙の流れるのを禁じえなかった。

輸送指揮官の松元整備兵曹長も、頭と腕に真っ白い包帯をして帰ってきた。

八月三十一日、ひねもす飛行場で部下とともに雑談にふけりながらすごす。

それでも昼すぎごろ、谷田飛曹長に飛んでもらい、指揮所との電話連絡の試験を行なう。きわめて良好だ。

『五百番（谷田機）、五百番、こちら千一番（指揮所）、千一番、感度いかが、感度いかが、応答せよ』――『千一番、千一番、こちら五百番、五百番、感度、明瞭度ともきわめて良好、ただいま高度五千、高度五千……』

この日は手にとるように聞こえる。こんなによく聞こえるように、どうしてもっと、うまく使ってくれないだろう、スイッチ一つひねればよいのに……。

九月一日、副直将校として朝から夕方まで本部で勤務する。

私が本部の当直室で勤務していた十二時ごろ、突如として静かな空気をやぶって、司令部から空襲警報が入電した。ただちに隊内に警報を発するまもなく、敵機は飛行場上空へ進入してきていた。

〝だだ――ん〟

一瞬、地ひびきとともに爆弾の炸裂音がつたわってきた。

やられたな――と思いながら飛行場への電話にかじりついてみたが、すでに電話線は切れていた。

一編隊が通過すると、つづいて一編隊、B24三十二機が小しゃくにも低空をゆうゆうと飛んで行く。高角砲陣地もすでにやられたのか、本隊の陣地からは一発も射ち出されない。われの「零戦」は四機しか残っておらず、ゆうゆうと飛んでいる敵機を見ながら、どうすることもできない。

鉄と炎のあらしのなか、長門中尉が単機で離陸してゆき、大編隊のなかへひとり執拗に食いさがって行ったが、しょせん一機ではどうにもならず、弾丸を射ちつくして引き返してきた。

畜生！　と思いながら敵機をにらんでいたところ、ダバオ市上空で敵機の一機が突然、火をふきだし、下を向いたと思った瞬間、真っ赤な大火炎につつまれて空中分解して落ちていった。ざまーみやがれだ。つづいてもう一機が落ちてゆく。

敵機が去ったあと、やっと飛行場と連絡がついたが、飛行場の混乱は予想以上であった。戦死者が多いのですぐにも自動車をあるだけまわしてくれとのこと。勤務で本部を離れられない私は、いらいらしながら、電話でいろいろと状況をきいてみた。

飛行場には情報が遅く入ったため、敵機が頭上にせまってから気づいたのだった。指揮所付近にいた人たちはあわてて、高角砲陣地をぬけて、椰子畑に待避しようとしたが、ウンわるく敵機は飛行場にさしかかると、滑走路の端の方からちょうどこの陣地に向かって一直線に、小型爆弾（十キロほどの飛行機破壊または人員殺傷用）を無数にまきちらしたため、その付近にいた人たちの大部分がやられてしまったという。

本隊の戦死者三十数名、設営隊や他の部隊の合計は七十余名にたっし、重傷者、軽傷者は大変な数にのぼった。こうして小さな飛行場は、あっという間に血潮にそめ上げられた。そのため、隊の病室だけでは収容しきれず、ダバオ市内の病院へもたのんで、夕方までかかってやっと収容するしまつであった。

心配していた私の部下は、三名が重傷をおっていた。小池上整は腹部をやられ、病室へ行くとまもなく絶命。小林上整は脚部をやられ、足の裏を無残にもぎとられ、横山上整は胸部と腕をやられたが、二人は生命は大丈夫のようだ。

小池は東北地方の漁師の子で、色の黒い無口な、まじめな兵だった。彼は顔をそるのが上手で、切れ味のよいかみそりを持っており、「分隊士、ひげをそりましょうか」などと、よくひまをみてはそってくれた。

三名ともこの日に、セブ基地へ転出する順番だったので、飛行場で輸送機を待ちながら、無線機整備室で雑談にふけっていたそうだ。ひさしぶりにさっぱりした服装に着替えて、である。だが、運命というものは、まったくわからないもので、喜びもほんのつかのま、この三名だけを傷つけ、そして死なせてしまった。

その夜、白木の箱に入った小池の前に座して、私はひとり瞑想《めいそう》にふけった。四十ちかい白木の箱の最上段には、今朝まですぐとなりの部屋に寝起きしていた木村中尉の霊がローソクの火にさびしく光っている。

日に焼けた顔に度の強い眼鏡をかけ、体こそ小さかったが、部下の先頭にたってよく働く人だった。

二、三日前にこの基地にきた彗星隊のＹ兵曹長も、最初に私のところへきて隊のようすをいろいろと聞いたので、すぐ顔なじみになったばかりだが、彼もこの中に入っている。しごく頭のきれる、おとなしすぎるくらいの人だった。どうしてこんなによい人たちばかり死んでしまうのだろう。

そしてまた、陸軍司偵隊の某少尉はこの日、内地から飛んできたばかりで、飛行場に出て行ったとたんにやられてしまったとのこと……しーんと静まり返った部屋で、こうして白木の箱をながめていると、運命の悲しさがひしひしと身にせまって、なんともやりきれない気持になってくる。

たまたま私は当直で本部に出ていたので、こうして生きていられたのかもしれないが、もし飛行場へ出ていたら、あるいはおなじ運命をたどっていたかもしれない。それにしても、小池の最後をみてやることができなかったのは残念でならない。

セブでみた彗星の悲劇

九月二日、正午ごろ、またもB24約四十機、P38（双発双胴戦闘機）約三十機が来襲してくる。幸いにこの日はわが隊にはまったく被害なし。エモノが見つからなかったのか、敵は椰子林のなかに大型爆弾をばらまいて去って行った。

「零戦」がいたらと思うものの、転進したあとでは敵を頭上にしながらどうにもならない。

九月三日、この夜、戦地へきてはじめて映画を見物する。バラック建てのガレージのなかでの『桜の国』と『結婚お化け家敷』の上映だ。あとのほうは喜劇でおもしろく、みな腹をかかえて笑った。他の隊からも見物人が大勢集まり盛大だった。

なにもかも忘れて大勢の兵隊のなかへまじり、スクリーンへ目を向けていると、なんだか田舎へかえって映画館ででも見ているような気分になってしまった。

九月四日、山田少尉、ピナルパカン基地へ出発、私はべつにこれといった仕事もなく、飛行場で空襲にそなえて待機していた。

この日、セブから中島飛行長が心配して十機ばかり引きつれて飛んできたが、敵はこれを知ってか知らずか、とうとうやってこなかった。きようこそは叩きのめしてやるぞと待ちかまえていたのに……。

午後、飛行長は帰っていった。歴戦の勇士である飛行長中島少佐の自信ある態度を見ていると、なにかしら心強いものがのりうつって、こちらまでも気が大きくなってくる。

九月六日十時三十分ごろ、B24三十七機が来襲してきたが、本隊に被害なく、他の軍事施設へ二十五番クラスの爆弾を投下して去る。

高橋少尉セブへ出発。

午後はひまだったので、軍刀のためし切りをしてやろうと思い、ひとり椰子林の中へ入り、雑木を手当たりしだいに斬りたおしてやった。

〝さっ〟と横へはらうと、〝ぱさっ〟と気持よく斬れる。

部下がよくとってくる椰子の実も、自分でとろうとするとなかなか落ちてくれない。首をさんざんつかれさせたあげく、三十分もかかってやっと一つ落とし、帰りに青いバナナの房もみつけて、両手に一ぱいかかえながら、意気揚々と部屋へ帰ってきた。

九月七日の午後、兵十三名と、一日に戦死した三十三柱の英霊を飛行機にのせ、約四百キロ後方のセブ島へ飛ぶ。

滞在約一ヵ月ではあったが、さまざまな思い出のある、そして惨事を体験したダバオ基地を、敵に後ろを見せながらさがって行くのには、まったくしのびないものがあった。

私たちには作戦のことはよくわからないが、一歩一歩後退して行く気持は、いくら日本に近づくとはいえ、けっして気持よいものではない。

ほどなくスコールの去った直後の、セブ基地にぶじ着陸する。

九月八日、セブ島中央部に位置するセブ市の町はずれの一角に、この飛行場は海岸の方に向かって一直線にのびている。

裏側は山、前方は海、側方には町に田園、目前に小さなマクタン島が浮かび、そこにも飛行場があり、わが隊の基地になっていて、ここからも飛行機の離着陸がはっきりと見える近さだった。

戦乱にみだされない静かな気持でながめたら、さぞかしきれいなところかもしれないが、われわれの殺伐たる気持の前には、景色などながめているゆとりもなく、やはり一つの戦場にしかすぎない。

ここには椰子はほとんどないので、空が開けて明るいが、私にとっての第一印象は、なにかしらよくないものがあった。こんもりしたマンゴーの木が、道ばたに並木のように立っている。このマンゴーは世界一うまいとだれかに聞いたが、世間にはよく世界一とか、何々一が多いのであまり当てにはなるまい。

それにしても、ここの建物はみな露出している。空襲のさいは絶好の目標にされることだろう。危ういかな、である。だが、宿舎から十分も歩けば飛行場へ行けるので、その点だけは都合がよい。

指揮所は二つあって、その一方を私たち無線班が整備室として使っていた。そして、これまでは年をとった大村兵曹長が指揮をとっていたが、この日から私がそれに代わり、彼はもとの地上通信のほうへ帰ることになった。はじめからどうも口のききかたが気になっていたその大村兵曹長から、私はまったく知らない部下四十名をにわかに渡されたのであった。

「零戦」が百四十余機、「彗星」十数機があるのに、自分ひとりで百機にあまる飛行機を受け持つことになったのだ。

これはたしかに重荷だ。だが、とにかく今後は、私ひとりの責任で作業をすすめねばならないのだ。部下をまだ掌握していないし、大村兵曹長は私にかわると、もう重荷をおろしたようなそぶりで、あまり協力してくれない。

こんなことならダバオから、溝口兵曹でもつれてくるのだったと、いまさらのように思ったが、どうにもならない。刻々ちかづいてくる敵を前に、不平などいっているひまもなく、私も汗だくになって部下と一緒に働いた。ダバオで一緒だった士官たちも、いまはピナルパカンの方へ多く行ったとかで、知らない人たちばかりだった。

ところで、いざはじまってみるとやはり、自分ひとりでは大変な仕事だった。せめて私がもうすこし経験でもあって、力量があればよいが、若年の私には、年上の下士官は使いにくくてしかたがない。一つや二つならまだよいが、みな十歳くらいはちがうのだ。

だが、よし、私も男だ、やれるだけがんばろう、と心に誓う。

昼食を食べに指揮所へ帰ろうとして、部下と列線(飛行機をならべた線)を歩いていたときだった。急降下爆撃訓練中の「彗星」三機編隊の一番機が、指揮所を目標にまっさかさまに突っ込んできた。

すごいなあと思いながら、立ちどまって見ていたが、機はぐんぐんとさがってきた。〝危ない〟と思った瞬間、私たちは地面に腹ばいになっていた。

悲劇は、その直後に起こった。機は、私たちの頭上をすれすれにかすめて列線へ突入していた。すさまじい爆発音が起こった。

その直後の状況は筆舌につくせないほどだった。なんたる惨事であろう。突入した「彗星」はばらばらに分解して見る影もなく、地上にあった「零戦」と「彗星」五、六機が原型をとどめないくらい無残にこわされている。

落ちた「彗星」がちりぢりばらばらになるのを見て、やっと自分たちの危なかったことに気づいたほどの、あっというまの短い間の出来事だった。

あと数歩ばかり後方にいたら、私たちも一片の肉ものこさず粉々になっていたかもしれない。見れば、目前で働いていた整備員数名は、影も形もなく、やっと一塊の肉片をさがしえたにすぎなかった。

搭乗員は二名とも飛行場のはずれまで、エンジンとともにひきずられ、落下傘を長くひきずって、無残な姿に変わっていた。二人とも私の同期の若い少尉だった。

急激に近づいてくる地面を見ながら、動かなくなった操縦桿をにぎりしめて死んで行った友、戦場にこうした犠牲者はつきものとはいえ、目前に見せつけられては、ただただ暗然たる涙あるのみである。

若武者たちの苦悩

九月九日、『ダバオ方面に敵艦上機多数来襲、機動部隊が近づきつつあり』という情報が入る。

このころには心得たもので、私など宿舎の自分の荷物はぜんぶ防空壕へ入れて、用意万端、すっかり身のまわりは整理できていた。

せまい基地に飛行機が多すぎて、行動が不自由なので、七十一機が早々にマニラ基地に分散避退していった。

と午後になって突然、『ダバオ方面に敵上陸中』という電報が入った。なんだか少しおかしいぞ、こんなに早くくるはずはないと思ったが、とにかくいそぎ「彗星」二機をだして偵察することになり、出発準備にとりかかった。

ところが、まぎわになって、一機の通信機がどうしても作動しない。すでにプロペラをまわし、飛び立つばかりの飛行機のなかで大川兵曹が、一心に点検したがついにわからず、やむなく一機で出発していった。

私は自分の責任上、少なからず当惑したが、そんなはずはないと自信をもっていたのでよく調べてみると、やはり通信機の故障ではなく、整備科の手落ちであることがわかった。

ところが、整備科の某中尉は、私の面前で部下の大川兵曹が機からおりてくるやいなや、いきなり殴りつけた。悔しさが一気にこみあげそうになったが、上官の前ではどうすることもできず、それが直後に整備科の彼自身の責任であることがわかったときは、一層カーッとなって腹わたがにえくり返ったが、やっとこらえて、大川兵曹をなだめなだめひき上げたのだった。

ダバオに敵上陸の情報は、まもなく誤報だとわかった。原因は見張員の見あやまり（白波を上陸用舟艇とまちがえる）とのことだった。

それにしても、司令部の不的確な処置や、情報には腹が立つことおびただしい。敵がきたと知るや、もう上陸したものと思って、さっさと後退したとのことである。（この『ダバオ事件』がもとで、せっかく苦心して温存した飛行機は一朝にして、敵機動部隊の攻撃目標にされ、大部分を損耗してしまった）

九月十日、敵機動部隊はいよいよ接近しつつあるとかで、わが隊の戦闘隊はふたたび当基地へ集結して、敵艦隊に当たることになり、夕方から夜半にかけて、ぞくぞくと集結してきた。

しかしながら、夕闇せまるころになってもまだ全機は集まらず、つい夜に入ってしまった。せまい飛行場だけに整理が大変で、夜更けまでかかってやっと集結したものの、最後に帰った一機はどうしても着陸できず、隊員が心配して見ている前で、四回まで地上すれすれまで降りて着陸をこころみたが、ついに燃料がつきたのか、それとも自己の未熟さをはじたのか（おそらくこれが真相であろう）、みなの目前で急に機首を真下に向けるや地上に激突して果て、二度と私たちの前に立つことはなかった。

あとでわかったことだが、彼はまだ夜間飛行の経験のない、若い搭乗員とのことだった。

セブのせまい飛行場は、たちまち飛行機で一ぱいになった。私たちも明日の激戦を思いながら、徹夜で戦闘準備にとりかかった。

整備科の手による地上試運転で、飛行場は耳もつんざくばかりの轟音につつまれる。真っ暗いなかに排気筒の青白い火がぶきみに光る。

一方、兵器科では機銃弾を、そして「彗星」の腹には大きな爆弾を懸命になって装備している。

私は部下とともに、無線電話機を装備した機をすべて手がけ、朝までかかって調べあげた。いくら調べても原因が不明で聞こえない電話機があっても、新しいものととりかえる予備品はない。それでも、どうしても直さなければならない。真っ黒な顔にアブラ汗を一ぱい流して、泣き声で電話機にかじりついている部下たち。

「分隊士、これどうしてもだめです！」

「よし、じゃオレがみてやる。ちょっと懐中電燈で照らしてくれ」

真っ暗な、そしてせまい飛行機の座席で、懐中電燈ひとつがたよりの血の出るような場面だ。

「畜生、だめか！」

まったく泣きたくなる。

「おい、もう良いのは一台もないのか？」

「はい、ありません！」

夜はだんだん明け方に近づいてきた。しかし、あたりはいぜん真っ暗なので、飛行機の番号をさがすのも容易ではない。だが、私たちはがんばった。

東の空が白みはじめるころ、やっと飛行場は静かになった。

九月十一日、『敵機動部隊の来襲ますます濃厚なり』。

九月十二日、『敵機動部隊による来襲の気配なし』というので、張りつめていた気分もゆるみ、ほっとして一息ついていたとき、午前九時。セブ基地は突如として敵の艦戦、艦爆による奇襲攻撃を受けたのだった。

その直後に見た、地獄のごとき情景——形容する言葉もしらぬ惨憺たるありさまであった。敵の作戦が巧妙だったのか、それともわれの不覚か、いずれにしてもこの惨憺たるありさまは、一場の悪夢のごときものだった。

私たちの労苦は一瞬のもくずと消えて、嵐の去ったあとには、無残に焼けた飛行機の残骸が、さながら死屍累々、痛々しく残っているだけだった。

私には、かつてわが軍がハワイを奇襲したさい、敵側はちょうどこんなありさまではなかったろうかとも思えた。あるいはあのときはもっと不意で、米側はもっと驚いたかもしれないが……。

この小さい飛行場に何百機がきたのか（約百六十機の戦爆連合）よくわからないが、私は生まれてはじめて、艦上機による空襲の激烈さを味わったのであった。

さらには、部下の山口一等水兵を失ったことも、かえすがえす残念でならなかった。

その夜、私は飛行場の当直将校に当たり、一晩じゅう休みもせず、飛行場警備隊員を指揮して、硝煙きえやらぬ飛行場のなかをめぐって歩いた。足もとには不発弾（三十キロ）が数ころがっていた。

港の沖合では、昼間攻撃をうけて燃えつづけていた輸送船が、最後の断末魔の火炎を空一ぱいにかがやかせて、一塊の火柱となって海中深く沈んでいくありさまが、手にとるように見えた。

きょうのこのありさまを、私の体験したこのセブ空襲の激烈さをもう少しくわしく記しておこう。

無残！ 燃えつきる翼

どうやら敵は来そうにないというので、張りつめていた気分がゆるんだのか、あるいは何日もつづいた寝不足と疲れが出て、その朝はなんとなく体もだるかった。

飛行場にはガソリンと、機銃弾を満載した「零戦」が滑走路の両側に、行儀よくならんで待機している。搭乗員はぜんぶ指揮所に集まって、なにやら飛行長の話をきいていた。

私は部下に作業の割り当てをすませてから二、三の部下と調整室にのこっていた。

外は風もなく、淡い雲が細長く尾をひいて、どんよりしたのどかな日だった。

と、九時すぎだったろうか、突如、耳をつんざくはげしい機銃掃射をうけた。はっと思って窓のところに駆けつけて外を見ると、一瞬、目の前に展開された光景を見て目をうたがった。なんと悲惨な、悽愴《せいそう》たるありさまだったことか。

いつのまにやってきたのか、敵の戦闘機群が大空をおおわんばかりに乱舞しているではないか。そして飛行場のエモノをねらって、つぎつぎに突っ込んでくる。危ない——目前にあった一機が機銃弾をくらって、いきなり真っ赤な火を吹きだした。

私は思わず首を引っ込めていた。絶えまのない耳を聾《ろう》せんばかりの爆音、弾着音、一機一機しつように地上すれすれまで突っ込んでくる。

飛行場にはすでに数ヵ所、いや飛行場全体が真っ黒な煙を吐いているように見えた。その間に真っ赤な炎が飛行機をつつんでいる。

目標物がまぢかなため、はじめは自分たちが集中射撃を浴びているような錯覚にとらわれたが、気を落ちつけてみると、まだこの部屋には一発も当たっていない。といって、ここにいることは非常に危険だ。しかし、うかつに外へ出られそうもない。

「おい、みんな外へ出るんだ。一人ずつ順番に行くんだぞ、いいか！」

私は机の下や、階段の陰に入って小さくなっている部下たちに声をかけた。そして、すばやく机のひき出しから、水晶発振子（無線機の大切な部品）をあるだけ両方のポケットへ突っ込んで、脱出のチャンスをうかがっていた。

一連の機銃掃射がすんでちょっと静まった一瞬、いまだ――私は部下をうながした。ところが、いままで物かげに入っていた部下が一斉にとびだした。

「かたまっちゃいかん、一人ずつ行け！」

後方から大声でどなったが、聞こえないらしい。つづいて私もとびだした。その直後のすさまじい機銃音、〝しまった〟と思いながらマンゴーの木の下へすべり込んだ。その間にも敵機がつぎつぎに突っ込んでくる。

グラマンF６Fの真新しい銀翼が憎らしく光っている。

――畜生、こんなところで死ぬものか。

私はマンゴーの木に体をすりつけながら、敵機をにらみつけた。

だが、防空壕は宿舎の方まで行かなくてはないのだ。エモノのとび出すのを待ちかまえているグラマンの前で、どうして行けようか。

そのとき私は、五十メートルばかり先に、マンゴーの立木を利用して、いま造りかけの給油車（ガソリン車）の待避壕があるのに気がついた。よーし、あそこまで行こう。

「おーい、あそこへ入れ！」

その辺の木の下に身をかくしていた部下に声をかけて、私はまっさきにとび出した。

それはうすい鉄筋コンクリート製だが、機銃弾くらいなら防げそうだ。すでに先に二、三人が入っていた。片方の入口だけは開けっぱなしで、飛行場の方を向いているので、飛行場のようすは手にとるように見えた。

はじめての大空襲、わが身が多少安全になったと思うと、こわさより、こわいもの見たさの方にひきつけられた。

黒煙がたちこめた上空に、まだグラマンが銀翼をかがやかせながら、飢えた狼のように乱舞している。片方の翼に星のマークが、黒くはっきり浮かびでている。それがサーッとおりてきては、機銃を射ち、ぐるっと反転上昇して行くすばやさ。黒煙のなかに曳痕弾が、赤く尾をひいて、無数に地上へのまれて行く。後から薬莢がばらばらと落下してくる。

相対したマクタン島の基地からも黒煙が立ちのぼり、急降下して行く敵機が、気のくるった馬が暴れまわっているようなものすごさで飛びまわっている。

そのころになってやっと、味方の機銃が砲門を開いた。敵機が降下してくると、彼我の銃声で耳もつんざけんばかりだ。

時計を見ると、まだほんのわずかな時間しかたっていない。と、そのとき黒煙でつつまれた飛行場から、「零戦」が一機、飛び上がってゆく。いままですっかり全滅したのかとばかり思っていたのに、一機また一機と群がる敵の中へ飛び出して行くではないか。そしてはるかマクタン島からも飛び出して行く。

よーし、いまに見ていろ——全身の血が逆まき、ぐっと力がこみあげてきた。

そのとき、上空で待っていたグラマン二機が、さっと上昇中のわが機に突っ込んだ。チクショウ！　私は思わずこぶしを握りしめてさけんだ。味方の一機がまだ脚もたたないうちに、目の前の海へまっさかさまに突っ込んでしまった。

しかし味方機は一機、一機とじつに勇敢に飛び出してゆく。上空にあがってしまえば、なんとかなるというように……。

はやくも各所で空中戦が開始されていた。だが味方はいずれも、まったく不利な立場で苦戦していた。敵は数としっかりしたチームワークで、執拗にいどんでくる。味方は一機一機ばらばらだ。

黒煙がものすごいばかりに大空をおおっているうちに、空中戦はますます激しくなっていった。火のかたまりとなって落ちてくる味方機、吹き出すガソリンの尾を白くひいて、ぐるぐるまわりながら落ちて行く敵機、地上に激突すると見るや、バアーッと紅蓮の炎をふいて燃えあがった。

敵か味方か、もはやはっきりと判断などする余地もない。敵機の落ちたあとに、真っ白な落下傘がふわりふわり落ちてくる。敵のパイロットだ。

畜生、たたきのめせ――とだれかがさけんでいる。うす雲が大空にかかっているのみで、飛行機ははっきり見える。敵、味方機がさっと近づくや、焼けひばしのごとき機銃弾を交わしたと思う間に、はやくも片方が落ちて行く。片方が逃げる、そしてどこまでも喰いついて行く味方機、その後方へまた敵機がついている。

あっ、もう少し早く気がついていたらなあ、はじめっから叩き落としてやるんだったのに――。

怒れる山本司令

空中戦に心をうばわれていたら、突然、付近に爆弾が炸裂《さくれつ》した。はっと思って目を転ずると、反対側の方から敵SBD艦爆が、掩体壕と宿舎へ突っ込んできた。さらに後ろからは大編隊がつづいてこちらへ向かっている。

しまった、こんなところにいるんじゃなかった、と思ったが、もう間に合わない。とっさに目と耳を両手でぐっと押さえつけ、口をあいて地面へ腹這《ば》いになった。

〝ダダーン、ダダーン〟

炸裂音がだんだん近づいてくる。下腹へ思い切り力を入れていても、爆風がズーンと息をとめるかのように、体がゆるがして行く。

気が滅入りそうな、いやな爆音をたて近づいてくる敵機、思わずきゅっと目をとじて、なおも地面へ体をこすりつけた。

死ぬものか、死ぬものか——頭上まで突っ込んできた敵機が、吹きとばされそうな爆音をのこして反転上昇して行く。

機銃弾がぷすっ、ぷすっといやな音をたてて土に刺さる。つづいてダダーンと爆弾が炸裂したと思った瞬間、バーンと破片が壕の壁に突き刺さる。あたりはもうもうと砂塵がたちこめて、硝煙が鼻ににじんでくる。一瞬、夢中になって、なにがなんだかわからなくなってしまった。

私たちはただ地面にはりついて、身動きもできなかった。

あたりが静まったな、と思って顔をあげると、もう敵機は編隊を組んでゆうゆうと引き揚げて行くところだった。

生きていた、ああオレは助かったのだ——急に恐ろしさがこみあげてくる。と、みなは一斉に宿舎の方へ一散に走りだした。私も宿舎の防空壕の方へ走りながら、路上に一ぱい破片が散乱しているのに気づいて歩をとめた。

もう敵機はいないではないか、バカ、なにをそんなにあわてているのだ——私は自分自身にいいきかせながら、破片をひろってつくづくと眺めいった。見ると大きな穴が、あちらこちらに一ぱいあいている。

飛行場はまださかんに燃えている。焼けている飛行機から機銃弾がパチパチとはねて、あたりにとび散ってゆく。一機に千五百発ちかくも機銃弾が装塡してあるので、焼けている間はとても近づけない。

炎上する宿舎——まさに惨憺たるありさまである。

それにしても、まったくウカツだった。きのうまであんなに闘志満々で敵を待ちかまえていたのに、ちょっと気を許しただけでこのありさまだ。

敵の艦上機の百や二百は完全にたたける飛行機、そして優秀な搭乗員が待機していたのに……戦運のない戦《いく》さは、なんとみじめなものだろう。

このとき私は部下のことが急に気になり、宿舎の方へいそぎ歩いて行った。部下たちのいる宿舎の前に大きな穴が二つあいて、窓ガラスがみな吹き飛んでいる。一歩なかに入って見ると、いろいろな持ち物が見るかげもなく床に散乱して歩けないほどだ。

「山口がやられました！」

部下の一人が報告にきた。

「なに、山口が？」

私はまだ着任して日があさく、全員の名前をおぼえていなかったが、ああ、あの肥った兵かとすぐ気がついた。けさがた作業をいいつけたとき別れたままだ、と。いや、まだ一時間もたっていないだろう。

——彼は飛行場の真ん中で働いていたが、突然の空襲に爆弾の破片を腹部にうけて倒れた。無残にとび出した腸をひきずりながら彼は、無意識のうちにまだ、おとした水晶発振子をひろっていた、という。

すぐに手当をしたが、もう口もきけず、静かに眠ったまま、暗い防空壕の中で息をひきとった。十八歳といえばまだ本当に少年だ。家におればまだほんとうに子供だろうに、よく働いてくれた。彼が二人目の戦死者だった。ああ、私は部下を二人も死なせてしまった、畜生、きっときっとこの仇はうってやる――私は心ひそかに誓った。

部下といろいろ話しているうちに、雨が降りだしてきた。第一波が去って三十分もたたない雨のなかを、敵の第二波が来襲してきたのだ。そして、それが帰るとまた第三、第四波と雨のなかを敵の攻撃は夕方までつづいた。

そして、敵機の去ったあとには、一日のうちに変わりはてた、みじめなセブ飛行場の姿が廃墟のごとくさみしくのこっていた。

九月十三日――軍隊へ入ってちょうど一年目にあたるこの日、私はいま南の島できょうも敵の空襲下に戦っている。

マクタン島の燃料タンクが、きのうから少しも衰えず、どす黒い煙を大空一面になびかせて燃えつづけている。

きのうの地上における本隊の損害は「零戦」十八、艦爆五、ほかに輸送隊のもの四機炎上とわかる。はじめは全滅かと思われたが、案外すくなくすんだのは不幸中の幸いというべきか。

とはいえ、損傷をうけた零戦、艦爆は七十数機もあった。敵は何機おちたかわからないが、わが方も空中戦に飛びたった者の消息はまだわからない。

九月十四日、きょうも五回にわたって空襲があり、飛行場は穴だらけだ。

きのうから一日かかって修理した三十機が、マニラへむけて転出していった。夕方より夜間にかけて全員で、飛行場の穴うめ作業をする。なんとつまらない仕事であろう。

九月十五日、飛行場の修理作業が緩慢だとの理由で、准士官以上が司令室に呼ばれ、山本大佐にしかられた。

みな、せっかくの闘志をうちくだかれて、暗い気持に落ちこんでいるときだけに、無理もないのだが……。

その夜十時すぎ、私は通信長（大尉）に呼ばれ、明日の朝早く一人でマニラへ行ってくれ、といわれた。部下はつれずにまた一人でか……。

だがマニラには一度、たった一晩ではあるが、知っていると思うと、ここセブでいやな気持でいるよりはよいと思った。

向こうで仕事がすんだら、また帰ってこいというので、必要なものだけトランクにつめて、明日のことを思いうかべながらひとり床につく。

――また元気な気持になって、明日から一生懸命やろう、マニラでは私の行くのを待っていてくれるのだ。

玉井副長の無理難題

九月十六日、四時起床。ただちに飛行場に向かう。

やっと明けそめた、涼しい飛行場の露をはらいながら、部下と別れるひまもなくひとり九六陸攻の機長席にのって、セブ島をあとにした。

飛行すること約二時間半、雨のなかをマニラ飛行場に着陸した。ここには航空無線班の者がだれもおらず、無線の整備にこまっているという。私は比島空（比島海軍航空隊の略）の兵を数名たのんで、荷物も指揮所においたまま、さっそく小雨のなか作業にとりかかった。

そして夜十時ごろまでかかって、隊長機ほかめぼしい機だけでも完備した。完備機（戦闘のできる飛行機）はぜんぶで三十二機であった。

この部隊は鈴木宇三郎大尉の下によく統率されており、それに隊長みずから通信機にたいへん関心をもっていたのには感激した。なにかしら非常に働きがいのあるものを感じたのだった。

長門中尉、久納中尉らもぶじでここにきていた。

このあと私は十時すぎ、比島空の宿舎に行き、仮入隊をする。

九月十七日、四時半起床。一日じゅう電話機の調整作業をつづけ、夕方までかかってやっと三分の二ほどをすませた。たとえ小なりといえども、自分の力でやる仕事はおもしろい。

九月二十日、内地より新機材（新しい飛行機）十二機が到着す。

十名ばかり比島空の無線班をかりる。

その十名のなかに同県の者がいた。話しているうちに、私の母の家を知っているというので、懐かしく久しぶりに里心が頭をもたげた。西八代郡久那土村出身の上等整備兵で、若いおもしろい男だった。

九月二十一日、午前九時三十分、またもや敵機動部隊の艦上機に奇襲された。損害は甚大なる模様。

比島空の部下三名が負傷す。敵機に機銃掃射されるまで知らずに、機のなかで無線機の整備に当たっていたとのことで、血に染まって私の前に現われた。

鳩部隊の大型輸送機は、ほとんど地上で炎上してしまった。滑走路の両側に残骸が敵らばっている。本隊の零戦も数機、焼かれた。

この日も私は未明に起床して、通信機の調整をすませる。東の空の白むころ、数機の零戦が軽快な爆音を残して、マニラ上空の哨戒飛行に飛びたって行った。

それからしばらくの間、べつに仕事もなかった私は、指揮所の無線機の前でぼんやりしていた。そこへ玉井副長が現われていった。

「おい今井少尉、ここへ机を一つさがしてきて、物を置けるようにしてくれんか」

私はやれやれと思いながら、

「はい、どこにありますか？」

と答えたところ、

「馬鹿もん、どこかへ行ってさがしてこい！」

と叱られてしまった。まったく無茶な話だ。ここは私の隊ではなく、比島空のものだ。とめてもらっている身分で、そう簡単にどこからでも持ってこれるわけがない。

まあ、とにかく比島空へ行って聞いてみようと思い、甲板士官に事情を話しているとき、敵機は飛行場をねらって奇襲してきたのであった。この日も延べ二、三百機はきただろう。

九月二十二日、未明より残存する十八機のうち十五機を出し、鈴木大尉を隊長に敵航空母艦攻撃に向かう。

午前九時ごろより数回にわたる空襲があり、滑走路に二百五十キロ級の弾痕がいくつものこされた。もとは敵の造った格納庫であるが、醜く吹き飛ばされ、内部にあった飛べない飛行機は、まったくみじめな格好をしてこわれている。

この朝、攻撃に向かった爆装戦闘隊は、ラモン湾東方海上に大型航空母艦二ないし三を基幹とし、その周囲を戦艦、巡洋艦、駆逐艦をもって包囲護衛された輪型陣を発見し、ただちに爆撃を行ない、五発の命中弾をあたえたのち、空母にたいし三回までも銃撃をくわえた模様である。これはそのうちの一機、佐藤機（佐藤平作上等兵曹）が帰ってからの報告である。あとの隊員はほかの基地へ帰投したらしい。

九月二十三日、この日も未明より二機にて索敵攻撃に向かう。無線連絡がうまく行かず、私は副長より叱られる。きょうも数回の空襲あり、マニラ湾内の艦船部隊の損害、甚大なる模様。

敵は最初の一撃で、わが航空隊を押さえ、あとは主力のほとんどをマニラ湾内の艦船部隊に集中した。マニラ港上空に向けられた、わが軍の対空砲火はすごい弾幕を張ったが、そのなかをゆうゆうと突っ込んで行くさまは、敵ながらまったく感心するくらいだった。

夕方近く飛行場のはずれで攻撃一〇五飛行隊搭乗員奥田飛曹長の死骸をさがし出す。二十一日の空襲のさいにやられたらしい。その日の朝、セブへ行くからと別れたままであったが、彼の飛行機が地上で焼かれてしまったので心配していたのに……頭部貫通銃創、片手に軍刀、片手に偵察袋をかかえたまま倒れていた。

この基地で顔見知りの者は私のみで、可哀そうに私が知るまで死骸は放っておかれたらしい。優秀な搭乗員をこんなかたちで、しかも地上で死なせるのはまったく哀れでならない。

九月二十六日、内地より新機材九機が到着する。新しい飛行機を待つときの気持はなんともいえずうれしい。着陸するやいなや地上の整備員が、家族にでも会うときのように飛びついて行く。おもわず目に涙のにじむ光景である。

九月二十九日、海岸にある補給部まで無線機と、真空管を受け取りにゆく。

この日、はじめてマニラの街に出てみた。マニラ湾のあちらこちらに沈められた艦船のマストが見えるのは痛ましいが、海岸は非常に気持のよいたたずまいだ。こんなところでゆっくりできたら、どんなにか楽しいことだろう。私は日本でもこんなきれいな海岸を見たことがなかった。

ただ、海のかなたをぐっとにらんだ二十五ミリ機銃が、ぐるりと海岸をとりまいているさまを見ると、現実につれもどされてしまうが……。

しかしながら、爆音にとざされた飛行場から出てきて、久しぶりにこうして海のかなたを眺めることは、たとえようもなく新鮮で生きかえったような気持がする。

九月三十日、内地より六機到着す。本部では編成やらなにやらで、相変わらずごたごたしているもようだが、負け戦《いく》さはやはり陰鬱である。現在、飛べる飛行機は三十一機。

長門中尉、久納中尉がぶじに帰ってくる。彼らのこのころの日課は訓練と哨戒飛行である。

それにしても、毎日のように新しい飛行機がくるのはうれしい。

十月二日、対機通信（地上と飛行機間の通信）のそばで一日じゅう状況を見ていたが、いずれもあまりかんばしくない。通信機そのものの性能より、おたがいの努力がたりないからだと思う。搭乗員にも毎夕方、地上で操作をやらせているがどうも不慣れな者が多く、面倒くさがるようすが見える。私の努力もたりないのだろうが、おぼえようとする気持が少ないのが残念である。

また電池不足で感度の鈍った電信機が多く、これも悩みのタネだが、充電装置も不充分だし、それにこれは整備科の担当になっているので、私が勝手にどうすることもできない。そこへもってきてこのごろ、電池のことで副長によく叱られるので、まったく腐ってしまう。

ダバオより山城少尉きたる。明朝マバラカットへ発つとのことだ。

月が非常にきれいな晩だ。月など眺めて楽しむ風流人でもないが、ひとり指揮所におそくまで残り、なんの気なしに眺めだしたら、いつまでもひきつけられて、少しもあきなかった。

南国の空に浮かぶ月は澄んで、なにやらちがった趣きがあるようで情緒たっぷりだ。仕事のすんだひまな一時をいろいろな思いにふけりながら、いつまでも眺めていた。

学徒の誇り久納中尉

十月三日、このごろ毎日のように雨が降る。降雨中はぐっと気温もさがって、シャツ一枚では寒いくらいだ。

通信長にセブに帰れないむね手紙を書く。それに、近いうちにクラークフィールド方面へ基地移動があるらしい、と聞く。

作業を終えて宿舎へ帰っても、相変わらずなんの楽しみもない。私の部屋にはベッドが四つもあるが、私が一人いるだけで、ときおり見知らない士官がきて一晩か二晩寝て、またどこかへ行ってしまう。

ベッドのほかにはなにもなく、トランクが一つ、ベッドの下にさみしく置いてあるだけだ。

そしてもう一つ、サントリーのウイスキーが床の上に置きっぱなしにされている。二、三日前、夜の退屈まぎれに従兵からやっと一本せしめてきて、はじめて口にしてみた。口にふくんで飲みこむと、のどがカーッとやけて少しもおいしいとは思わず、それに腹をこわしてしまったのでこりてしまい、そのままベッドの下へつっこんでおいたものだ。ここでは果物はなにもない。ときおり、いつもおなじ油であげた菓子と、砂糖のこごりが配給になるだけだ。本隊とはなれているので、酒保はきわめて悪い。その一方、私にはあまり欲しくないタバコだけはちゃんと配給がある。

十月四日、一日じゅう雨のため飛行作業なし。指揮所で所在なく時をすごす。

ペリリュー方面ではいま、さかんに激戦が展開されていると聞く。つぎはいうまでもなく、私たちの番だ。敵は最初、どこへ上がってくるだろうか……。

十月六日、朝がた、一機が破損す。

台湾方面へ敵機動部隊が出現したとかで、即時待機(ただちに戦闘にうつれる態勢)となる。戦闘準備をした零戦がずらりと列線をしき、飛び出すばかりの姿勢で滑走路の端に待機して、翼の下では搭乗員と整備員が命令を待っていた。

ピリッと神経がひきしまるような緊張感にしばられ、私はレシーバーを手にして零戦の間を行ったりきたりして時を待った。

完備機二十九機——指揮所では鈴木大尉(戦闘三〇一飛行隊長)が、いかめしい顔をして情報をまっている。かたわらでは久納好孚中尉が、これまたいつもの温厚な顔とはちがって、にがみばしった顔をしてむっつりひかえている。こんなときに敵がやってきたら、思うぞんぶんに戦えるのだが……。

十月七日、けさも四機の零戦をこわす。このごろは毎朝のように事故がある。この日は鹿谷上飛曹（先任下士官）が、滑走路からはずれて真っ逆さまになって機を大破した。彼は腕を骨折した。

内地より十機到着。

レガスピー基地より鹿子生《かこう》兵曹ほか一名がくる。よき部下がふえて心づよし。

豊田副武連合艦隊司令長官、一式陸攻で視察にくる。

十月八日、飛行作業なし。きょうも二機こわす。この日は夜間戦闘機「月光」が本隊の零戦の列線へ飛び込んで、きのうきたばかりの新しい零戦二機の胴体を切断してしまった。このごろほとんど毎日だ。

この飛行場の滑走路は、着陸するさいは下り坂になっており、大変ぐあいが悪いのだが、いままでほとんど事故もなく使ってきたのを見るとき、搭乗員の気分がたるんでいると見るよりほかはない。

十月九日、本隊の零戦十二機が、豊田司令長官機を護衛して台湾高雄基地まで飛ぶ。指揮官は久納中尉。

この日は電話連絡がきわめて良好で、地上でいうとおりに戦闘機が動いてくれるので本当にうれしかった。

清水中尉が内地の横空付となり、編隊といっしょに帰る。

十月十日、いよいよマバラカット基地への移動が開始される。輸送物件と松島整長をダグラス輸送機へ見送る。私と鹿子生兵曹はあとの整理がついてからゆく予定。鹿子生兵曹に還納物件の整理をさせる。

二機、内地より飛来し、ただちにマバラカットに飛ぶ。

十月十二日、敵機動部隊が接近しつつありという。警戒するも空襲はなし。

当隊の零戦はマバラカットへ移動してしまったので一機もおらず、陸軍の戦闘機がさかんに上空を哨戒しているが、なにかしら心強いものを感ず。

還納物件を補給部まで返しに行く予定なれど、トラックの都合つかず一日なにもせず。

十月十三日、敵機動部隊がきのう台湾、沖縄方面を攻撃したとのこと、こんどの艦隊は非常に大きなものらしい。

きょうもまたなにもすることなく、一日じゅう宿舎ですごす。

本隊がマバラカットへ移動してしまったので、この基地には整備科の人たちがすこし残っているばかりだ。整備の山田整曹長と山内整曹長の二人に、なにも用の残っていない私の三人だけだ。いまは三人いっしょの部屋で寝起きしている。

二人とも三十五、六歳くらいの特務士官で、山内さんはすぐ仲よくなれたが、山田さんはどうも爺《じじ》むさくて話しにくく、おなじ部屋にいてもほとんど話さない。背は小さいが、立派なひげをはやしており、ちょっと見るととてもえらそうだ。そしてまた、自分のことをよく自慢する。

十月十四日、マバラカット行きの自動車便があったので、鹿子生兵曹を先にやって、私だけが残る。

還納物件は比島空へたのんだので、べつに用はないが、この基地から離れるのはなにかしら名残りおしい。

私のこの一ヵ月間は、大局から見ればまったくとるにたらない、微々たる働きであったかもしれないが、自分なりに全力でやってきたのだと思えば、それなりにしごく満足な気分になれた。それだけにこの基地を去るにしのびない、ある種の感慨がわいてくるのもやむをえまい。

こんな戦局下では一度去ったなら、もうふたたびくることもなかろう。

途中で副長がきてから、よくコゴトをいわれ、ときには悔しかったこともあったが、叱られたからこそ、やれたのかもしれない。

有馬少将の思い出

十月十五日、午前十時ごろ、約三十機の敵艦上機が来襲したが、味方の陸軍機が空中で待ちかまえていたため、地上にはほとんど被害はなく敵機は逃げ去った。

この日、有馬正文少将（第二十六航空戦隊司令官）は、一式陸攻に搭乗して出撃し、ついに帰らず。敵大型空母に突入したとのこと。

このほか本隊の戦闘隊を主力に約百機（攻撃隊一式陸攻一機、直掩隊零戦十六機、陸軍が四式戦七十機）出撃したものの、密雲にはばまれて成功せず引きかえす途中、大多数が海中に燃料つきて不時着したよし、まったく残念のきわみである。

鈴木大尉機もルソン東方の海上に不時着し、ひとり海中を泳いでいたようだが、その後の消息は不明であった。おそらく望みはないであろう。

思えば有馬少将は、毎日のように指揮所へ早朝から姿を見せ、夜は隊員が宿舎に帰るまでつめていて、隊員の行動をじっと見ておられたが、これなど上級士官の怠慢にたいして、身をもって範《はん》をたれただのろうか――そして、ついに自ら飛んで行った。少将の心中、察するに余りあるものがある。

私たちが三ヵ月前、内地から勇躍この基地にきたときも、第一印象にはなにか士気のかけた、怠惰なものを感じたものだった。

有馬少将は部下に向かって、けっしてがみがみ怒鳴りたてるような人でなく、先頭にたって率先垂範《すいはん》するようなタイプであっただけに、部下の行動にたいして業《ごう》をにやしていたにちがいない。私たちは、少将の死を無駄にしてはならないと思う。

ここへきてまもないころ、私は仕事の都合で、一番最後まで作業をしていたことがあったが、そのときもまだひとり指揮所にのこって帰られず、私がやっと仕事をすませて二、三の部下と二階の指揮所へ上がって行ったとき、うす暗い電球の下へ突然、現われ、

「遅くまでご苦労だな、これは到来ものの菓子だが、みんなで食べろ……」

と紙につつんだドロップスをわけてくれたことがあった。私は少将の肩章をみて、びっくりしてかたくなってしまったが、そのときはまだ、この基地の司令官有馬少将であることは知らなかった。私はいつまでもあのやさしい姿が浮かんできて、目がしらが熱くなってきてしかたがなかった。

十月十六日、こんど便があったらマバラカットへ行こうと思う。一人で何日も〝サボ〟っ

ているのは気がとがめる。

退屈まぎれに夕方近く飛行場へ行ってみた。ちょうど久納中尉が単機でマバラカットより飛んできたところで、なにやらせかせかしていた。乗せて行ってもらおうかとも思ったが、戦闘機の胴体なんかに入って副長にでも知れたら、またまたお目玉をちょうだいしないともかぎらないのでやめにした。

十月十七日、午前八時三十分、空襲警報発令。マバラカット基地（東飛行場）の本隊が襲撃され、人員の死傷すくなからぬもよう。

敵はついに比島中央部東端の一小島に上陸し、輸送船団がぞくぞく北上しつつある模様。夕食時の士官室はなにか緊張した空気がみなぎっていた。

十月十八日、敵艦爆が三回にわたり来襲してくる。最初はこの基地へ主力をそそぎ、大型爆弾をめちゃくちゃに投下したので飛行場内にはおられず、山内少尉（このころ進級）と飛行場はずれの墓地へ行き、敵機の攻撃状況を心ゆくまで見ることができた。

お墓だから大丈夫だろうと思って見ていたものの、あまり飛行場と近いので爆弾が投下されるたびに、強い爆風に体をもてあそばれてひやひやさせられた。それでも日本のお墓とちがい、畳一枚をこえる長方形の石が横たえてあるので、その間へ入っていると待避壕のかわりになるが、ときおり味方の流弾が飛んでくるので、やはり気が気ではない。

十月二十日、きのうマバラカットで、勝村整曹長が不発弾を処理しているさなかに爆発して、部下二名とともに戦死したという。内地の館山市には奥さんと女の子がひとり待っているよし。

松田整曹長が内地へ転勤のため二、三日前から私の部屋で輸送機の便を待っていたが、山田整曹長とはよほど仲がよいらしく、毎晩、おもしろおかしく夜の更けるのも知らないほど話し込んでいたが、きょう嬉しそうに内地へ向かって出発していった。

きのう中島飛行長が零戦のせまい胴体のなかへ、司令の山本大佐をのせてマバラカットへ向かう途中、田んぼのなかへ不時着し、山本大佐は片方の脚を折ったとのこと。

整備科でその事故機の処理に行ったが、田んぼのなかへ突っ込んでいてどうにもならないので、ほったらかしてきたとこぼしていた。飛行長でも、やはりこういう失敗はあるらしい。

十月二十一日の朝、退避の号令がかかったが空襲はなし。

敵はついにタクロバンに上陸す。

比島海軍戦闘機隊の全勢力は、零戦二十数機なり（完備機）。

この日、久納中尉は神風特攻隊大和隊の隊長としてセブ基地より出撃。敵艦を発見できず、他の僚機は帰還したが、中尉のみ帰還せず消息不明。隊長としての責任感からか、最後まで敵艦をもとめて散っていったものと思われる。予備学生出身、特攻隊が編成されて最初の戦死である。

十月二十二日、十二時十五分、百二十キロ以上もある道を比島空の乗用車に便乗してマバラカットに向かう。

先頭のトラックに護衛の陸戦隊員をのせて、ルソン島の広い田園地帯を思いきり走らせる。ところがあまり無理をしたためか、私たちの自動車のエンジンが焼けてしまい、やむなく途中よりトラックに曳行してもらい、五時ごろ、いかにも田舎然としたさみしいマバラカット基地へ到着した。

途中にはゲリラに襲撃されて焼きはらわれた友軍の自動車がころがっていたが、このころは軍隊の駐屯しているところ以外は、まったく一人歩きはできない状態であった。

本隊は飛行場からずっとはなれた島民の家をかりて、住民のなかにまじって一緒に生活しながら戦っていた。ここはきわめて広々としたところで、付近には数コの航空基地があり、比島最大の航空基地といってもよかった。

夕方、内地より第二航空艦隊が、大挙して進出してきた。陸海軍機合わせて三百余機をかぞえ、私が見る最大の航空勢力といえた。私自身もこれほどよろこびを感じたことはない。なかには「銀河」「紫電」など海軍の新鋭機もまじっていた。いつもこんなにあれば、絶対に負けないのだが！

敷島隊発進す！

十月二十三日、早朝マバラカット西飛行場にむかい、やっと二〇一空の所在場所をさがしだして、久しぶりに復帰する。

この朝、第二航空艦隊の艦爆と戦闘機が敵機動部隊の攻撃に向かったが、天候不良のため引きかえす。

わが隊でも特別攻撃隊の第一陣が、爆装して飛行場の片隅で待機している。私は特攻機（零戦）の翼の下に入り、雨を避けながら一日をおくる。おなじ翼の下で、報道班員がさかんにエンピツを走らせていた。

本隊の零戦数機が、ダバオ基地に転出する。

十月二十四日、本隊の特攻隊第一陣（敷島隊）が攻撃に向かったが敵艦を発見できず、関行男大尉以下は無念がりつつ引きかえす。

二航艦の爆撃隊も出撃し、敵艦隊を発見したものの悪天候にはばまれて成功せず、引き返す。

私はこの日、河原の片隅に張られた天幕のなかで、通信員と一緒に無線機の前で戦果を待ったが、そばには玉井副長が怒ったような顔をして、じっと無線機をにらんでいた。

午後になって、大尉はにがみばしった顔に無念さをかくし、闘志を長身にみなぎらせて帰ってきた。

十月二十五日、晴れ、未明より特攻機出撃の準備。

さわやかに明けそめた午前七時、関大尉以下五機の特攻機は、総員のうちふる帽子の波のなかを関大尉機を先頭に、闘志満々たる意気をみなぎらせながら勇躍、基地を発進していった。

そして関大尉は、ふたたび私たちの前に姿は現わさなかった――が、ついに特攻は成功した。この日わが隊の戦果は空母一隻撃沈、一隻炎上傾斜、乙巡一隻轟沈というものであった。

こうした攻撃法が最良の方法かどうか、それはさておき、こうでもしなければ勝ち味がなくなったことは否定できない。

陸続としてくる敵艦隊を前にして、その数よりもはるかに少ない飛行機をもって、われわれは戦わなければならないのだ。つねの攻撃法でどうして防げようか。とにかく最少の機をもって最大の効果をあげなければならないのだ。

それにしても、行く者の心気、察するにあまりあるものがある。とはいえ、出撃の寸前に見る彼らの態度は、じつに立派で悠然《ゆうぜん》としていた。

〝特攻隊の気持になって攻撃に行ったら、きっと戦果はあがるのだがなあ〟

〝どうしても死んでしまわなければならないなんて、なんと馬鹿らしいことだろう〟と話す老練な搭乗員。腕に自信のある搭乗員ならば、おそらくみながこんなふうに考えると思う。私もそう思った。

しかし、いまではこうした優秀な搭乗員は数えるほどしか残っておらず、ついに最後の手段をもちいるよりほかに道はなかったのであろう。

第二航艦の飛行機もたびたび出撃したが、帰ってくるたびにその数は急激に減っていった。三日前には飛行場は一ぱいだったのに、きょうはもう数えるほどしか残っていない。それなのに——戦果は、ほとんど見るべきものはない。

十月二十六日。きのうの夕方、内地より本隊へ二十三機の新しい機材が到着する。一機破損した以外には全機ぶじ着陸す。

マバラカット西飛行場には、第二航艦の飛行機はほとんど見ることはない。

十月二十七日、タクロバンに上陸した敵は、はやくも同島を占領してしまい、タクロバン飛行場には、すでに敵の艦載機が多数上がって使用されているとか、レイテ湾には彼我の艦船が入り乱れているとの情報をきく。

今回の総合戦果は、まだ耳にしないが、友軍の邀撃《ようげき》は失敗に終わったらしい。きのうはわが海軍の誇る戦艦「武蔵」が、むらがる米空軍力の前に奮戦して、ついにフィリピン沖の海底に消えたという。

私たちの耳にするのは、すべて悲報ばかりだ。だが、闘志にはいささかのおとろえも見えず。

十月二十九日、午前八時三十分、午後三時および三時四十分の三回にわたり、グラマンF6Fヘルキャット、ダグラスSB2Cヘルダイバーなど敵艦上機が殺到してきた。

わが軍もこれを迎撃し、頭上で息のつまるような空中戦が展開された。彼我の技量に優劣はないように感じられたが、ひさしぶりに敵機が何機も落ちてゆくのを見る。はじめて見る「紫電」の活躍はじつにたのもしいかぎりである。

十一月一日。三十日から降りつづいた雨で、電信機を入れておいた小屋が水びたしになり、ほとんど使えなくしてしまった。気がついたときはもう遅く、ドロ水まみれで、あわてて水できれいに洗ったがやはりだめだった。わが一生の不覚、最大の失敗であった。

特攻機には隊長機にだけ取りつけることにしているので、いまはあまり数は必要ないからよいものの、大切な兵器十三台を不注意にも一度にこわしてしまったのだ。

きょうは兵の進級日、部下の一等兵はそろって上等兵になった。中島飛行長も中佐に進級。夜はお祝いのビールの配給あり。

いま私の部屋には飛行科の奥田、武藤、橋場、佐伯の各少尉に、おなじく飛行科の耕谷《こうたに》、柴田の両飛曹長と、通信の私ひとり合計七人が十畳くらいの洋間へアンペラを敷き、そのうえにベッド用のマットを敷いて、一つの蚊帳《かや》のなかに雑魚寝《ざこね》をしている。四人の少尉は私の同期でみな二十三、四歳くらい、耕谷、柴田飛曹長は予科練出身の准士官で、もう年も三十歳前後で、七人のなかでは私がいちばん年下だ。二人とも急降下爆撃機の操縦士から、戦闘機に移ったものだが、空中戦にたいしては絶対的な自信をもっていたようだ。ともに開戦当初からの歴戦の勇士で、貴重な生き残りの勇士でもある。

とはいえ若い連中だけに、夜にみなが集まるといちだんとにぎやかで、うす暗いランプをかこむよもやま話に花がさいて、夜のふけるのも忘れることがしばしばであった。

ニュー零戦きたる

十一月三日、晴れ。本日は明治節、その佳き日を祝い、きょうは作業なしである。

午前中、私は往復六キロ、飛行場を一まわりしてくる。

午後五時、東飛行場に総員集合のうえ遙拝《ようはい》式を行なう。

夜はいろいろとご馳走があり、久しぶりの内地からのビールに酔い、ごきげんになってしまった。内地では、もう霜もおりて寒さを感ずるころだろうに、ここは相変わらず焼けるような太陽が照りつけて、殺風景な飛行場はきらきらと白光をはなっている。

この日、零戦の最新型がやってきた。二五二空のものだが、二十ミリ二梃、十三ミリ三梃、計五梃の機銃を装備しており、見るからにたのもしい。

十一月五日、午前八時より午後四時半まで五回におよぶ空襲をうける。

内地より同期の尼崎《あまざき》少尉（予備学生）が着任し、私のところでともに働くことになる。よき相手がふえて大いに心づよし。一緒につれて歩き、大いに話がはずむ。

十一月六日、午前五時、月明のなかを敵機が来襲、クラーク飛行場に機銃掃射をうける。八時より三回にわたり空襲される。きょうは本隊の東飛行場をめちゃくちゃにやられ、炊事場は吹っ飛んでしまい、昼はカンパンですごす。人員と地上施設に相当の損害を生ず。

敵は一回の空襲に一時間半もねばり、黒煙と耳もさけんばかりの爆裂音のなかにひたっていると、気がちがいそうになる。尼崎は着任早々のこともあって、私と一緒に行動しながらキモを冷やしていたようすだ。無理もない。

十一月七日、夜十時すぎごろになって、そろそろ寝ようと思っていたところへ、二五二空からあした迎撃戦をやるから、零戦の無線電話機を見てくれとたのまれたので、部下五、六名をひきつれ拳銃をにぎりしめながら、人気のない真っ暗な飛行場へゆく。

さっそく見てまわったところ、ぜんぶが故障しており、それを直してしまうころにはもう、東の空が白々と明けはじめていた。そのうえ、眠い目をこすりこすり機内で作業していた私たちの頭上に突然、敵の一機が来襲してきたが、幸い見つからなかったのでぶじにすんだ。

十一月十二日、このごろ部下の大部分が、カイセンにおかされて苦しんでいる。とくに溝口兵曹と赤池整長はひどくて、作業もできないくらいだ。

このへんの一種の風土病らしいが、いつも汗をかくのでなかなか治りにくい。主として陰部、腰、手の指間などにできて、かゆくてたまらない。病室はこれらの患者で毎日一ぱいだ。

士官舎へ帰ってもほとんどの人がかかっているらしく、みな大よわりである。私などもっとも少ない方だが、それでもお尻のへんに出て、とくに夜はたまらないほどかゆい。もう病室にもカイセンの薬は品切れで、手当が思うようにできないという。

部下四名が着任す。

在比島航空隊のほとんどはついに、ルソン島の中央部をしめるこのクラークフィールド付近へ集結してきた。敵もはやばやとタクロバン飛行場の使用を開始している。こちらが毎日減っていくのにたいして、彼の飛行機は日ごとに増強されている。

十一月十三日、午前八時にはF6F約二十四機が来襲、付近の飛行場群を銃撃してまわる。

十一月十四日、きょうもまた一日じゅうF6Fが来襲、なにものかエモノをさがしては執拗に銃撃をくわえ、燃料のつづくかぎり暴れまわって帰って行く。

こちらには迎撃する戦闘機もなく、ただ地上砲火で応戦するのみなので、敵機はときたま落ちるだけだ。弾幕のなかを悠然と飛び交っている。

陸軍の「隼」戦闘機が一機、頭上でF6F四機の編隊に攻撃され、しばらくわたりあっていたが、あっというまに撃墜されてしまった。無念なり。

十一月十六日、奥田、武藤、橋場、佐伯、江原の各少尉が三八一航空隊付となり、ボルネオ島バリックパパン基地へ転勤して行った。みな同期の飛行科出身者だが、九月に本隊へきてからまだ一回も飛ばず。実用機の訓練を受ける予定だったのだろうが、こんな状態になってはそれどころではなかった。

そのほか柴田、耕谷両飛曹長も内地へ転勤したので、部屋にはいまや私と尼崎のみである。

十一月十八日、敵ヘルダイバー艦爆が、飛行場に急降下爆撃をくわえたあと、私たちの作業場の直上すれすれに、百雷のおちるような音を残して、何機も飛び去る。

機上のやつらの表情こそ見えないが、姿ははっきり見えるので血がにえたぎるほど悔しい。連中は下方をぎらぎら眺めてはエモノを探しているようだ。しかし、いまの私たちには〝畜生〟とこぶしを握りしめるだけしかできない。

十一月十九日、午前十時半ごろ、この日、三回目の空襲のさい、送信室の前で部下と敵機を眺めながら、こんどはどこをやるだろうかなどと話していたときだった。

いきなり頭上で反転したヘルダイバー二機が、私たちの方へ一直線に急降下してきた。〝しまった〟と思ったが、もう間に合わず、とっさに尼崎と路上に伏せたが、まったく生きた心地もなく、こんなこわい思いをしたのは初めてだった。幸いに爆弾はそれて、左右百メートルくらいのところへ八発ほど炸裂したが、ぶじだったのがむしろ不思議なくらいだった。

十一月二十日、この日も午前三時に起床、特攻隊直掩機（特攻機の護衛に当たり、または戦果を確認してくる。爆弾はつまないがほとんど帰ってこず、特攻員とともに散った）の無線電話機を調整する。その後、特攻十二機が出撃していったが、夕方になり引きかえしてくる。

さらば美しき若者たち

十一月二十一日、未明を期して特攻隊十二機が出発する。爆装した一機が故障のためか引き返し、着陸しそこねて接地とどうじに転覆発火し、搭乗員とともに燃えつきてしまった。爆弾は地上に衝突した瞬間、機体からはずれて前方に飛びだしたので、地上の者はあやうく難をまぬがれた。

夕方より総員で機上電話機の調整。夜十時に宿舎に帰る。このごろ朝夕はだいぶ冷える。

十一月二十二日、午前三時ごろ、特攻機十二機がマニラ・ニコルス飛行場へ進出。夕方、K部隊の零戦二十機がわが二〇一空の特攻隊に編入される（K部隊＝ボルネオ方面航空隊）。

わが通信班は全力をあげて全機の電信機を調整。爆装機の電信機ははずす。基地もようやく活気づいてきた。

十一月二十三日、午後三時、特攻隊の一部がマニラ進発。十二機のうち六機が爆装す。

十一月二十五日、午前中に特攻機の出撃準備。午後一時、空襲の合い間をみて特攻隊は敵空母群の攻撃に出発する。爆装は零戦六機、彗星二機。

この日はいつもの攻撃方法をかえて、さきに制空隊を出撃させ、敵空母上空の護衛機と空中戦のさいちゅうに、特攻機を突入させたために成功。戦果は正規空母一、特設空母一、巡洋艦一を撃沈――とある。

しかしながら、基地に帰りついたのは直掩機の三機のみで、十余人のとうとい戦死者をだしてしまった。夕方になって帰投した三名の搭乗員に、ようすをいろいろ聞きながら宿舎に帰る。

十一月二十六日、セブおよびダバオ基地に特攻隊一部進出。

十一月二十七日、午前四時起床。いつものように約三キロの暗い道を尼崎と飛行場に向かう。

兵器員は爆弾の搭載、機銃の整備に余念がない。私は咆哮《ほうこう》するエンジンの間をぬって、通信機の調整にいそがしい部下を見まわりながら、一機一機、機内に入って点検していく。

そして東の空の白むころ、出撃準備はすっかり完了し、飛行場はふたたび静寂《せいじゃく》にかえった。

特攻隊員は、玉井中佐から最後の訓示をうけている。点検がすんでから私も、隊員の後へまわって話を聞く。中佐はちょうどこの日の攻撃目標をしめしていた。

「スルー湾に向かって北上しつつある敵輸送船団にたいして、ただいまより攻撃を敢行する。第一目標はこの輸送船団、そのなかの大型で満載と思われるものに突っ込め。もし輸送船団に出会わなかった場合は、レイテ湾内に停泊せる戦艦、もしくは巡洋艦、またはまだ空母一、二隻も停泊しているはずだからこれを狙え。

しかし、くり返していうが、本日の第一目標はあくまでも輸送船である。

○○付近にて増槽（翼または胴体の下につけた補助タンク。ガソリンを使ってしまうと落とす）を落とし、高度を下げて十分な見張り警戒をして目標にせまり、勇猛果敢に攻撃せよ。直掩機は、攻撃終了後は燃料のつづくかぎり引き返してこい……。では諸氏の成功を祈る。終わり！」

やがて隊長の〝かかれ〟の号令で、隊員たちは神機（零戦）の方へ走ってゆく。と、整備員の手で機はいっせいにうなり出した。

機上の人となった隊員は点検をすませ、エンジンのレバーをしぼって出撃の合図を待つ。その間に整備員と話している者、仲間と笑いながら話している者あり、これがいまから敵艦に突入する者とは思えないなごやかさである。

私はK兵曹（加藤正人一飛曹？）機の前でなんとはなしに、彼の動作を見つめていた。まだ二十歳を出ないと思われる彼の顔は、飛行帽につつまれて、女と見まちがえられるほどやさしげだ。紫色のマフラーを無造作に首にまきつけ、機内の点検がすむと、服装をなおしている。

この人があと数刻後には、身も心も敵艦に打ちつけて、散って行く人とどうして思えようか。死を賭《と》した者の顔、死を目前にひかえた者の顔のなんと澄みきった、美しい顔だちだろう。

私はなにも話さず、ただ黙って彼を見つめていた。

〝出発〟の合図で、隊長機が滑走路をすべりだした。つづいて二番機、三番機と地上で編隊をととのえた各機は、隊長機を先頭につぎつぎに滑走しだした。

やがてK兵曹も自分の番がくると両手をあげて車輪止めをはずさせ、静かに動きだした。

私は翼端をもって回転を助けながら、帽子をぬいで黙って振った。

彼はちらっと私の方を見て、ちょっと頭をさげると、前方を凝視したままますべり出した。

地上の人たちはだれもかれも帽子をぬいで、一心に振った。だれも口をきくものはいない。ただ黙って一心に振りつづけた。

上空で隊形をととのえた編隊は、すみきった大空に爆音をのこして飛び去った。

その後、十二月を迎えるころより、神風特別攻撃隊は他の航空隊でも実施されるようになり、ますますそのはげしさをましていった。

一方、わが第二〇一航空隊においては、いよいよ飛行機の不足をきたし特攻隊編成も思うにまかせず、時をかせぎつつ断続的に出動するようになった。

ここマバラカット基地から十月二十一日より実施された特攻出撃は、翌昭和二十年一月七日までつづいたそうである。

昭和二十年一月五日、敵主力はリンガエン湾に上陸を開始、そして二〇一空隊員は全員、山籠もりしたときく。

これよりさき十二月二十日、私は戦闘三〇三飛行隊に転勤を命じられたが、はからずも熱発し、全身倦怠感《けんたいかん》をおぼえるうち、病院船にて内地に帰還することになったのであった。

（月刊「丸」昭和五十八年二月号）

第四章　ラバウル零戦隊奇蹟の飛行日誌

〈元海軍飛曹長〉塩野三平

痛快なる大空戦

私が海軍航空隊に入隊し、甲飛七期生として、憧れの土浦海軍航空隊で訓練に励んだのは昭和十五年のことであった。予科練習生終了後、九州の大分、築城、鹿児島の各航空隊で艦上戦闘機搭乗員としてきびしく、手荒く、みっちり訓練を受けたのであった。そして母艦「翔鶴」とともに、初陣は北洋アリューシャンに展開されたが、戦果をあげることもなく、やがて太平洋を南下、わが機動部隊の翼は赤道を越えて、はるか南方ニューブリテン島ラバウルについた。

想えばソロモン諸島は「い号作戦」のさいの、連合艦隊司令長官戦死の地でもある。

そこは、おりから日米双方のつばぜり合いの真っ最中で、第一次～第三次ソロモン海戦も戦闘に勝っていても、戦局はジリジリと押されている状況で、私たちの先輩搭乗員が日夜を分けず苦闘しているところでもあった。

昭和十八年、古賀峯一連合艦隊司令長官は、南東方面における敵の急速な進攻を阻止するため、「ろ号作戦」を発動し、第三艦隊第一航空戦隊の兵力をこの地に投入することになり、私たちも十月二十九日、艦載機全部をあげてラバウルに進出、草鹿任一南東方面艦隊長官の指揮下に入り、第二〇四航空隊の搭乗員を命ぜられたのであった。

十月三十日夕刻、戦爆連合約二百機がラバウルの三基地に翼を休めた。私たちの基地は、花咲山を眼前にながめる東飛行場である。

これよりさき十月二十七日、米軍はショートランド島の南西二十浬のモノ島に上陸してきた。その直後であったせいか、基地は極度に緊張していた。

十一月二日、この日は敵艦載機による大空襲があったが、われさきに飛び上がったわれら友軍機の活躍はめざましかった。地上でながめる空戦の模様はさぞかし、痛快であったろうと思う。

そしてこの日が、私にとっても事実上の初陣となった日でもある。

――海上すれすれに飛来し、花咲山を、いきなり越え、百か二百メートルの超低空で第一陣のノースアメリカンB25、ロッキードP38二十機が、編隊で銃撃しながら入ってきたのだった。

三十数度の焼けつくような暑さにうだり切って、飲み、食べていたので、最初に銃撃の音を聞いたとき、七、八人いた各社の特派員は、「どうしたんだろう？ いまごろ、あの銃撃の音は……」と、食卓から立ち上がって道路を見ると、中国人の女たちがいきなり子どもを抱いて防空壕へ飛び込み、血相を変え、かん高い中国語でわめきたてている。

「空襲だ。小型機の空襲だ！」

立ち上がった二、三人が茶碗と箸を持ったまま裏の防空壕へ飛び込んだのにつづいて、私たちもいっせいに裏庭に飛び出し、壕に走った。

走りながら空を見ると、B25が九機編隊で山を飛び越え、飛行場目がけて突っ込んで行くのが見えた。

つづいてP38の編隊だ。飛行場ではトラック島から出撃してラバウルに着いたばかりの、第三艦隊の空母戦闘機が次つぎと離陸して行く爆音を耳にした。

二〇四空搭乗員・塩野三平飛曹長

壕の入口から空を見ていると、六十余の空母戦闘機と早くもラバウル湾上空で空戦がはじまっている。ドドドドッ、ドドドドッという機銃音が大空のあちらこちらで起こり、ラバウルを取りまく全高射砲陣地、ラバウル湾に入港している艦隊が敵飛行機群目がけていっせいに応戦、狭いラバウル中が大地震と津波がいっぺんに押し寄せたような騒ぎとなった。

みるみるうちに敵の十数機が墜ちて行く。

軍艦の主砲が、編隊を組んで来襲する敵戦闘機群の真ん中で爆発し、全高射砲陣地、機銃陣が応戦し、海軍側の二つの飛行場の全戦闘機百余機が、敵の第一陣来襲の報に応戦したのだからたまらない。気持のいいほど墜ちるというのは、このことだった。グラマンが墜ち、双胴のP38の片胴が道路に墜ちてくる。息を呑むような、みごとな撃墜ぶりだ。敵機からの爆弾も、めちゃくちゃに落とされている。

「空母の戦闘機乗りは戦闘がじつに上手だ。おそらく来襲した敵機のほとんどが、味方の戦闘機と軍艦の砲弾と高角砲と機銃で落とされるぜ！」

朝日新聞の特派員がこう叫ぶ。その通りだった。ブインで空襲なれしたのと、この特派員宿舎が山の麓にあるため銃撃される心配がほとんどないため、壕の入口から顔を出して眺めただけで、私の目に入った撃墜敵機数は三十七～八機から四十機以上になっていた。

この空襲に参加したエドワード・クラップ少佐が後日、

「米軍はF6F、F4U、B24、P38でラバウルを空襲したが、日本軍は驚くべき多数の戦闘機を舞い上がらせた。またほとんど通りぬけできぬほど高射弾幕を張り、最上の防空陣を布いた。特に日本戦闘機は肉薄戦術を採用し、執拗にわれわれにくいさがった」

とUP記者に語るほど、その日のラバウル防空陣は、すさまじさがみなぎっていたのだ。敵は日本の空母搭載戦闘機搭乗員の優秀さを知らなかったのだ。

それと、この日はじめて日本軍が使用した三号爆弾の威力も凄かった。この新式親子爆弾を搭載したわが零戦が、B25の編隊上空で投弾し、その三機をアッというまに撃墜したのも私は見た。

以上が当時報道班員として当地にいた斉藤皐一氏の記録〝ラバウル来襲の敵二〇一機撃墜〟の一部である。

（注　撃墜数二百一機については異論があるようである。横山保著「零戦一代記」では百五十一機、「海軍戦闘機隊」では百四十一機、また防衛庁戦史室の公式記録には百二十機撃墜と記録されてある。いずれにせよ史上最大の航空戦であったことには間違いないようである）

魔の十二月十六日

ラバウル迎撃がつづいているさなかに、私はブインの航空基地へ派遣されることとなった。この基地はブーゲンビル島の最南端に位置し、〝い号作戦〟のみぎり、わが連合艦隊司令長官山本五十六元帥の戦死の地であり、墳墓の地である。

そこでは、ソロモン方面への空からの支援、迎撃戦、敵戦闘機狩りと連日、多忙な日がつづき、戦友も連日連夜の空戦で、歯のこぼれるように欠けていった。私も新入りながら〝自分の運命も明日は同じものだ〟と半ばあきらめた気分で全力を賭して戦った。

そして十一月中旬、ブインからラバウルにもどることとなる。

米軍は十八年九月中旬、ラエ・サラモア占領後、ニューブリテン島に上陸する機をうかがって、ブーゲンビル沖航空戦が数次にわたり行なわれ、ついにニューブリテン島の西方にあるマーカス岬およびガスマタに上陸の気配濃厚となる。

その年の十二月、「敵輸送船団ニューギニア沖を北上中、ただちに攻撃せよ」との命令がくだった。

一式陸攻による昼間の魚雷攻撃を支援するため、戦闘機による上陸用船団への攻撃、および直衛の任務をあたえられたのだ。

敵の護衛駆逐艦は三隻であった。高度千五百メートルから逃げまどう船団をつぎつぎと攻撃、駆逐艦一隻が真っ赤な火柱とともに、波間に消えた。文字どおりの〝轟沈〟である。

一方、弾幕を通過する友軍機が、あちこちで火を吹く。喰うか喰われるかの生き地獄である。

帰路、ふと下をみると、一機の攻撃機（一式陸攻）が飛んでいた。近づいてみると、片肺飛行をしていて、何回も手をあげている。おそらく「よろしくたのむ！」との合図であろう。「心配するな」と心で叫びつつ四機で護衛し、ぶじラバウルまでたどりついた。この場面がふしぎと今でも強く印象に残っていて、脳裡をはなれることがない。

その後、敵はニューギニアの基地を整備し、飛行機の発着もできるようになったらしく、ニューブリテン島ガスマタ飛行場（陸軍）に来襲し、銃撃をくり返すようになり、やがて敵船団がガスマタ基地近くに上陸戦をいどんできた。

『上陸地点を攻撃せよ』との命令がでて、ただちに戦爆連合にてこれに向かう。未明の発進で、戦闘機も三十キロ爆弾を搭載し、朝食さえ弁当を用意しながらの攻撃を二日間くり返した。

三日目のことである。私にとってはまさに、魔の昭和十八年十二月十六日であった。艦爆隊は山の上飛行場（西飛行場）からいつものように発進する。私たちは支援態勢をとりつつ、攻撃予定地点に到着した。しかし敵戦闘機は見えない。さっそく攻撃進路に入り、まず艦爆隊の急降下爆撃、ついで戦闘機隊による三十キロ爆弾の投下がはじまり、上陸地点はたちまち火の海と化した。

私は二中隊の二番機であった。敵の反撃もなく、予定どおり攻撃を終了し、帰路につこうとしていると、中隊長機よりバンクの合図があったので近づいてみると、上陸用舟艇への銃撃の合図であった。私は〝了解〟の合図をし、いったん海上に出て、四機一列横隊となり、海面すれすれで舟艇の銃撃をする。

舟艇から海中に飛び込む米軍兵士の姿が、手にとるように見えた。島影にひそむ真っ黒の艦影より赤い火が見えた。たぶん敵駆逐艦であろう。

銃撃を終えて、百五十メートルくらいまで上昇し、帰路につこうとしたとき、四番機がいないのに気がつく。エンジンを少ししぼって後をふりむくと、ポツンと一機見える。高度六百くらいか？　その間、われと一番機との距離が少しひらいた。しばらく見ていると三機になった。

「アッ、敵機だ」

私はエンジンを全開して一番機に接近し、機銃を発射して味方に知らせる。敵機との距離がちぢまった。いよいよ射程距離に入る。左急旋回……敵弾が右上方に尾をひく。

「なにクソー」

下からの攻撃をくり返す。三撃目の射弾を送るとき、目前に敵機の胴体が大きく見えた。すかさず切り返して、くいさがり攻撃する。

白い煙がパッとふくと同時に、わが愛機も後から撃たれていた。ハッと思い、切り返すと同時に、ガンガンと敵弾を二～三発くらった。火薬のにおいがただよい、その瞬間、座席が火の海となる。

「しまった、これで年貢のおさめどきか！」

こうひとりごとをつぶやき、観念する。風防を開き、落下傘での降下準備にかかる。半分くらい身を乗り出すまで知っていたが、あとは意識を失った。

気がつくと落下傘が開き、ぶらさがっていた。下を見ると、自分が落ちるのではなく、ジャングルがスゥーと浮かび上がってくるような錯覚におちいる。

高度がなかったので数秒くらいだったろうか。やがて私はジャングルの枝にひっかかって、宙吊りになって手や足をもがいていた。

（この格好を想像する読者は、さぞかしコッケイに思うであろう。笑うなかれ、私にとっては生きながらえたい！　ここで死んだら、苦闘しながら基地にいる同僚が、私の分まで苦労するんだ。日本の作戦が、明日の空戦が――と気にかかっていたので必死であった）

あれこれと索をひっ張っているうち、ようやくドサンと地面に落ちた。落下傘をはずし、金具をばらして拳銃を二発発射したら、どうにか落ちつきをとりもどした。

それにしても、この静寂はどうだ！　今までの激しい爆音、機銃音はどこへやら、南海の野鳥の声が不気味にかん高く聞こえてくるのみである。

日本ナンバーワン！

チャートを出して、今までの攻撃進路を確認し、降下位置を推定してみたら、近くの海岸に陸軍の駐屯地があることがわかった。

まずその地点に出なければ……飛行服を脱ぎすて、半ズボン、半袖シャツになり、肩に拳銃一梃つけて歩きはじめたのは朝の七時ごろだったと思う。

ジャングルのヤブはまったく想像以上で、唄の文句ではないが三歩進んで二歩退くといったところ。一人ごとをつぶやきながら、約二時間歩いた。

ちょっと立ちどまった瞬間、水の流れる音に気づいた。

ヨーシ、川づたいに下れば海に出るぞ！　と思うと元気が出た。水音をたよりにようやく音のみなもとを探しあてた。

それは川幅一メートルくらいだろうか、小さな小川だった。喉が乾ききっていたので、つづけざまに五、六ぱい手ですくって飲んだ。その甘さはまた格別であった。

水で顔を洗ってみると、なんだかおかしい。まるで自分の肌でないのに気づく。それまではあまり感じなかったのに、ピリピリするような気がした。

さては火傷になっているのかと思いながら、一休みしたあと、また歩きつづけた。

川の中を歩くので今までよりずいぶんラクだ。「川の水があれば生きものが必ずいる」という先輩の言葉を頭に浮かべながら下る。

カサカサ音がするので、立ち止まってよく見ると、真っ黒いイノシシが見えた。なあんだイノシシかと思ってガッカリしたが、よく見ると、三匹くらいの子連れの野ブタである。水を飲みにきたらしく私に気づいたのか、急にヤブの中に消えてしまった。

それから約一時間くだったころ、近くでなにやら叫ぶ子供の声がする。こんな密林にとふしぎに思いながら静かに近づいてみると、なんと子供たちが水遊びをしているではないか。

ごたぶんにもれず裸で真っ黒だが、可愛らしかった。近づいて「ハロー」と声をかけたら、キャーキャーいいながら逃げてしまったので、なにを伝えることもできない。

歩き出してから三時間はたったであろうか？　朝食の弁当は飛行機と運命をともにして食べていなかったので、にわかに空腹感に襲われた。山奥で人間に出会い、すこしは余裕が出てきたのだろうか。私は煙草に火をつけた。

しばらくすると、またもガヤガヤと人の声がし、だんだん近づいてくる。さきの子供たちが告げたのだろうか？

七、八人の原住民が槍のようなもの、山刀のようなものをかまえて私の方に向かってきた。その中の年長者らしい二人が接近してきたので、私は敵意のないことを示すため、両手をあげて合図すると、原住民たちも安心したのか全員が集まった。私は「アイ・アム・ジャパンソルジャー」といって、手まねでアメリカの飛行機と撃ち合って撃墜され、顔もこのように火傷しているむねの表現をすると、

「ジャパン、ソールジャー、ナンバーワン」

といい返して、握手をもとめにきた。原住民たちは私に敵意のないことを理解してか、私をとりまき、「マフラーをくれ」とか、拳銃もめずらしそうにさわりはじめ、「これも欲しい」といった言葉をはいているように察せられた。

相手に敵意はなく、人なつこい感じだったが、もしもの時にはと思い、マフラーはやった

が、拳銃は渡さなかった。

ようやくおたがい理解がついたところで、原住民たちの酋長のところに同行することになり、そろって川づたいに下りはじめた。

しばらく歩くと、ちょっとした広場に出た。みると大木の下、あちらこちらに椰子の葉造りの原住民たちの家があった。いよいよ酋長に対面か。少し緊張する。

いわれるままに丸木の階段を登ると玄関がある。案内の原住民は中の方に入っていった。見ると丸木のタナにドクロが五、六コ並べてある。やはり人喰い人種かと背筋がゾーッとし、思わず拳銃に手をかけた。

しばらくすると、原住民がきて案内してくれ、私はのれん状の布をくぐって中に入った。案内の原住民が、酋長に私のことを説明したのだろうか、酋長はニッコリ笑みを浮かべながら迎えてくれた。今までの原住民のイメージとは異なる貫祿充分の酋長である。

耳輪はもちろん、腕輪、そして頭にはゴクラク鳥であろうか、鳥の羽根をつけている。挨拶は言葉が通じないので、頭を下げて意にかえた。表情、表現は人類共通の点が多いものである。酋長はみずから手をさしのべて握手をもとめた。さらに、手まねで、

「アメリカの兵隊なら、捕虜にして日本軍に引き渡す。そうすれば、部隊長からたくさんの賞品がもらえる。日本の兵隊は親切で好きだ。お前は心配しないでよい。ゆっくり養生するように――」と（多少主観的であるが）私には受けとれた。

さきほどからの緊張感も急になくなり、疲れがどっと出てきた。今朝出撃してから大した時間もへていないのに、何日間も経過したような気がする。

そして、朝早く一緒に出撃した戦友は、ぶじラバウルに還りついただろうか。あの東飛行場の搭乗員宿舎では今どんなにしているだろうか——などといろいろ思いをめぐらす余裕も出てきた。

自然に帰る二十日間

爆音と硝煙のにおいに明けくれた今までの生活とくらべれば、気味のわるいほど静かだ。夕日が沈むころ、次の間に案内されて椰子の葉を布団にして寝ることになった。

ここで現地人の生活ぶりを、簡単に紹介してみよう。

男はいずれも日かげ干しの草で編んだミノふうのものを腰のまわりにつけており、女も同様のものをつけ、さらに肩から乳房までたらしている。頭の髪は男女ともあまり変わらない。私の傷は酋長の娘と、もうひとりの女が介抱してくれる。女性はいずこの国でも、やさしく親切だなあと感謝の念を抱きながら、この異様な風俗の中でそれから以後、約二十日間の生活を送ることになる。

私の顔の水疱は木のトゲで全部とってもらったが、すこし化膿しはじめ、目と口のまわりがかさぶたのようになったが、彼女らは日に三回ていねいに手当をしてくれた。

治療法としては薬品などまったくない山奥の地、椰子の実を割って中の水（うすい砂糖水のようなもの）を飲ませてくれ、コプラ（厚い殻を割った内側の約五ミリくらいのチーズを白くしたのようなものをいう）をよくすりつぶして顔にぬってくれるのである。そうした治療を四、五日くり返すと、少し快方に向かった。

食事は子供の頭ぐらいの大きさのタロイモで、日本でいえばさしずめサトイモの巨大版とでもいおうか、それを焼いたものが主食である。副食の野菜はなく、バナナ、パパイヤ、マンゴーなどの南の珍果である。ときには肉や魚もあった。塩気はほとんどなく、もの足りなかった。彼らも以前は約十キロも下った海岸で暮らしていたが、戦禍を避けるためにここに移住してきたとのことで、若い者の日課は海岸まで海水を汲みにいくことだった。戦乱の被害がこの民族までおよんでいることを思うと、まこと気の毒である。

滞在してから十日くらいたったころ、酋長が「本日は天候がよいので、魚をとりに行く」というので同行することとなった。一行は私を入れて六名が行くことになり、私は酋長の申しつけにより、青年の肩車で行くことになった。

サクのあるところまでは、かなりの道のりである。ついたところの川幅は十五メートルほどあり、大きな川になっていた。用意されていたのはカヌー二隻であり、水流はあまり急でもなかった。

さて漁法であるが、いとも簡単で槍で船べりをコツコツたたいたり、木の枝で水際をざわざわさせると魚が浮いてくる。餌や釣針もいらない。それを文字どおり生け捕りするだけである。

連中はやはりベテランである。ふつうは約三十センチ余りのものだが、なかには六十センチ以上もあるのがいた。魚の名称は知る由もないが、ナマズや雷魚に似ているようであった。終日楽しみ、魚を土産に集落に帰りついたときは、日も西に傾いていた。

集落の連中が集まってきた。総動員で男はタキ火の用意、女は魚を大きなクシにさして料理をはじめる。子供たちは、にぎやかにハシャギまわっている。

準備万端ととのったあと、酋長の音頭で宴会開始だ。椰子酒を椰子の殻につけてまわす。夜のとばりに包まれると、昼間の酷暑は去り、涼しい風が心地よく吹いてくる。そうした雰囲気の中で、深夜まで宴会はつづけられた。

そして、ある日はブタ狩りである。これには総動員で出動する。小さいが利口な犬がいて、猟犬の役割を受け持つ。すなわち獲物を見つけると、その周りをぐるぐるまわって吠える。するとブタは頭をヤブの中に突っ込んでしまう。それを原住民たちが包囲して生け捕りにする算段である。

いずれも原始的であるが、われわれの先祖もこのような方法で獲物をとっていたのだろうことを想像しながら、私も仲間の一員として活躍した。

とらえた獲物は棒につるして意気揚々と引きあげるのである。ただし毎回獲物にありつけることはないそうで、偶然、私は幸運な日にめぐり合わせたことになった。

獲物の披露は大変な騒ぎで、男たちは歓声をあげながら木に吊るし、火をたきつけ黒焼きにするのである。つぎに酋長がきて宴会開始となる。ブタが焼きあがるまで原住民たちは円陣をつくり、口では表現できない賑やかな踊りをつづける。遠くからながめればちょうど、旧制高校がしていた〝ファイヤーストーム〟が想像される。

椰子酒を呑みながら、焼けた肉の好きな部分を切ってサカナとする。原住民たちは夫婦ともども、それに子供たちもいる。夫が肉をとって妻に渡す。妻はそれを少し口でしゃぶり、子供たちにあたえる。まこと家庭円満で、ほほ笑ましい情景である。

どこの土地でも結婚の条件には、一定のルールがあるようである。当地でも結婚適齢を査定するには〝一人前〟であることを酋長や住民がみとめなければならない。その認証式(?)はこんなものである。

それは木と木をすり合わせて火を発生させるのである。枯れた丸太にまたがり、六十センチほどに切った棒をもち、すり合わせる。まあざっとこんな作業であるが、なかなか根気のいる仕事で手を休めてはならず、朝からはじめて発火するまで食事にもありつけないのはもちろんである。

しんぼう強く摩擦をくりかえすうち粉ができ、ついに発火する。マッチがない原始民族のきびしいオキテであろう。力のみが支配力を持つこの社会の悲しい現実ともいえよう。

原住民との生活にも慣れ、子供たちもなつくようになり、なごやかな毎日がつづいた。

ある日、酋長が私を呼び、「お前はもう日本に還る必要はない。オレの次にお前を酋長にするから安心して暮らせ」などと冗談さえいうほどになった。

しかし、自分を忘れても、忘れていなかったのは〝祖国日本〟であり〝大和魂〟であった。かならずラバウルに帰り、苦闘している戦友といまいちど仇をうちたいと、傷が治るのに比例して闘志が燃えあがってきたのである。

懐かしき海軍のメシ

当時、ガスマタの上陸地点の敵を攻撃するため、陸軍の部隊がジャングルを切り開いて進撃中であった。それが私の住んでいる集落近くまできている、という情報が入った。「死地に生気をとりもどす」とはこのことであろうか、半分あきらめていた日本軍との合流である。

翌日、このことを酋長に話すと、了解してくれた。明日出発することに決意したその夕方、酋長以下、原住民たちで心づくしの送別の宴をしてくれることになった。

私もまた「かならずまたやってくるから――」と涙ながらの挨拶をした。彼我の純粋な心の交流、原隊へ還れる希望など、複雑な気持で当夜は一睡もできなかった。

いよいよ出発である。原住民の随伴者は四人である。食糧の用意までしてくれた。私もふりかえりふりかえり、「サヨウナラ」を心の中で叫びながら発った。

行く手は山あり、谷あり、川ありで酷熱の難所である。途中、陸軍の露営の跡などがあり、意を強くする。陸軍部隊の進路であろうか？　川幅四メートルくらいの川に大木を両岸から切り倒し、橋の代わりにしためずらしい光景などが見られた。

出発時は原住民にまけてたまるかと意地を出したが、ついに座り込むまでに疲れはてて、彼らの肩車に運ばれる始末になり、うつらうつらしている間に、露営の幕舎にたどりついた。

さっそく現地陸軍部隊の最高責任者に、これまでの経過を詳細にのべ、原住民に送られた顚末を説明したら、こころよく歓迎してくれた。

夕食は麦飯、塩汁で久しぶりに日本食にありつき、〝ほまれ〟の煙草をもらって、めずらしがる原住民の随伴者とともに食べ、喫《す》い、夜のふけるまで歓談に打ち興じた。

野鳥の鳴き声で目をさまし、朝食も彼らとともにとる。原住民たちも楽しそうであったが、酋長が心配するから帰りたいといい出したので、もう一日休養して帰るよう再三すすめたが、私の強い要望が理解できず、けっきょく帰ることとなった。

陸軍さんも心づくしのニギリ飯弁当、それに酋長宛〝ほまれ〟の土産を支給してくれた。

「くれぐれも酋長によろしく！　かならず集落に行くからね！」と別れの言葉で見送った私は、いつのまにやら涙が流れ、彼らの姿が消えるまで涙をふくこともできなかった。

戦争の生んだ悲劇とはいえ、人類の真心を、心の底から感じた約二十日間であった。長かった原住民とのジャングル生活に別れを告げ、こんどは陸軍の本隊まで送ってくれた人びとを見送らねばならない。私のとっては、「生命の恩人」として別れることにたえられない感慨があった。彼らの後ろ姿を見送ったあと、私は急に疲労が出てきたようである。

さっそく軍医の治療を受けることにしたが、真っ白い包帯をまかれ、目、鼻、口だけを露出するだけで、あたかもプロレスの覆面レスラーのごとき姿になってしまった。

戦況などあれこれ話すうちに親しみもわき、時間がたつのも忘れるほどだった。なかでも一兵士が、

「私は内地を離れてこの地ニューブリテン島について一年半になるが、便りを出しても返事がこない。親兄弟は元気だろうか。内地帰還はいつになるだろうか」

などとつぶやくのを聞くにつれ、いよいよ望郷の念と、原隊にたどりつきたい欲求に駆りたてられる。

また、幕舎から六百メートルほど先の海岸のジャングルの中に、海軍の見張員の派遣所が

あることも知らされた。

前線基地の日本軍同士とはいえ、やはり海軍のメシが、生活が懐かしくなるものである。実家と嫁入先の生活のちがいみたいなものだろうか。

そこで見張所に移りたいと申し出たところ、さっそくそこと連絡をとってくれ、移動することとなった。移動といっても「着のみ、着のまま」であるからまったく手を要しない。

陸軍の方での施療の効果が現われて、このころにはようやく顔の痛みもとれてきた。見張所につき、

「東飛行場在隊の塩野一飛曹です。よろしくお願いします」

と挨拶をすますと、そこに駐在する兵曹以下三名は、こころよく歓迎してくれた。チャン酒まで出してくれる。

「傷にはよくないが消毒にはよいだろう。飲みましょうや、ワッハッハ……」

たがいの話はつきることなく、夜のふけるのも忘れるくらいだった。杭州湾敵前上陸時の想い出、それからつづく転戦の話など、うまい中国の煙草までご馳走になった。

彼らの任務は、敵機の状況を逐一ラバウル基地に打電するのが仕事だが、別に補給はなく自給自足の生活を強いられていた。

ここに四、五日とどまっていたら、うれしい情報がもたらされた。駆逐艦「秋月」が前線の陸戦部隊に糧秣や弾薬などの輸送のため、当地にくるというのである。思わず歓声をあげて便乗を依頼すると、さっそく希望がかなえられ乗艦することができた。

英霊が還ってきた

いよいよ原隊復帰がかなえられるとなると、私の心はおどった。見張所の兵士も出発前夜は、おがたいの武運を祈りながらささやかな送別会をしてくれた。出発は薄暮である。

上陸用舟艇に乗りこむと、約千メートル先の海上に駆逐艦が待っていた。船団は大小十二隻ほど、指揮官は海軍中尉で大きな元気な声をあげて、てきぱき指揮をとっていた。

出港後まもまく爆音が聞こえ、友軍機の護衛かと心強く思っていたやさき、突如として照明弾が投下され、暗い海上の船団がくっきり浮かびあがった。瞬間あたりはシーンとなり緊張したが、たいしたこともなくぶじ駆逐艦に接舷、縄のはしごをよじのぼった。

「全員戦闘配置につけ。対空戦闘！」の声ではじまった、あごひもをかけた水兵たちの機敏な動作が印象にのこり、久しぶりに戦いの緊張感にひたった。補給作業もすみ、一路、ラバウルに向かうこととなるが、高速航海でも約一時間はかかるという。

出港してまもまく軍医が診察してくれる。

「ずいぶん、やられたなあ！　ラバウルに帰ったら、しばらく入院して静養するんだぞ」

軍医からはこう簡単にいい渡された。緊張がとけたせいか、私はエンジンの音を聞きながらウトウトしていた。

「ラバウルに到着です」

水兵から声をかけられて、急いで甲板に上がってみると、勇ましい乗員の姿ばかりで、私だけが敗残兵そのものの姿でみじめであった。湾内に入り、港もだんだん近くなるとランチが待っており、私を桟橋まで送ってくれた。

そこには懐かしの戦友が大勢まっていてくれた。「おお塩野か！」といわれて戦友の顔を見ると涙がこみあげ、包帯もクシャクシャに濡れてしまった。飛行場につくと指揮所では、相変わらず元気な柴田武雄司令が待ちうけていた。

「塩野一飛曹、ただいま帰隊いたしました」

と報告すると、

「おお塩野、大変だったなあ！　ご苦労であった。十分静養してくれ」

とねぎらいの言葉をかけられた。さんざんな目にあった苦労も、この司令の言葉で吹き飛んだ。

搭乗員宿舎では、戦友が歓声をあげて喜んでくれる。

「貴様てっきりやられたと思っていたんだ！　よかった、よかった」

「英霊さまが還ってきたぞ！」

とみなは大はしゃぎで、宿舎はわきにわいて喜びの渦にまかれた。

しかし、その陰に同期生三人が未帰還となっていることを知らされ、私はあらためて戦争のきびしさをかみしめ、暗憺たる気持になった。

第八海軍病院で診察をうけたところ、衰弱がひどいということで、太股の左右に五百ccのリンゲルを注入され、その日はいったん兵舎に帰り、「生還祝い」をしてもらう。

祝盃の前に私のためにとっておいた遺骨箱が出されて紹介された。見ると、たしかに私のものであり、笑いやら、冷やかされるやらで、会場は爆笑につつまれた。

搭乗員のならわしとして、戦死したときの用意のため、髪の毛と爪を用意しておき、未帰還一ヵ月後に遺骨箱を作り、病院船で内地に送ることになっていた。それまでは兵舎に保存し、朝夕、線香をたてて冥福を祈っていたものである。

　翌朝、私は入院することになり、海軍病院に送られた。そこはラバウル湾を望める山の中腹の小高いところにあった。

さらばラバウルよ

　ラバウルはニューブリテン島最大の港町であり、住民も白、黄、黒と肌色も雑多であった。私たちの宿舎は町の中心からはなれた椰子林の中に建てられた洋館風の造りで、階段をのぼったところが居住区であった。兵舎も士官室、医務室、下士官兵搭乗員宿舎とそれぞれ別棟であった。

　兵舎から少し出ると、広い道路わきに高さ十メートルくらいもあろうか、椰子の並木が市街までつづいていた。

　私たちの兵舎の周りの掃除や、残飯の後始末は原住民がやってくれた。彼らの服装は、足首までとどくように長い腰巻をつけ、その色はまちまちで、階級をあらわしているとのことだった。彼らに声をかけると、白い歯をみせて微笑んで愛想はよかった。女性はめったに見かけなかった。

　平日は、七時半に宿舎を出て、トラックで十五分くらい走ると飛行場についた。途中にラバウル神社があり、トラックが通過するころ、あざやかなワンピース姿の慰安所のお嬢さんたちが神社に参拝にきていて、さかんに手をふり私たちの心を和ませてくれた。

こうした生活を二週間から三週間くりかえすと、最前線基地、地獄といわれたブイン勤務交替となる。出発前夜は名残りつきない、しばしの別れの宴となる。

そのブイン基地では、輸送機による彼女らから送られてくる手紙、タバコなどの慰問品が待ち遠しかった。

話のついでに、前線基地での慰安所風景にすこし触れてみよう。

大別して士官用、下士官・兵用と区別され、前者は内地（沖縄をふくむ）出身者、後者は某国の娘である。なぜこのように区別したかはつまびらかでないが、下士官・兵は年齢も若く、とくに搭乗員は二十二～三歳くらいの者が年長者で、女性に接するにも過分に昂奮するので、ケガのないようにとの恩情であったのかも知れない。

施設もちがい、士官用は別棟で入口はノップ式のドアがあり、部屋はベッドのほかに、畳が二枚ほどしいてあった。他の部屋は室も小さく、入口はカーテン一枚だけで、入るとすぐベッドがあり、いとも簡単な作りである。

私たちも最初こそまじめそのもので、規定どおりの行動をとっていたが、なれるにつれ先輩の指導よろしく、悪たれぞろいの戦闘機搭乗員たちのこと、外出となると、あらかじめ用意した少尉とか兵曹長に早変わりする。

これは魔術師にも負けない機敏さで、目の色がかがやく一瞬でもあった。「塩野少尉！」と呼ばれて、あわてて出てみれば和田一飛曹、

「おお和田兵曹、貴様も英気を養いにきたのか、ワッハッハ」

といったぐあいである。彼女たちは現世の若者のようなドライなところがなく、純情で義

理がたかった。

第八海軍病院に入院した翌日のことであった。

「塩野兵曹、面会人ですよ」

と看護婦さんから伝えられて、同行の荷物をかかえた女性を見れば、まさしく例の彼女である。

「よかった、生きて還れて。あなたが落下傘降下をされたことは聞いておりましたので、毎日ぶじ帰隊を神社にお祈りしておりましたのよ!」

「そうですか、ありがとう!」

「きのう入院されたことを兵隊さんから聞いて、とんできたの」

といって、新しい下着と菓子などを風呂敷から出してくれた。その心尽くしがうれしく、女らしさがいじらしかった。その後も退院の日まで連日、洗濯ものの運搬が彼女の日課になった。今でもありがたく心から感謝している。

顔の傷も快方に向かい、体力もしだいについて、昭和十九年の一月も終わって二月に入るころ、待望の包帯もとれて軍医から内地転勤の内命があることを知らされ、二月十日、まちにまった退院命令が出た。

海軍病院の関係者に感謝の言葉を述べたあと、さっそく司令に退院の報告をすますと、

「大村海軍航空隊勤務を命ずる」といい渡された。

昭和十九年二月十二日、帰国の前夜、簡単な宴会が催された。連日きびしい戦闘をともにした同僚、先輩と別れを惜しみ、外出時にお世話になった彼女とも内地での再会をちかう。

外では南十字星がきらきらと椰子の葉かげにかがやいていた。苦闘したソロモン諸島、いくたの将兵が戦死したこの地域を去るのは、じつに忍びがたいものがあった。

二月十三日、ラバウルに敵機来襲、わが戦闘機十機で迎撃、自爆二機。カビエンにも敵機来襲——そのようなきびしい空襲の合間に、私を乗せた機は、懐かしい祖国へと飛び立った。

さようならラバウル——。

還らざる甲飛七期

長い人生からみると、たしかに短い期間であったが、私にはずいぶん長く決戦場ラバウルで活躍していたような感じがした。

思えば、まったく油断もスキもない戦地であった。毎日毎夜、敵機の爆音の絶える間のない日の連続で、身の安まる日がなかった。

大空襲の警報が打ち上げられると、陸攻隊、艦攻隊、艦爆隊はつぎつぎに避難に飛び立つ。

一方、私たちは時をうつさず邀撃戦に上がらなければならず、敵機退散後も、哨戒の任務が待ちうけている。同僚もマラリアにかかったり、負傷者続出である。いきおい一直配備、即時待機となり、当時のラバウルではとにかく、神経のやすまることがなかった。

また、やすんでも夜間空襲などで眠れず、航空神経症になるものも多く、わが軍の航空戦にははなはだ不利な条件ばかり多かった。空襲の懸念が比較的少ない嵐の夜などが心安まる時である。また、その高い椰子の木がきしる音、葉のざわめき、雨が大地をたたく音などの風情に耳をかたむけるときが、祖国を故郷を少年時代をしのぶ絶好の機会ともなった。

日本を離れて六千キロ、南緯五度のこの地では見るもの、感じるものすべてが内地とはだいぶちがう。日本では〝暑い南風〟というが、ラバウルでは逆である。常夏の国とはいえ、北風の方が暑い感じであり、いかにも住み心地が悪い戦場、としかいいようがない。

ラバウルからブイン基地に派遣されたとき、着任そうそう驚いたのは、次の情景であった。椰子の幹が黒こげで、付近の草木も敵の焼夷弾で焼けこげ毎日の激戦、苦闘のあとが生なましく、飛行場の周辺のあちこちに米機の残骸がそのまま放置されていた。おそらく毎日何十機とくる敵襲で、これらを整理する余裕もなかったのであろう。凄惨——こうした表現がぴったりくる戦場であった。

そうした中で「敵機来襲！」となると、なりふりかまわず飛び乗って敵を撃退しなければならず、夢中で応戦しているうちにショートランドやバラレ基地付近まで追いかけたものである。

連合軍は当初、ラバウル攻撃を企図し北部ソロモンと、ダンピール海峡方向から包囲をちぢめてきた。ここで古賀長官は新防衛線の準備のため、敵の輸送路遮断を強化しようと決意し、十月下旬から第三艦隊第一航空戦隊の母艦機隊を陸上基地にくり出し、攻撃計画を進めた。これがいわゆる「ろ号作戦」である。

数次にわたるブーゲンビル沖航空戦などがその主な戦いであった。この作戦において一航戦零戦隊八十二機が進出したが、そのうち五十パーセント、四十三機を損耗し、虎の子である搭乗員八十名のうち二十四名が十一月二日から十二日にかけて戦死した。私などもこの

「ろ号作戦」は成功したのだろうかと、ふと疑問に思うことがあった。祖国の勝利を信じつつ戦った私たちであったが、基地航空隊の補給の飛行機は待てど暮らせどこない。物資もだいぶ消費したであろう。ここラバウルでもそろそろ長期戦、対空より敵の上陸に備えた陸上陣地、巨大な防空壕といった長期戦をめざす大要塞を構築中であったようだ。

その中で私たちはひたすら〝飛行機を〟〝乗員を〟と、待ちあぐんだものである。われわれがここを去るとき、ふたたびかつての大艦隊がここに集結する機会があるだろうか、と大いに疑問に思えた。

二十歳になったばかりの少年に近い若者が、若い血潮をこの南海の果てに流すとき、最後の言葉は「飛行機の方は大丈夫か？」「まだ新しい飛行機はこないのか」「祖国で死にたい」「お母さん！」とつぶやきながら、護国の神となったものが多かったと聞く。

こうした情景に接しても、涙一つこぼすことはできない。他の戦友の戦意が落ちるからである。ひとり搭乗員宿舎の外に出て、燦然たる南十字星をあおぎ、涙にむせぶ夜もしばしばであった。

同期生もだいぶ戦死したであろうことが推察された。想えば昭和十五年十月、霞ヶ浦海軍航空隊飛行予科練習部というところで、当時は霞ヶ浦航空隊の水上班と飛行予科練習部が同居していたが、その中でともに苦労した練習生の顔が頭の中にこびりついて、わすれられないのだ。

――戦後調査された資料によれば、七期生は三百十二名中、二百五十五名が戦死し、終戦時生存者は五十七名、戦死率八十二パーセント、これは甲二期、甲六期の八十二パーセントと同じ、甲飛で最高の五期の八十四パーセントの戦死率につぐものであり、とくにソロモン群島は帝国海軍の墓場といわれているが、そのまま海軍航空隊の墓場といいかえても過言ではなかろう。

改造空母での災厄

昭和十八年十月から翌十九年一月まで、非常に短い期間であったソロモン海域における戦闘に参加し、いくたの戦友を失い、熾烈をきわめた戦闘に終止符をうつ日が、ついにやってきた。

私が内地転任の報をうけたとき、顔面火傷のため第八海軍病院に入院中であったが、軍医にその旨を話し、退院を早くしてもらうことができた。

荷物を整理したあと、司令をはじめ戦友たちと別れをおしみつつラバウルを後にしたのだが、一抹のさびしさはおおうべくもない。

それでも同乗した輸送機の中で、内地へ帰還する四人の搭乗員と同行することができたのは心強かった。

トラック島にぶじ着陸し宿舎に案内されて、やっと一息つくことができた。翌日、輸送本部に行きいろいろ話を聞くと、内地への輸送機便が少ないうえ、先着の士官が先を争う始末で、私たち下士官の順番は、ありそうにもなかったが、とにかく申し込みをすませて宿舎に帰った。

ところが翌日になって、本部から連絡があって輸送空母「大鷹《たいよう》」（春日丸改造）が内地に帰るので、その便を利用してはどうかと話があり、話し合った結果、その便を利用することになった。

「大鷹」は翌日の夕方に出航するということで、私たちは昼食をすませると、早々に乗船した。便乗者の多くは設営隊の人たちだった。二日から三日で内地へ帰れるぞと、みなは戦地での思い出ばなしなどをして、そのにぎやかなこと。

翌朝の未明、ベッドで目をさました私が、またもみなと話をはじめて間もなく、「配置につけ」のラッパが艦内に鳴りひびいた。なにが起きたかわからないが、大いそぎで身支度をすませたそのとき、ズシズシと大きな音と振動があって艦内は真っ暗となった。

「総員発着甲板に上り、イカダ組み方！」と怒号がひびき、暗闇の中、おたがい手さぐりでようやく甲板に出ることができた。見れば、すでに「大鷹」乗組員の指導で、イカダが組みはじめられていた。

船体は前方に大きくかたむき、必死の作業がつづいているようだ。イカダができあがったころ、拡声機から「本艦は沈まない、このまま続航する」と放送され、みなは顔を見合わせてほっとする。母艦の周囲を、護衛の駆逐艦がぐるぐるまわりながら機雷投下をしている。

話に聞けば、艦首飛行甲板の柱の付近に魚雷を受けて、その前部がたれさがったとのこと、そのため艦尾が浮き上がりスクリューが水面に出てしまい、航行不能状態になったという。さすがにみなも心配顔だったが、やがて後部に注水し、吃水を下げたのであろう、艦が前進するようになった。しかし、速力は五ノットということだった。いずれにしろ、沈むこともなく航行できることになり、みなはようやく胸をなでおろした。

それからは総員で夜を徹して、潜水艦の見張りについた。

魚雷の命中した付近に機関科のデッキがあり、彼らは朝食中だったとかで、七名の戦死者があり、その夜は船内で通夜が行なわれ、私たちも焼香をすませ冥福を祈った。とんだ大きなハプニングがあったものの、翌朝十時ごろ「大鷹」は、サイパンに入港することができた。しかし、艦は当分の間、サイパンに停泊するとのことで、私たちは当直将校の許可をもらって空路、内地に帰ることになった。思えば忘れられない、危機一髪の「大鷹」便乗であった。

とにかくその夜は、サイパン島の海軍基地にお世話になることになり、宿舎もあたえられてホッと一息をつく。戦友のどの顔をみても真っ黒に日やけして、目玉だけがギョロギョロしている。無理もない、第一線できのうまで戦っていた者ばかりである。それにこのような連中のなかなので、火傷のあとも気にかからず平気でいられ、私にも冗談がいえるようになっていた。

翌朝は早々に基地に行き、いろいろと飛行便の打ち合わせをするが、はっきりした情報がつかめず、早くも三日目の朝を迎えていた。それでも、そろそろ便もあることだろうからと、外出はそろってすることになり、街に出て土産物買いとしゃれこんだ。

久しぶりの〝内地の街〟は懐かしく楽しかった。砂糖会社にたちより一人十五キロほどの砂糖を買いこみ意気揚々と帰隊する。隊門でなにを買ったのかと聞かれ、内地に帰るので砂糖を買ってきました、と答えると、衛兵が、いま内地には砂糖がないのできっと喜ぶぞ、とのこと。意気はますます上がるばかりである。

しかしながら、この日から六ヵ月後に、この天国のようなサイパンに血の雨が降り、玉砕という悲惨な事態が起ころうとは、だれが予測できたことであろう。

その晩は土産物の整理などをしながら、またも内地の話に花がさいてにぎやかなこと。そして翌朝、基地から連絡があって、急に輸送機の便があるからそれを利用するように、といってきた。待ちにまった便である。みなは大喜びで、昼食をすませるや、飛行場にいそいだ。その日の便乗者は少なく、私たちをふくめて九人であった。

機がサイパン島をあとにしたのは午後二時ごろ、出発して四十分ほどの飛行だったが、機は早くも大きく旋回しながら、高度を下げはじめた。はて、もう木更津についたのかと思い、窓から下方を見ると、どうもようすがおかしい。火山のような山が見えている。着陸して見ると、そこは硫黄島基地であった。きけば天候が悪く飛行できないので、天候の回復を待つとの話であった。

翌日は好天にめぐまれ、絶好の飛行日和である。目的の木更津飛行場まではひと飛びであった。

大村航空隊の日々

木更津について同行の戦友たちと再会を約し、それぞれの新しい勤務先に向かうため、単独行動となった。

私は隊門をあとにしたのち街に出て、航空隊のすぐ近くの旅館に宿をとった。そして明日正午までに上野駅の待合室に面会にくるよう故郷へ電報をうった。ついで、まずは戦地のアカを落とそうと、街の銭湯に出かけることにする。

すぐに一軒をみつけて「のれん」をわけて入りこむと、六十かっこうのおばあさんが愛想よく迎えてくれたが、私の顔を見るや、「どうしました、その顔は」とたずねた。私がそのわけを話すと、「本当にご苦労さまでした。ごゆっくりお入りください」とていねいなご挨拶であった。

ところが、入浴をすませさっぱりとなったところで、さて帰ろうとゲタ箱をみると、なんと靴がないではないか。おばあさんもいっしょになって探してくれたが、ついに出てこなかった。おばあさんも困りはてた顔をしていたが、奥にひっこんだと思ったら、手にワラぞうりを持って出てきて、しかたがないからこれをはいてください、といってさし出した。帝国軍人がワラぞうりとはなんと情けないことだろうと思ったが、いたしかたない。お礼をのべて外に出た。

入浴後の風が肌にここちよく、身も心も軽くなる。こうなると一杯やりたくなる。さっそく近くの料理屋に入りこむ。可愛い娘さんのお酌でのむ酒はうまく、まさに天下泰平の気分で、夜おそくまで痛飲した。そして帰りぎわ、店のおかみが私の足もとを見て気の毒になったのか、運動靴を提供してくれた。感謝、感謝である。

翌朝早々に旅館を出て、上野駅へといそいだ。だが、指定していた待合室では、いくら探してもそれらしき人影はなく、やむなく駅弁を買いこみ、東海道線に乗車する。

車窓に見える景色、なかでも富士山の姿はすばらしかった。その晩は駅弁とポケットウィスキーで眠りにつく。

任地の大村航空隊についたのは、翌日の夕方近くであった。隊門で衛兵に、その靴はどうしたのかととがめられたが、木更津での話をし、大村空へ教員として赴任してきたことを伝えると、衛兵はにわかに態度をあらため、「それはご苦労さんです」といってすぐに連絡をとってくれた。

ほっとして待つうち、しばらくすると教員が迎えにきてくれ宿舎へ案内された。

土産の砂糖をみなさんにふるまい、その晩は教員室でみなが生還祝いをしてくれた。戦地でのことなど夜おそくまで話がはずんだ。

私の受け持つ練習生は、第十三期の予備学生であった。もとより学生上がりの練習生であるから、よほど慎重にやらないといけないし、そうかといって戦闘機乗りの精神面での教育はびしびしやらなければならず、気をつかうことおびただしい。

階級は下士官の私より上であるが、隊内では練習生が先に敬礼をするのがきまりだ。しかし、隊外ではこちらが敬礼を先にしなければならない。日曜日の外出のときなどは、私が先に敬礼をするとニコニコしながら答礼をするといったぐあいである。

連日のきびしい訓練によって編隊飛行、空戦訓練、射撃訓練とすすみ、どうやらパイロットらしくなって四ヵ月で彼らは卒業して行く。教員生活も教え子が巣立つときはうれしいものである。

予備学生を送り出し、つぎの練習生がくるまでしばらく間があったので、分隊長から少し静養してこいと許可があり、さっそく別府鉄輪《かんなわ》温泉に出かけた。温泉での静養は私の体調をととのえてくれ、もとどおりの元気をとりもどしてくれて、顔の痛みもすっかりとれたようである。

予備学生のあとのつぎの練習生は、甲飛十二期の若者たちであった。これまでの予備学生とはことなり、私もようやく水をえた魚のごとく、総員起こしから消灯までおよそ軍人精神の涵養《かんよう》と、飛行技術の練磨に心血をそそぐことができ、心みたされる明け暮れがつづいた。このころ各受け持ちの教員には、教員つきの練習生が配備されてきて、洗濯ものやら外出時の身のまわりの世話をしてくれ大助かりだった。

日曜日には練習生にも外出があり、そのつど受け持ちの練習生に映画や食事にサービスあいつとめたが、これらがまた楽しかったことも印象に残っている。また一方、練習生が卒業してゆく度毎《たびごと》に第一線でりっぱな武勲をたて、ぶじ帰還ができるよう祈らずにはいられなかった。

私はここ大村の教員生活中、飛行場にほど近い樋口さんという農家に下宿していろいろとお世話になったが、ひょんなことから嫁とりばなしがとびだし、それがとんとん拍子ですすんでいった。

だが、このころ私は横須賀航空隊への転勤の内命を受けたのであった。横須賀航空隊といえば実施部隊であり、とうぜん出撃することになる。

そこで私は樋口さんにそのむねを話し、結婚ばなしはなかったことにするようたのんだが、せっかくここまで話がすすんだのだから式を挙げて行くように説得され、あげくのはて急遽、挙式となって、分隊長が私の親代わりになって、ささやかな宴と相なった。当時二十三歳という若者にしてみれば、一世一代の出来事であった。そして現在にいたるまで二人そろって元気で、やがて五十年の祝いをむかえる今日このごろである。

さて、横須賀航空隊に着任してみると、私の所属は戦闘七〇一飛行隊で、飛行機は「紫電」戦闘機だった。それまでは零戦ばかりだったので、この新しい戦闘機を目前にしておのずと気持もひきしまった。

いろいろと説明を受けたあと、いよいよ飛行作業がはじまった。地上試運転を充分にし、離着陸の訓練からはじめる。まるで練習生なみである。飛行してみて実感したのは、じつに馬力が強いこと、座席のスペースもたっぷりとあってまことに快適だった。

やがて新鋭の飛行機にもなれて、毎日の訓練にも自信がつき、同僚とも冗談ばなしがとび出すようになった。

ところで、私もふくめて新しい所帯持ちが三人もいたので宿さがし、所帯道具の買い出しと大いそがしである。それもいつも三人いっしょだった。横須賀の街をナベカマをぶら下げて歩く姿は、あまり格好のよいものではなかっただろう。

十月にはいって飛行作業もぶじ終わったころ、整列した私たちに隊長から訓示があって、近いうちに南方方面に出撃することになるだろうから、身のまわりの整理をしておくように、とのことであった。いよいよ来るものがきたという感じだった。

なかでも世帯持ちは大変である。家財道具の発送やら、家内を実家に帰す算段など、目のまわるような一週間であった。

こうして私たちの短い横空生活も終わり、九州の宮崎基地へ進出するため飛び立ったのであった。

紫電、比島へ飛ぶ

宮崎基地ではもっぱら、空戦訓練の毎日であったが、いよいよ出撃の前作業である機銃の軸線整合（四梃の二十ミリ機銃が百メートル先で一点に集中する調整）、実弾の装塡搭載（整備員の手伝い）、補助タンクのとりつけなど連日、大いそがしの日を送った。

私は第一中隊中隊長機（若林中尉）の二番機だった。飛行隊は三コ中隊二十四機の部隊編制だった。

十月二十五日、いよいよ出発の日である。目的地はフィリピンのマルコット飛行場である。発進は一コ中隊ごとに編隊離陸である。砂塵をまき上げての離陸は、まことに壮観なものであった。

鹿児島上空にいたるころには全機がガッチリと編隊を組み、銀翼をつらねて一路、青海原を南下していった。この日の飛行コースは、まず那覇の飛行場に着陸して燃料を補給し、昼食後出発というものだった。

ぶじ那覇に着陸、燃料を補給し終わり、昼食も終わっていよいよマニラをめざし、バシー海峡を越えるのだ。出発にさいして注意があった。——ルソン島西海岸を南下するが、敵機と遭遇するかもしれないので、見張りを充分にするように——とのことであった。

やがて離陸がつぎつぎとはじまり、飛行場上空を一周する間に編隊が組まれ、全機が針路に直進をはじめた。

ところが、直進をはじめて二分もたたないそのとき、私の愛機に異変が起きた。エンジンのものすごい振動であった。エンジンレバーでいろいろとやってみたが、だめである。やむなく一番機にそのむねを告げ、引き返すことにした。

が、引き返す途中にも、高度はだんだん下がる一方である。これでは飛行場までたどりつけないかも知れない。私は必死になってレバー全開にして、あやうく飛行場にすべり込むことができた。

さっそく基地の整備員に点検をしてもらったが原因がわからず、エンジンを分解することになった。その結果、シリンダーのピストンが一本折れていることが判明し、部品のとり替えをすることになった。私は張りつめていた体から血がさがる思いである。

整備員の話では、新しい飛行機なので内地から部品を取り寄せなければならないので、早くても一週間程度かかるだろうとのことであった。起こったことはしかたがない、残念ながら私はいろいろと整備員にお願いをして、ひとまず兵舎に引きあげたのだった。

内地から部品が到着して整備が終わり、試運転飛行ができたのはそれから八日目のことであった。

さっそく飛び立とうとした私は、基地隊長から単独マニラ行きは無理だ、後続部隊のくるのを待って行くよう、とお叱りをうけた。

後続の部隊が那覇の飛行場にやってきたのは、事故からはや約二週間がすぎたときだった。私は基地のみなさんにお礼をのべ、はやる気をみずからなだめつつ出発する。

編隊が石垣島をすぎたころ、前方が真っ暗になり、すさまじいスコールとなった。どうしてもスコールを突破することができない。そこでまたも石垣島に不時着し、天候の回復を待つことになった。さすがの私も、つぎつぎと起こるハプニングにうんざりしてしまった。とにかく翌日になって、ようやくマルコット基地に着陸することができたのであるが、隊の者に遅れたことの説明やら、わびごとなど、また戦地のようすなどを聞き、話がつきなかったが、そのうちに、

「おい塩野、若林中尉が戦死したぞ」

という声があった。エッ、なんとしたことだ、おどろく私に、声の主はつぎように話してくれた。

進撃して五日目に、第一中隊は全機をあげてレイテ島の偵察に出撃していったが、全機とも未帰還とのことであった。

私は愕然として言葉も出なかった。なんということだろう。悔し涙があとからあとから流れ出て、私はただ中隊長以下、戦友たちの冥福を祈るほかなすすべがなかった。

十一月にはいると、敵機の攻撃も日ごとにはげしくなり、わが飛行隊でも全員が特攻隊員を命じられ、連日のように特別攻撃隊がレイテ島に出撃するようになった。私もレイテ島上空に敵戦闘機をもとめて二回ほど出撃した。

このころになると、全機出撃といっても二十機たらずで、高度六千メートルで敵地上空にゆけば、敵は少なくとも百機は飛び上がってくる。とてもまともな空戦はできず、機をみて二撃三撃する程度であった。

マルコット基地は東にアラヤット山、西に五百メートルほどの山があり、盆地のようになっていた。夕方からその山に狼煙《のろし》が上がると、その晩はきまって空襲があり、飛行場に小型

爆弾の雨を降らせてくる。飛行場の爆破が目的であったのだろう。そのつど虎の子のわが飛行機が二機、三機と炎上し、被害はひろがる一方だった。

また、わが方の航空兵力がだんだん減少するとみるや、B26による昼間爆撃もはじまった。そのたびごとにわれも全力をあげて迎撃戦を展開したが、一機また一機と未帰還機が出た。

十二月中旬ごろだったと思うが、敵の大輸送船団がルソン島リンガエン湾に出現し、上陸を開始してきた。その偵察に上空に行くと、五十隻くらいの船団が五組ほど浮かび、それぞれが駆逐艦に護衛された大船団であった。

とにかく搭乗員は元気だが、飛行機がなくてはどうすることもできない。その日の搭乗割のない者は、いたずらに宿舎待機ということにならざるをえない。

われを待つ三四三空

年もあらたまり昭和二十年の正月を迎えた。私たち搭乗員が宿舎でごろごろしていたとき、にわかに総員集合がかかり、航空作戦打ち切り、総員、山ごもりをする——との命令があった。リンガエン湾に上陸した敵がマニラに進撃しているが、それを阻止するためだとのことである。ついに来るものがきた、という観である。いまは飛行機もなく、それ以外に道はなかったのであろう。

幸い、わがマルコット基地からは、一機の特攻機も出撃していなかった。そのことがせめてもの幸いと、いまでも私はそう考えている。

翌日になり、いよいよオレたちも山賊生活か、などと口ぐちに話しながら宿舎内の整理がはじまった。ちょうど昼食中であったが、分隊士がやってきて、搭乗員は内地防衛のため今日の夕方、基地を出発するので準備を急ぐように、携帯品は水筒、カンパン二食分、毛布一枚と限定され、拳銃持参のことと指示され、一同はにわかにざわめき、元気も出てきたようだ。

すべての準備も終わり基地と別れたのは、日も西にかたむく夕暮れどきであった。途中、小さな街で休息があった。そこで各基地からの搭乗員と待ち合わせ、集合した数は総勢六十人前後だったろう。そのときはじめて行軍の日程が発表された。

今夜は徹夜で行軍、明日はツゲガラオ基地泊まり、翌日はアパリ基地に夕方には着くように出発をする——とのことであった。それまではなにもわからず不安だったが、ここでやっと一息ついたのであった。

途中の行軍は、マニラ街道を警備する陸軍のトラック二台に分乗し、夜を徹しての行軍となったが、星空を眺めながらみな元気だった。

やがて街道が山道に入ったのだろう、星がとぎれとぎれに見えだした。「オーイ、ホタルの大群だ」とだれかが叫ぶ。ふと見ると、ものすごいばかりのホタルの大群だった。そのかず数千とも数万とも見える。

ホタルの群れは大きく、ナワをなうように飛んでいく。あたりが異様に明るく、みなの顔がくっきりを見えている。呆然として見ていると、まるで幻の世界にでも引き込まれたような気になった。

夜も明けてから敵機の銃撃を受けたが、全員ぶじツゲガラオ基地につく。ここで一日の休養をゆるされ、街に外出する者もいて、私も少しばかりの革製品などを買った。

午後に基地を出発、アパリ基地には夕方ごろ着いた。基地につくと飛行場待機で輸送機の飛来をまち、夕闇せまるころ、輸送機で台湾の高雄基地に向かい、激戦地ルソン島をあとにしたのであった。

高雄では航空隊司令以下、隊員たちが私たちの労をねぎらい、あたたかく迎えてくれた。いまでも印象に残るのは、国防婦人会のみなさんが食事の接待をしてくれたことだった。フィリピンでは塩汁に現地米の食事、それが一変して白米に豚汁である。なんとうまいことだろう。忘れられないご馳走であった。

それからまもなく、高雄航空隊のみなさんとも別れ、沖縄の飛行場を眼下に見ながら四国・松山飛行場に着陸した。指揮所に整列すると、さっそく司令源田実大佐から訓示があった。――ご苦労であった。これからは内地上空が戦場になると思う、健康に注意して困難にあたってくれ――まさに心のひきしまる思いだった。

こうして三四三空七〇一飛行隊員の一人として、私たちの終戦の日までの、戦闘がはじまったのである。

（月刊「丸」平成二年二月号）

終章　私が体得した空戦の極意

〈元海軍中尉〉坂井三郎

エースの称号

空中戦闘で、五機以上の敵機を撃墜した戦闘機のパイロットに与えられるのがエースの称号である。敗戦国の日本ではその存在はほとんど問題にもされないが、第二次大戦の戦勝国ではもちろん、敗戦国のドイツやイタリアでもエースに対しては国民の向ける眼が違ってくる。

戦後、海外各地を巡っているうちに、私はこのことを感じた。

ある調査によると、日本海軍戦闘機パイロットの中で、日華事変から太平洋戦争終結までにエースと認められた人の数は約百五十名と推計されているようである。

さて、当時の日本および連合軍の戦闘機パイロットの人的構成であるが、アメリカはじめ連合国では全員が将校（士官）であるのに対して、日本海軍ではパイロット総数の一割強が将校で、大多数は下士官、准士官、そして少数の特務士官であった。

これに比例して将校エースの数も総数の約一割ということであるが、一般には将校の比率が低いとの批評がある。しかし、これには理由があるのである。すなわち編隊空戦における総指揮官、中隊長といった編隊を率いるトップリーダー格のパイロットの使命は、その空戦の初動において味方有利の攻撃開始点に先手巧みに編隊を誘導することである。

もちろん自らも一人の戦士として戦うが、その間においても、その戦い全般の推移を観察し、その後の戦訓に資することが大事な役目であって、その空戦の戦果は部下たちの働きに任せればよいのである。であるから、中隊長以上の将校と、その指揮下にあって撃墜の戦果を挙げる部下たちとを個人撃墜数のみをもって比較し、戦闘機パイロットとしての優劣を評するのは、失礼であり誤りである。

単機空戦時代と違って編隊空戦では、エース格のパイロットは、その空戦の核となって戦う小隊長の中から輩出した。その空戦でもしも小隊長が第一撃をミスしたら二番機が二の矢となり、さらに三番機が進み出て戦うが、一勝負終われば直ちに原姿にもどり、次の敵に立ち向かうのが編隊戦闘の理想の型であって、これを忘れて列機が小隊長をさし置いてシャシャリ出るようなことは厳に慎まなければならないことであった。このことを忘れた戦いは、戦果少なくして被害続出となることが多かった。

このように編隊戦闘を行なうようになった日本海軍では、個人戦果の発表を極力押さえて、撃墜の記録は戦闘の最小単位の小隊の戦果とされた。その理由は、直接相手を仕留めるのは小隊長であっても、後に続く二番機、三番機の後方よりの支援、協力があってはじめてなされるのであるからである。よく太平洋戦争の空中戦で、昔のようにパイロットたち個人個人が撃墜競争を演じていたかのように報道される向きがあるが、あれは誤りである。

また民間誌の記事の中に、公認、非公認といった数の記録を見ることがあるが、何をもって公認、非公認と称するのであろうか。

もちろん公認とは、航空隊においては司令が認めたということであろうが、空中戦闘の場に、スポーツ競技のように公式記録員が立ち合って記録をとることはあり得ない。その戦果は帰投後、指揮官を中心に、小隊長、中隊長といったリーダーが厳密に確認し合って集計報告となるが、その判定にはむずかしい問題があった。したがって、厳密には空戦の結果を公認するのは、その現場にあったリーダーたちである。

中国戦線当時の坂井三郎中尉

空中戦の三つの形

空中戦には次の三つの形がある。
①先制攻撃をかけ、敵地上空で戦う進撃作戦、②相手に攻めこまれて戦う防衛作戦の二種があるが、同じ防衛迎撃戦でも、あらかじめ敵の攻撃を察知して、㋑整然とした編制のもとに迎え撃つ場合と、㋺不意討ちを喰って無統制の状態のバラバラで迎え撃つ場合の三つの型となるが、その戦果報告の確実性の順位は①㋑㋺の順になるよう

である。

戦闘機対戦闘機の空中戦における撃墜の定義とは何かということであるが——自分の発射した機銃弾が確実に相手機に命中して、㋑相手機が破壊され空中分解した。㋺回復不可能と思われる火災を発生した。㋩パイロットがパラシュートで飛び出した。㊁パイロットが射殺され操縦不能におちいり、墜落状態になった。㋭地上または海上に激突した。

以上の事実を確認してはじめて撃墜したと判定するのであるが、単機空戦の頃のように、悠長にその確認をやっていたら、編隊空戦では直ちに他の敵機に自分が襲われることは必定で、よほどゆとりのある戦い以外では不可能である。しかし、これも空戦を度重ねて体験することによって、命中効果の手応えを覚えるものであり、また列機、僚機の証明によって確認し合う戦果確認の作業も、リーダーたる小隊長以上の任務であった。

この戦果の確認、そして集計、報告の実態も開戦初期の連勝連勝の時代と戦争末期とでは、その信憑性には大きな差があったことは事実であり、また部隊によって戦意昂揚のため誇大に発表した向きもあったようだ。

アメリカ側では士官同士であるので、個人戦果も激しく競っていたようで、撃墜率を〇・二五まで記録した。これは四機の小隊で一機を共同撃墜した時の例である。

このように述べると、日本海軍戦闘機隊の戦果確認の信用性は、アメリカ側に比べて杜撰《ずさん》のように見えるが、そうでもないようだ。

よくアメリカの戦闘機隊では、その戦果を証明するために機銃に連動するガンカメラを使ったといわれるが、ガンカメラでも撃墜のすべてが証明されるわけではない。また全戦闘機がガンカメラを搭載していたのではないとのことである。

次に激戦となった空中戦の戦果確認がいかに困難なことであるかということを、実例をもって解説することとする。

この空戦には、私も小隊長として参加して四機を撃墜した。

昭和十七年八月七日、私たち台南空戦闘機隊はラバウル基地より長駆五百六十浬を翔破して進攻し、ガダルカナル島上空ではじめて米機動部隊の空母エンタープライズの艦上戦闘機グラマンF4Fを主軸とする米戦闘機隊と激烈なる空中戦闘を行ない、四十三機（うち不確実七機）を撃墜したと報告、公認されたが、戦後私が知り得たアメリカ側の資料では、十三機が零によって撃墜されたとあり、相手側の戦果として三十四機の零を撃墜したとなっている。が、じつはこの日の出撃零戦の機数は十七機であり、味方の吉田素綱一飛曹と西浦国松二飛曹の二機が未帰還となっているだけである。

このように激戦となった場合の戦果確認は、双方の精鋭同士をもってしても誤認となることが多いのである。

これも致し方のない実情であるが、このようにして戦いは進行していくのである。が、戦いの進展とともにその戦闘機隊におけるエースの座がいつしか定まっていくから、不思議といえば不思議である。

戦後、私が知り得たことであるが、日米双方に戦果の水増しがあった反面、過小評価もあったようだ。その日、撃破にも至らなかったと報告した相手が未帰還となっていた例も数多く見られた。

私自身も昭和十七年六月九日、同十七年八月七日、十九年七月四日の空戦では確実に撃墜されたことになっているが、今なお健在である。ここで日本海軍戦闘機隊におけるエースのルーツを紹介する。

昭和七年二月二十二日、午後三時三十二分、これは日本海軍戦闘機隊が空中戦によってはじめて敵戦闘機を撃墜し、みごと第一号を記録した歴史的日時である。

その日、空母「加賀」戦闘機指揮官生田《いくた》乃木次大尉、僚二番機黒岩利雄三空曹は、三式艦上戦闘機を操縦して上海飛行場上空千メートルの空域で、ボーイングP.12戦闘機を操縦して迎撃した米人ロバート・ショート中尉と空戦し、みごと勝利して協同撃墜と記録された。その後、黒岩三空曹は日華事変のトップエースとなったが、太平洋戦争で戦死された。生田大尉はあの撃墜の後、思うところあって退官されたが、今なお健在である。

赤松中尉と武藤少尉

私たち日本海軍戦闘機隊にあった者がエースを語るとき、南郷茂章大尉の功績を忘れてはならない。

昭和十三年七月十八日、大尉は十五空戦闘機隊指揮官として参加した南昌上空における空中戦において、一機を撃墜したのち、惜しくも戦死されたが、大尉は事変発生以来、自ら先頭に立って勇戦奮闘し、その実戦体験を基に近代編隊空戦法を開発した傑出した名パイロットであり、エースであり、名指導者であった。もし大尉が太平洋戦争に登場されていたら、日本海軍戦闘機隊の様相も一段と向上したであろうと思われてならない。

平時の訓練時における名戦闘機パイロット必ずしもエースたり得ずといった例はよく見られたことであるが、その理由は、戦機は天の与えるところであり、勝機は戦機の中において自ら創り出すものであるからだと私は考える。どんな名パイロットといわれる人であっても、戦いの場に出る戦機を得なければ、戦果も得られず、命をかけた真剣勝負の場は、また訓練では得られない真理があるということでもある。

太平洋戦争前頃の九六艦戦時代には、飛行時間約五百時間ともなれば一応中堅といわれ、千時間の大台に乗れば立派なベテランといわれて、戦場においては、このクラスの中からエースが輩出した。零戦時代に入って滞空時間が延びた結果、二割ないし三割アップの飛行時間となった。しかし、いずれの世界にも例外といわれる人がいるもので、私と共に戦った笹井中尉などはその例外中の例外といわれる人であろう。

私に太平洋戦争を勝ち抜いたこれぞ日本海軍における真の強者、グレートエース二人を紹介せよといわれるなら、躊躇なく赤松貞明中尉と武藤金義少尉を挙げることができる。

大先輩赤松中尉は頭脳明晰、気力体力共に抜群で柔道、剣道、弓道、相撲合わせて十数段、水泳も抜群の猛者で、全盛期には日本海軍戦闘機隊では戦技、右に出る者はないといわれるほどの強者で、下士官時代には勇気あまって若干の粗暴の振る舞いありと批判されたこともあった。が、おくれ馳せながら准士官、特務士官と進級するうちに人格を増し、老練なお日本海軍戦闘機隊に赤松ありと認められ、部下、後輩たちからも尊敬畏敬された強者であり、よき指導者でもあった。

終戦直前には厚木海軍航空隊に所属し、迎撃戦闘機雷電を操縦して、大島上空において単機でファイターのグラマンF6F戦闘機編隊に空戦を挑み、何と格闘戦でこれを撃墜した技と闘志は、当時の戦闘機パイロット仲間の語りぐさとなったものである。

武藤金義少尉は、小軀ながら烈々たる闘志の持ち主で日華事変の下士官時代にすでに撃墜を重ねてエースの片鱗を見せ、太平洋戦争において大きく開花し、連戦連勝を重ね、人格、技量、闘志ともに実践派のトップエースと称えられ、円熟した空戦の名手としての技の冴えには定評があった。

中でも昭和二十年二月、相模湾上空におけるグラマンF6F十二機との戦いでは、地上員環視の前で単機よく四機を撃墜した戦闘ぶりは、大空の宮本武蔵と呼ばれるにふさわしい武者振りであった。

エース中のエースと呼ばれる人とは、どのようなパイロットを指すのであろうか。それは強敵である相手の戦闘機を数多く撃墜し、その間一度も撃墜されたことも不時着させられたこともなく、さらに相手戦闘機の射弾を一発も受けたことのないことを心意気とするパイロットであろう。武装を持たない、抵抗する力もない小型輸送機などを何百機撃墜しても、これはエースとは言えないのだと私は考える。

若くして散ったアフリカの星マルセイユが世界のエース仲間で高く評価される所以《ゆえん》である。

今では戦闘機がすべてジェット化され超音速時代を迎えたが、プロペラ機時代に名人、達人といわれた人たちが実戦を通じて編み出した芸術的ともいえる戦闘機同士の格闘戦の秘術を伝える場も、必要もなくなったが、淋しい気がしてならない。これも時代の流れであろうか。

制空戦闘機

空中戦闘は大空の真剣勝負である。その空中戦闘の場における最強の機種は単座戦闘機である。

では空中で敵機を捕捉し、これを撃墜することを主任務とする単座戦闘機を操縦しておれば、つねに空中の王者であり、絶対支配者であり得るかというとそうはいかない。そこでは当然のことながら、同じ任務を持った相手の単座戦闘機が果敢に挑戦してくるからである。前にも触れたが、その強敵である敵の単座戦闘機との戦いに打ち勝ち、これを五機以上撃墜したパイロットが真の意味の大空のエースといわれる。無抵抗の輸送機や小型雷撃機、爆撃機を何機撃墜しても、それはエースとはいえないといわれる所以である。

ちなみに、エースの語源としては、中世の頃のカードゲームの中で、キングにもまさる力を持つ1のカードのことを言ったもので、傑出したもの、最高のもの、という意味をもつ。

さて、単座戦闘機は、迎撃戦闘機と制空戦闘機の二種に大別される。インターセプターといわれる迎撃戦闘機の主たる任務は、超高空を高速、大編隊でやってくる、たとえばＢ29のような大型爆撃機を撃墜するため、上昇力、スピード、火器に重点を置いて設計された単座戦闘機で、日本海軍では雷電がこれにあたる。制空戦闘機は、敵の制空戦闘機と戦うことを主任務として設計製作された単座戦闘機で、日本海軍では九六艦戦、零式艦戦がこれにあたる。

のちに双発複座戦闘機が開発され、昭和十七年五月頃、ラバウル基地の台南海軍航空隊に配置されたが、戦力不足で二式陸偵と改名されて偵察機となった。

これがのちに敵大型爆撃機迎撃戦闘機に改造され、その名も月光と命名されてB17、さらにはB29に対する夜間迎撃機として活躍し、遠藤大尉、小野中尉、工藤少尉といったエースを輩出した。しかし、これは日本海軍戦闘機隊全体からみれば、きわめて少数機であった。

私たち日本海軍の制空戦闘機パイロットがもっとも情熱を燃やし、闘志を発揮して戦った大空の真剣勝負は、相手国の制空戦闘機との空中戦であった。それは現代の万能ジェット戦闘機時代と違って、あの時代、制空権を握るという意義は、その戦闘空域において味方単座戦闘機が絶対の優位に立ったときの状態を示すからである。

爆撃機や雷撃機は、爆撃、雷撃を行なうことを主任務とする機種であって、相手戦闘機に襲われた場合、身を守るため旋回銃で応戦し、やむを得ず空中戦にはなるが、一対一では単座戦闘機の敵ではない。したがって、本稿では詳述しないこととしたい。

また、制空戦闘機と迎撃戦闘機、たとえば雷電と零戦が同位空戦を行なった場合、雷電は零戦の敵ではなかった。しかし、B29のように高空を高速でやってくる大型爆撃機に対する攻撃力では、雷電の方がはるかに強さを発揮した。

これから述べる内容は、制空戦闘機同士の戦いについての体験から得た意見である。

大空の真剣勝負の理念

私は大空の真剣勝負を数多く行なって勝ち進む体験の中から、平時には知り得ない数々の勝負の道のけわしさを知ったが、その集積として言えることは、体験こそ真の学問であるということである。その意義はいかなる理論も学問も、人間の体験の上に成り立つものであるということである。

ここで少し理屈っぽくなるが、命をかけた制空単座戦闘機（以下戦闘機と呼ぶ）同士の真剣勝負の結果を考えてみることにする。

単純計算では、勝ちと負けの二つの結果となると考えがちであるが、実際に何度も何度も真剣勝負を体験してみると、空中戦に限らず真剣勝負の結果には四つがあると考えるようになる。すなわち、

一つ、勝負の結果、相手を倒し、自分は無傷で生き残る。これが絶対の勝利者である。

二つ、相手の射弾を受けて撃墜されて敗者となる。これは永久に挽回のチャンスはめぐってこない。これは駄目である。

三つ、お互いに有効な命中弾を相手に与え、どちらも墜ちてしまう。ここでは相手に有効な命中弾をあたえ、みごとに相手を撃墜してその瞬間勝者とはなるが、同時にその直後に相手の有効弾を受けてみずからも撃墜される。これを真剣勝負では相討ちと称するが、これはたとえその場で相手を撃墜して瞬間勝利者とはなり得ても、みずからも撃墜されるのであるから、空中戦における相討ちは事実上の負けである。

四つ、お互いに秘術を尽くして戦ったが、どちらも有効弾を相手にあたえることができず、

弾丸切れ、時間切れとなって勝負なし、引き分けとなる。
この四つの結果をもとに冷静に考えてみると一目瞭然、真剣勝負において、生き抜き、勝ち進むために考えなければならないこととは、毎回の戦いで勝利者になることは至難のことではあるが、ここではまず負けないということを考え、これを実現し、次の勝負の権利を絶対につかむということで、このことを私はいつの頃からか考えるようになった。負けさえしなければ、戦いを重ねているうちに勝者になるチャンスをいつか必ず握り得ると知ったからである。

これが大空の真剣勝負の理念であると信じるようになったのは、十機を撃墜し得た頃であったと私は記憶している。私が会見した欧米諸国の名だたるトップエースの人たちも、その表現は違っても同じ意見であった。

また、むかしから真剣勝負を語るについて、よく〝必勝の信念〟とか、〝大和魂〟といった勇ましい表現法があるが、果たしてそれだけで勝者になれるであろうか、私の答は「ノオー」である。私たち日本人に大和魂があるならば、アメリカ人には〝ヤンキー魂〟や〝開拓者魂〟というあなどり難い精神力があって、勝負師魂は同等であった。

真剣勝負ではいかに強がり、威張ったところで、もちろんその気力は必要ではあるが、肝心なことは、そのとき、その場の真剣勝負を相手より有利に進め、打ち勝つためには、自分の行なう空戦に要する戦術、戦闘技術、戦いの進め方というものが理にかなっていなければ、勝利者には成り得ないということである。

いかに勇猛心をもって相手に立ち向かってみても、相手の射弾の束の中に身を曝《さら》してしまったら一ころであり、命と飛行機はいくらあっても足りないのだ。

空中戦を行なうパイロットの必須事項は、対戦闘機の空中戦においては、敵戦闘機固定銃の有効射距離（約二百メートル以内）において敵戦闘機の機首方向、直前方にのみ撃ち出される相手戦闘機の固定銃の射線の中に一瞬たりとも身をさらさないことである。

さらに理念を追うなら、いかなる角度、体勢においても、相手機に機首を向けさせないよう、つねに占位するごとく行動することである。

このように空中戦はまず負けない体勢をとることからはじめなければならないが、それをなすには、その戦いの初動において、冷静に正確に味方有利となるよう自機と味方機を誘導することに尽きる。

このことは日頃の訓練、研究、そして実戦の体験をもととして戦闘機のパイロット、とくにエース級のリーダーの誰もが心得ていると自覚していることである。ところが、いざ実戦場に立つと、血気と要心とが錯綜して、心と理論の組立が一瞬杜撰《ずさん》になったりする。そんなときには、エース級の強者でも、敵機に一瞬の隙《すき》をつかれて撃墜される悲運をまねくのである。

真剣勝負では、一度敗れたら永久に挽回の機会はないという鉄則を、実戦、乱戦の修羅場の中にあっても、瞬時といえども忘れてはならないことである。真剣勝負の場では、一《イチ》か八《バチ》かの暴勇はまず通用しないのである。

よく昔から「飛行機乗りの六割頭」という格言があるが、これは、すべてのことを一人で判断処置しなければならない単座戦闘機パイロットには、そのまま当てはまる言葉である。

なぜなら、パイロットは一度意を決して空中に飛び立つと、そのスピードと高度に反比例して、人間としての能力が低下するからである。

とはいえ、戦闘機のパイロットは、真剣勝負の場にあっても、その低下率を最低限に留めて自機を操縦し、味方列機を味方有利に誘導することが肝要なことである。これは何度体験しても至難のことであった。

が、しかし、冷静に考えてみると、同じ空域で同じ条件で戦う相手敵機パイロットたちも同じ人間である以上、自分と同等、いやもっと低下しているはずであるから、条件は同じである……と考えるようになるには、実際には相当の体験を要したのである。

ベテラン、エースといわれる強者パイロットは、その体験からときには追いつめた相手が初心者と見抜いた場合、そのパイロットの心のビビリ（おびえ）を、その操縦法から読みとるまでのゆとりを持つこともできたのである。

真剣勝負の「読み」

さて、前述した理にかなう戦いの進め方とは何か。それは昔から「こうして、こうすりゃ、こうなるものと、知りつつこうして、こうなった」という教え――これは失敗に関する諺として使われる言葉であるが、真剣勝負もそうと知っていたら、そうしなければよい、ということを意味する。

では、その理にかなう空戦の進め方とは具体的にどんなことであったか。戦いにおいて理にかなうこととは、「読み！」の一言に尽きると私は考え、そのように行動した。その体験から勝負師の「読みに」には三つの鉄則があって、これを読みの三原則と考えて戦った。

その第一は、読みの速さである。

むかしから戦いは巧緻より拙速を尊ぶといわれるように、お互いに秒速百メートル前後の猛スピードでふっ飛びながら戦う空中戦では、速いときはそれこそ「アッ」という間の勝負となるのであるから、ゆっくり考える暇などまったくない。

「ちょっと待ってくれ」といっても、相手はここぞと攻めたててくる。お互いに眼が早く、手が早く、腹黒く戦うのが空中戦だから、対敵した瞬間、この戦いはどう進めるのかという判断、処置能力が速くなければ、こちらがやられてしまう。少々杜撰《ずさん》であっても、速さこそが空中戦の第一義と考えて私は戦った。その場では相手も完璧ではないのだ。

その第二は読みの確実さである。

これは、直面した敵機を仕留めるまでに要する手順を誤らないということである。前述の諺のようにこうして、こうすりゃ、こうなるものと知りつつこうして、こうなった、とあるなら、他のことであればやっぱりこうなってしまったかですむが、真剣勝負では、失敗はすなわち死であるだけに、この考えは、観念は、しっかりと心底に焼きつけ、これを第二の天性としてたたきこんでおく必要があった。ところが、いざ真剣勝負を眼の前にすると、これがなかなかむずかしいことなのである。

会敵を覚悟して、予想戦場空域に突入する直前に行なわなければならない数々の戦闘諸元の調整ひとつを採り上げてみても、また日ごろ地上にあるときでも、これが第二の天性となるまでに演練しておくことが肝要であった。

その第三は、読みの深さである。これは読みの確実性と密接に関連していることであるが、味方が理想的な第一撃をかけ得たとしても、第二撃からは、お互いにその体勢を視認し合っての戦い、激しい動きとなることは必定である。

とくに列機を率いて戦う小隊長以上のリーダーは、その瞬間、体勢から予測した目標敵機、これを支援しようとする他敵機の予想未来位置を二手、三手先まで深く読みきる必要があった。

たとえば、目標と定めた敵機に後方から襲いかかるとき、目標以外の身近にいる複数の敵機の動向に注意しなければならない。すなわち、自分が目標敵機を撃墜する時点で、どの方向の、どの距離に占位する敵機が、どの方向から撃ちかけてくるかを瞬時に予測し、撃墜の直後、襲いかかるであろうその敵機に、どのように対応するかを読み切るのである。

無理と判断したら、その第二の敵機の死角に、いかにして喰い下がるか、これが修羅場における絶対的な読みの深さであった。もちろんここでは、日ごろから阿吽《あうん》の呼吸で連動する列機の動きを読みとり、それを信用する観念が絶対に必要であった。

編隊空戦の妙味はここにあったのであるが、すべて完璧といえる味方絶対有利の理想的な空戦を達成した確率は、私の経験では、五〜六回に一回成功すれば上出来の方であった。当てと何とかは向こうからはずれる、というが、その予測がはずれたときの処置能力、これを私は変化即応能力と考えて戦ったが、この能力が読みの深さであったともいえるのである。

列機との阿吽の呼吸は、この時点でとくに必要であったが、お互いに機敏な連係を必要とする編隊空戦では、見た目に形の整った三機編制は、戦いが激しくなるにつれて不具合なことが多くなった。

そこで実戦では二機一組の組み合わせがよりベターであることを、日本海軍では戦争の中期になって気がつき、一コ小隊を一、三番機、二、四番機の二区隊とする編隊空戦に切り替えた。

アメリカ海空軍は、一足早くにこれを実行して効果を発揮したが、サッチウィーヴ戦法はその典型である。私もF6Fヘルキャットの編隊との戦いのなかで、敵ながらみごとな連係プレーを見せられ、感心したことがあった。

戦いの主導権

固定銃を武器として戦う戦闘機対戦闘機の空中戦において、わが方として絶対に避けなければならない戦法が一つあった。それは、お互いに正面切って向かい合って撃ち合う反向（航）戦である。

これはそれこそ、戦法、戦術以前の問題であって、お互いに軸線ぴったりでこれをやったら、相討ちになることは必定である。こんなことをたびたびやっていたのでは、命と飛行機はいくらあっても足りない。

しかし零戦より火力が大きく、防弾装置を備えた米英戦闘機に対しては無防備の零戦など、ひとたまりもなくやられてしまう。ここでは攻撃精神も大和魂も通用しない。うまく相討ちになったところで、これでは大空の森の石松である。

人員と物量を誇る連合国軍とこのような戦いをやっていると、見た目は勇ましくは見えるが、最後は味方がゼロになってしまう。そこで戦闘機パイロットは考えるのだ。

さて、空中戦という真剣勝負を連想するとき、体験のない人たちの多くは、相手を面前に視認し相手もこちらを直視したところから勝負が開始されると考えがちである。しかし、戦闘機対戦闘機の戦いは、広い大空をお互いに猛スピードで飛び交いながら、どこから敵が攻めてくるかわからない立体戦闘であるから、予想空戦空域に入ったと想定したそのときから、見えない敵機との戦いがはじまるのである。

その戦いとは、お互いに敵に先んじて敵を発見する見張り能力の戦いである。その結果は、敵味方のどちらかが相手を先に発見してまずその戦いの主導権をとるか、ほとんど同時に発見して立ち上がるか、お互いに相手を発見できず、時間切れの空戦成り立たずとなるかの三つである。その第一発見者は、味方編隊内に配置されたエースパイロットの誰かであって、私の体験では、列機たちに先んじられたことはただの一度もなかったと記憶している。

敵に先んじて敵を発見し、みごと第一撃をかけて第二撃に移るときには、敵も当然気がつき、反撃をはじめる。同時に発見して立ち上がるときも、戦いは編隊同士の巻き合いになるが、ここでも編隊の中のエースが戦闘に立つ。

このとき私は、大草原の牧場で数百頭の羊の群れを巧みに追い上げる牧羊犬の動きを理想の型と考え、すばやく行動するよう務めたが、うまくいったときは、敵編隊の急所をうまく押さえることができた。それから後は各小隊がそれぞれ選んだ目標への突撃、照準、射撃、命中撃墜となるが、前述したように、そこにいたる進行の手順を誤らないことが肝要である。

空戦において、勝利を得るためのその他の要素がすべて満たされていても、その手順を誤っては正しい結果は得られないということを、部下列機にも熟知させておく必要があった。なぜなら、とっさの場の列機との阿吽《あうん》の呼吸が、狙っては一度や二度の好運と思われる勝利は得られても、これを徹底しておかないと、かならず取りかえしのつかない敗北を喫することになるからである。優れたエースには、かならずすばらしい列機がついていた。

誌面の都合で、接敵から目標設定、そして一機撃墜にいたるまでの微に入り細にわたる解説はできないが、勝負の最後のツメである敵機後方の絶好の射点に入り、絶対の好位置からする固定銃の空中射撃術理論の要点を本稿の焦点として記述してみることとするが、これはあくまで、私自身が実戦で得た体験から述べることであって、これが絶対に正しいとはいえないことである。

敵機の後方にせまり、絶対の至近距離からする同高度追尾射撃は別として、実戦での、敵機の後方に迫って行なう射撃では、敵機の軸線とある程度の角度をつけた位置から射撃することが多かったが、そこでは次のような射撃に要する算定基礎を誤らないことが肝要であった。

その算定基礎の第一は、発射開始時の射距離の測定を誤らないことが大事で、これを誤ると他の条件が満たされていても、すべて駄目になる。ついで自分の撃ち出す射弾の確認。弾速は自速＋射速＝合成弾速である。

たとえば自速二百ノットは秒速百二メートルであるが、発射される機銃弾、たとえば七・七ミリ機銃の初速は秒速約八百メートル弱であったから、合成弾速は約九百メートル／秒となる。私はとっさの計算を簡略化して、自分の撃ち出す機銃弾の合成弾速は約千メートル／秒と観念づけしていた。

じつは機銃弾の初速の測定は通常、地上ゼロメートルで行なわれていたが、当時の常用空戦高度四～六千メートルの高度では、地上よりはるかに弾速は早くなる。このことも計算に入れていたからである。それに実戦ではお互いに機速も二百ノット以上の高速で射撃することが多かったら、ここではすべての計算を単純化、簡略化することが肝要だと考えていたからである。

次に敵機との射角（敵機の機軸と自機機軸との交角）の判定、そのうえに自機にかかる上下の浮き沈みと左右のわずかな横辷りによって生ずるGの測定、さらにこれによって起こる弾道の変化などの射撃諸元を瞬時に計算して、敵機の未来位置に向けて発射し、命中しない場合は、弾道と敵機を見合わせて瞬時の修正を行なう。

その際、撃墜直前の興奮、後方敵機への気配り等々の心理的掣肘《せいちゅう》があり、エース級のベテランでも緊張する一瞬である。ここで経験の浅いパイロットがもっとも誤りやすいのが、射距離の判定と他の敵機への気配りであった。

射距離はどんなに地上で演練していても、空中の実戦となると、例外なく実際よりいちじるしく近くに見誤るもので、その誤差は初心者ほど大きい。極端な場合、百メートルで発射をはじめたと判断したのが、実際には二百メートルから二百五十メートルであったということは、通常的に犯す誤りであった。

パイロットたちは、この射距離の判定のミスを、実戦の中で繰り返しながら戦いを重ねるうちに、突然、勘どころをつかむが、このコツを早くつかみ得た者がエースとなって躍り出たのである。

また、私は敵機に同高度で追尾するより十〜十五度の角度をつけて攻撃することを好んでやったと述べたが、これには次のような理由もあったからである。

じつは太平洋戦争のはじめの頃の空戦で、敵機の真後ろに喰いついて撃墜したとき、七・七ミリ機銃と同時に発射した二十ミリの炸裂弾が敵機の操縦席に命中して、その破壊された敵機の破片をまともに受けそうになったことがあったからである。また、なかなか墜ちない敵機を執拗に追いつづけ、その機だけに気を奪われて追い続けている間に、他の敵機の追尾を自分が受けそうになったことがあったからである。

しかも敵機と同高度、同軸で追尾するときは敵機の胴体が細くなり、両翼もきわめて薄く見えるものである。このためベテランでも敵機との直程離を見誤り、早期発射を行なってミスすることが多かった。

しかし、敵機を十〜十五度の角度から見ることは、立体的に敵機を見る結果となり、これが射距離の正しい判定に役立つことになったのである。また、零戦よりはるかに頑丈にできているアメリカの戦闘機は、同高度追尾射撃では、跳弾が多いこともその理由であった。

実戦での私の射撃理論

敵機を追いつめて行なう戦闘機の射撃法は、いわば〝戦闘機の射撃は漏斗《じょうご》の形なり〟――これが実戦の体験から得た私の射撃理論であった。

この意義は、先に相手戦闘機を後方から追いつめて仕留める理想的な射撃体勢は、完全追尾攻撃よりある角度をつけた方が効果的だと述べたが、これは寸秒を争う空中戦では、ぴったり敵機の真後ろに追尾するチャンスより、さまざまな角度で接敵攻撃する機会の方がはるかに多いからでもあった。

その角度とは敵機の後上方、後下方、そして右側方、左側方などだが、それに高度差が加わると、敵機の後方三百六十度からする攻撃法となるわけである。そして私は、敵機を漏斗の穴に置き、自分は漏斗の円形の縁《ふち》から穴に向かって攻める形となることに気づいたのである。

攻撃角度と急速に変化する射距離の変化による照準点の修正は、漏斗の注入管の先端から敵機のプロペラ軸先端へ流す方が、敵機の機尾から追い上げる方よりはるかに効率的であった。

東京大学工学部航空学科教授加藤寛一郎著の『零戦の秘術』の一説に、ドイツの第二次世界大戦における傑出したエース、ハンス・ヨアヒム・マルセイユの射撃法が紹介されている。それによると、

『マルセイユが巴戦(?)に入って相手を撃墜する戦法は、相手機が自機の機首の下へ隠れた瞬間に発射する。これはいわゆるリード(見越し)角を使うことになり、このとき、発射した銃弾が到達する点へ相手機の機首エンジンまたは操縦席が飛び込んで被弾するという曲打ちである』

とあるが、これは曲打ちではなく、浅角度の後方からする射撃法の正統法であって、追い

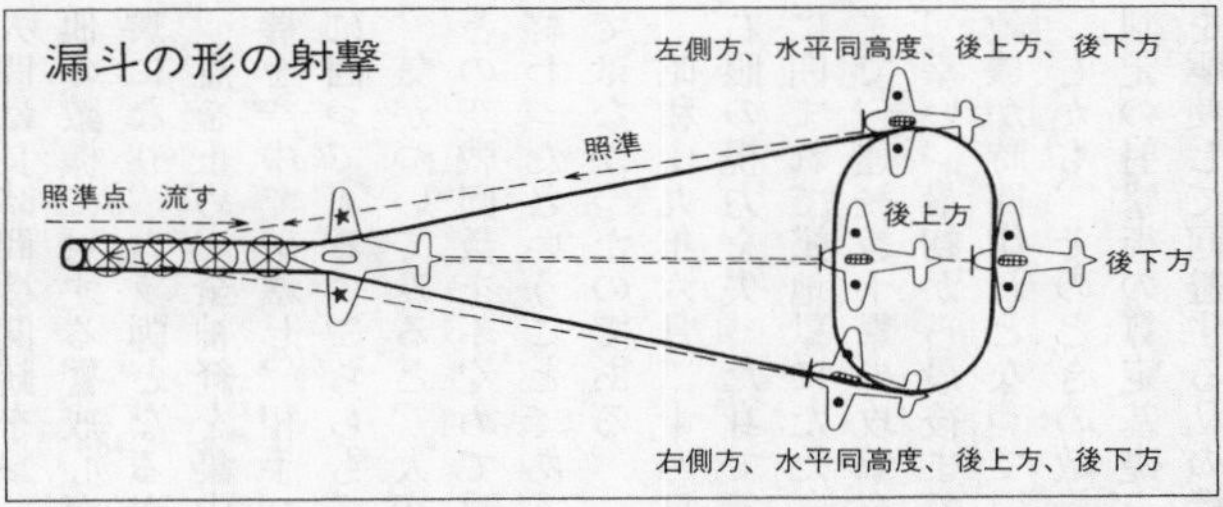

漏斗の形の射撃

タッチから瞬間、照準点を引きもどして行なう〝空中射撃は漏斗なり〟に通じるものである。

空中戦で幸運にも、その計算・射法がみごとに図にあたり、敵機を破壊撃墜しても、緊迫した戦闘の中で、そのときの撃墜の遺《い》感覚をその場で頭と心と身体で反芻し、記憶し、そして焼き付け、次の戦闘に活用して再現することは至難のことであった。しかし、そのことを成し遂げる力を発揮し得たパイロットが、エースの中のエースとして躍り出るのである。エースたちは失敗と成功を繰り返しながら撃墜の勘所を、そのコツを会得し、己れの戦力としていったのである。

「撃墜のコツを」

と若いパイロットたちに聞かれたとき、

「射撃は逸《はや》る心を押さえ、遠距離発射をまだまだまだと我慢し、体当たり寸前まで敵機に近接し、撃った弾丸は全部命中させる気持で発射把柄を握れ！　それでも敵機までまだ五十メートルはあるものだ」

私はこのように教えた。

私は一回の射撃に要する時間は約二秒と心得ていた。第一撃の二秒でミスったら、次の二秒のチャンスを捕らえる。その理由は、人間は長時間機関銃を撃ちつづけると、発射そのものに気を取られてしまい、自分を忘れて他の敵機に対する警戒心がおろそかになるからである。そして初弾をはずしたあとの乱射乱撃になり、ムラ弾となるからである。

息を止め、全神経を集中して射弾を送る！　相手戦闘機を一機撃墜するということは、敵機を空中で破壊し、相手パイロット射殺することであるが、一歩間違えれば、悲運はこちらに回ってくる。こちらも必死なら、相手も必死の動きをする。

気がついてみると、大空の真剣勝負における勝利の確率は、私の場合、戦闘機以外の機種との空戦回数をふくめて撃墜率は約三十五パーセントであって、六十五パーセントは失敗に終わったということである。それほど相手を空中で撃墜するということは、生やさしいことではなかったのである。

昭和十九年六月二十四日の硫黄島上空におけるグラマンF６F戦闘機群との大空中戦に、右眼の視力を失った身で参加した私は、敵一機を確実に撃墜した後、誤って敵戦闘機十五機に囲まれて蟻地獄にたたき込まれた。その間、高度四千五百メートルより海上ゼロメートルまで、連続数十撃の攻撃を受けつづけた。

幸い、最初から最後までただの一発の命中弾も受けずに生還することができたが、それは敵機が時間切れとなって引き揚げて行ったからである。

しかも、そのときの敵機たちは技量中程度のパイロットたちであり、彼らは射距離と射角判定の射撃術の算定基礎を誤り、降下垂直旋回のスピードを変え、横辷りを併用した飛行術を駆使して回避する私の機の未来位置の測定という変化即応の応用問題の解き方に失敗して、私をとり逃がしたのである。

一昨年、アメリカのテキサス州で行なわれたエアーショーの場で、私はこの空戦に参加したアメリカ海軍戦闘機隊十五機の中の、その後の空戦に生き残った一人のパイロットと会見する機会を得たが、あの日、母艦に帰った仲間たちが口を揃えて言ったことは、

「〝恐ろしく素速いゼロだったが、あの飛び方をされたら、俺たち百機でかかっても、墜とせなかっただろう！〟と語り合ったものだが、あのときのゼロを操縦していたのは坂井中尉であったのか」

と、なつかしそうに毛むくじゃらの太い腕を差しのべ、握手を求めてきたが、とんだ出合いであった。

先手必勝

「真剣勝負の極意とは何か」と問われたら、私は躊躇なく〝先手必勝なり〟と答える。私たちが体験した大空の戦いでは、相手に先手をとられてしまった戦いでは、戦果を挙げるどころか、零戦隊でも編隊全部がしどろもどろの受け太刀になってしまったことがあったからだ。

空中戦闘における先手とは何か。これは前にもくどく述べたとおり、とくに編隊戦闘においては絶対に敵に先んじて敵機群を発見し得る優秀なる見張り能力のことであり、これはいかなる戦闘技術よりも優先するものであった。編隊空戦の成否は、一にこれにかかっていたと私は考える。

私は戦後、第二次大戦の空中戦で勝ち抜き、生き抜いたアメリカやヨーロッパの名だたる

エースパイロットたちと会談する機会をたびたびもったが、

「格闘戦になってしまったら、お互いに急速な運動をくり返し、なかなか撃墜できなかったし、撃墜しても手間どり、みずからもピンチに陥ることが多かった。空中戦では相手が急速な動きに入る前に据物斬《すえものぎ》りにすることだ。先手必勝だ」

と、意見はまったく同じであった。

「お互いに優れた視力をもったパイロット同士なのに、そのようなことがどうして出来るのか」

私はこのような質問をよく受けることがある。が、できるのである。できなければならないのである。

戦闘機同士の戦いは、組んずほぐれつの巴戦、格闘戦を連想する人が多いが、実際には、これはお互いに気がついて戦う最後の手段であって、前にも述べたが、急速に動きはじめたら、お互いに機銃弾はなかなか命中しないのが実態である。それゆえに編隊戦闘では、わずかな敵発見の能力差が先手後手に分かれるのである。

止まっているゴキブリや蝿は容易に打てるが、右に左に走り出したらなかなか打てない。室の隅にうずくまった鼠は捕まえることができるが、逃げ回り出したら捕まえることが困難だ。変なたとえだが、空中戦とよく似たところがある。

敵に先んじて敵を発見し得る勝れた見張り能力こそが、先手必勝の必須条件ではあるが、神ならぬ身の人の力には限度があり、空戦空域ではいつ、いかなるときに敵戦闘機の追尾攻撃を許すかもしれない。とくに後下方から追尾攻撃されたらひとたまりもない。なぜなら、この位置は戦闘機にとって絶対の死角であるからだ。

「真剣勝負では一度やられたら、すべてが一巻の終わりだ」

私はパイロットたちに機会を見ては注意したし、自分もこのことを守った。

「空戦空域に入ったら前方一、後方九を見張ると心得よ！　意気がってサングラスなどをかけている者がいるが、上空の紫外線に弱い白人には必要かもしれないが、日本人の眼は優秀だ、そんなものは必要なし。空戦場では眼鏡の縁《ふち》の陰にも敵がいるぞ！」

とも注意した。それでも後方から突撃、射撃されたらどうするか。じつはエースクラス初心者クラスとではこのように違うという場面を見せてくれる映像がある。

これはテレビ画面でたびたび紹介された、太平洋戦争で零戦が確実に撃墜される実写である。映像はアメリカ海軍の主力戦闘機グラマンＦ６Ｆ戦闘機のガンカメラが撮影したものといわれているが、手に汗を握る場面である。

一機の零戦がやや上昇の直線飛行をつづけている。後方から迫ったグラマンが約二百メートルの距離から十二・七ミリ機銃六梃で一連射をかける。弾丸の束が零戦をつつむように至近距離を通過しているが、命中していない。このとき、零戦は避退運動に移らず、直線飛行をつづけている。

グラマンはいったん射撃を止めてそのまま接近し、百メートル以内の距離に迫ったところで第二撃をかける。多数の弾丸がこんどは確実に命中し、零戦は破壊されて飛び散った破片が飛んでくる。そのとき、ようやく零戦は左バンク、左旋回で射弾回避に移るが、緩慢な操作である。やがて大破壊がはじまり、火を噴きはじめる。

なんともいえない場面であるが、あの零戦は味方編隊からはぐれてしまった若いパイロットであることはたしかだ。歴戦のパイロットなら、不意に敵の射弾を後方から喰った場合は、間髪を入れず急速な操作で回避運動を行なうものだ。

それが経験の浅いパイロットでは、空戦場に入ったら全力で見張れ、とくに眼のない後方は繰り返し見張れ、との教えを守って見張りはするが、ベテランパイロットは、いま見た直後でも、そこから敵機が襲ってくるものだと思っている。だから、心の用意ができており、瞬間に反応する。

その点、経験の浅い者は、いま後方を見張ったばかりだから、そこから撃たれるはずはないと思って安心している。そこへ後方から射弾の筋が通ると、

「何かが起こっている。変だなあ」とは気づいても、まだ反応しない。単機になった心細さが心をうつろにしている。そこへ第二撃の射弾の束が通る。

「あっ！　後ろから撃たれている！」

それでもまだ反応しない。やっと、

「いけない！」と回避をはじめようとしたときはすでに遅く、身もすくんでしまい、多数の命中弾を受け、なすところなく撃墜の憂き目に合うのである。

戦争末期の空戦では、アメリカ空軍の戦闘機もよくこのミスをおかして撃墜された。これが実戦というものである。

失敗を生かす

空中戦で受け身、後手に回ったときのミスは、前述のように取り返しがつかないことが多いが、攻撃側に立ったときのミスは、大きな教訓として次の戦いに生かすことができる。この研究心が大事である。

戦争がはげしくなってくると、一回の出撃で二回戦、三回戦となることがあるが、毎回、勝利者になるなど思いもおよばないことだった。私の場合、撃墜の成功率は、三十数パーセントであったと前に述べたが、これを逆にいえば、六十数パーセントは失敗に終わったということである。

この撃墜率はプロ野球の打撃成績と似たところがあるのはふしぎなことであるが、追いこんだ敵機を取り逃したときの失敗を生かすという考えが、一面きわめて大切なことであった。

たとえば、きょう空戦で俺ほどの者が、あそこまで追いつめ、この敵機いただきッ！（撃墜）と自信をもって撃ちこんだ射弾を、敵機が妙な、急速な舵使いでかわしたため取り逃したとき、逃した魚は大きかったのたとえにあるように、残念がっただけでは何にもならない。

そのときの敵機の射弾回避の早技《わざ》を、自分のものとして頭にたたきこみ、「あの操作をやって、敵機は俺の射弾をかわした。次の空戦でもしもあの敵機のように自分が追いつめられ撃たれたら、あの操作をやったら避けられる。さらにあの操作に自分の操作を加味すれば、もっとうまく敵の弾丸をかわすことができるはずだ」

と転んでもただでは起きぬ精神も、エースパイロットの心構えであった。

＊

日華事変で貴重な実戦体験をした日本海軍戦闘機隊は、果たしてその戦訓を活用したであろうか。単機空戦法から編隊空戦法へ戦術思想は移行したが、肝心の空戦訓練、射撃訓練は旧態依然たるものであった。空戦訓練は格闘戦のみを重視し、射撃訓練では後上方攻撃一点張りで、実戦即応の訓練は太平洋戦争開戦直前になっても得心のいくものではなかった。

それでは、なぜそれができなかったのか。その原因は航空機に対する決定的な予算不足であった。その結果、千変万化に対応する訓練は、太平洋戦争開戦前の訓練においてもほとんどその域を出なかった。

もちろんこれは、予算不足が決定的な原因であって、そのため資材不足、施設の不備、人員不足が日常のことであった。

信じられないかもしれないが、太平洋戦争開戦前の零戦隊の空中射撃訓練において、二十ミリ機銃の射撃訓練はただの一度も行なわれたことはなかった。それは七・七ミリ機銃弾とちがって、炸裂弾を含む二十ミリ機銃弾の一発の単価は比較にならないほどの高価なもので、日本の国力では、これを射撃訓練に使用することはできなかった。

空戦訓練においても、索敵、敵発見、接敵、立ち上がりといった実戦どおりの訓練を行なうには、一回の訓練に要する所要時間が、単機空戦訓練の数倍を要することからしても、当時の日本海軍航空部隊の規模では不可能であった。わずかに年一度の小演習、四年に一度の大演習でその体験をする機会はあったが、効果不足であった。

このような状態にあった中で、昭和十三年末から翌十四年末までの九六艦戦時代、中支にあった海軍第十二航空隊でたびたび体験した実戦どおりの索敵、敵発見、接敵、空戦開始の訓練が、私の太平洋戦争の空中戦における見張り能力を発揮する上において大いに役立ったことを、いまも忘れることはできない。

達見にもこれを実施した当時の戦闘機隊の飛行隊長は、現在においても私のみならず、多くの元日本海軍戦闘機隊搭乗員が尊敬する柴田武雄少佐（後の大佐、戦闘機隊の名司令）であり、分隊長は惜しくも太平洋戦争で散華された名指導者兼子正大尉であった。

このような実戦型の空戦訓練が、規制の中でも工夫をこらして日本海軍戦闘機隊全般で行なわれていたら、太平洋戦争における空中戦に一段の効果をもたらしたであろうと考える。

幾多空の戦友たちは　この地の攻撃に殉じ
また、この地より攻撃に出でて帰らざりき
佐々木信綱

この詩にあるように、多くの戦友たちは祖国の光栄を信じて散華して英霊となった。合掌。

＊

最後に、ラバウル台南海軍航空隊戦闘機隊で、私の若き中隊長であり、実戦の場で驚異的な実力をつけ、トップエースの座に躍り出た笹井醇一少佐（当時中尉）の、かれが海軍造船大佐であった父親に宛《あ》てた、最後の通信文となった手紙の一節をここに紹介しよう。

その中に私のことが記されているので面映ゆい気がするが、空中戦闘の真髄は〝眼光翼背に徹する見張り能力にあり〟を実証する一文であるので、あえてここにとりあげさせてもらった次第である。

『(前略)坂井三郎という一飛曹あり、撃墜機数五十機以上、特に神の如き眼を持ち、小生の戦果の大半は、彼の素早き発見にかかっているのでして、また、私も随分危険なところを、彼に再三救われたものです。人物技倆とも、抜群で、海軍戦闘機隊の至宝ともいうべき人物だろうと思います。(中略)私の撃墜もいま五十四機、今月中か来月の半ばまでには、リヒトホーヘンを追い抜けるつもりでおります。私の悪運に関しては絶対で、百何回かの空戦で被弾はたった二回というのを見ても、私には敵弾は近づかないものと信じています。(後略)』

(「丸」別冊「戦争と人物」2号、6号 平成五年四月、十二月号)

単行本 平成十二年三月 光人社刊

NF文庫

零戦搭乗員空戦記　新装版

二〇二一年九月二十二日　第一刷発行

著　者　坂井三郎他

発行者　皆川豪志

発行所　株式会社　潮書房光人新社

〒100-8077　東京都千代田区大手町一-七-二

電話／〇三-六二八一-九八九一(代)

印刷・製本　凸版印刷株式会社

定価はカバーに表示してあります

乱丁・落丁のものはお取りかえ致します。本文は中性紙を使用

ISBN978-4-7698-3232-4　C0195

http://www.kojinsha.co.jp

NF文庫

刊行のことば

第二次世界大戦の戦火が熄《や》んで五〇年——その間、小社は夥しい数の戦争の記録を渉猟し、発掘し、常に公正なる立場を貫いて書誌とし、大方の絶讃を博して今日に及ぶが、その源は、散華された世代への熱き思い入れであり、同時に、その記録を誌して平和の礎とし、後世に伝えんとするにある。

小社の出版物は、戦記、伝記、文学、エッセイ、写真集、その他、すでに一、〇〇〇点を越え、加えて戦後五〇年になんなんとするを契機として、「光人社NF（ノンフィクション）文庫」を創刊して、読者諸賢の熱烈要望におこたえする次第である。人生のバイブルとして、心弱きときの活性の糧《かて》として、散華の世代からの感動の肉声に、あなたもぜひ、耳を傾けて下さい。

＊潮書房光人新社が贈る勇気と感動を伝える人生のバイブル＊

ＮＦ文庫

海軍軍医のソロモン海戦
南海に散った若き軍医の戦陣日記

杉浦正明

哨戒艇、特設砲艦に乗り組み、ソロモン海の最前線で奮闘した二二歳の軍医の青春。軍艦の中で書き綴った記録を中心に描く。

設計者が語る最終決戦兵器「秋水」

牧野育雄

驚異の上昇能力を発揮、わずか三分半で一万メートルに達する日本初の有人ロケット戦闘機を完成させたエンジニアたちの苦闘。

零戦の真実

坂井三郎

日本のエース・坂井が語る零戦の強さと弱点とは！　不朽の名戦闘機への思いと熾烈なる戦場の実態を余すところなく証言する。

ドイツ軍の兵器比較研究
陸海空先端ウェポンの功罪

三野正洋

第二次大戦中、ジェット戦闘爆撃機、戦略ミサイルなどのハイテク兵器を他国に先駆けて実用化したドイツは、なぜ敗れたのか。

駆逐艦物語
修羅の海に身を投じた精鋭たちの気概

志賀博ほか

車引きを自称、艦長も乗員も一家族のごとく、敢闘精神あふれる駆逐艦乗りたちの奮戦と気質、そして過酷な戦場の実相を描く。

海軍空技廠
太平洋戦争を支えた頭脳集団

碇　義朗

幾多の航空機を開発、日本に技術革新をもたらした人材を生み、日本最大の航空研究機関だった「海軍航空技術廠」の全貌を描く。

＊潮書房光人新社が贈る勇気と感動を伝える人生のバイブル＊

ＮＦ文庫

ドイツ最強撃墜王　ウーデット自伝
Ｅ・ウーデット著　濵口自生訳

第一次大戦でリヒトホーフェンにつぐエースとして名をあげ後に空軍幹部となったエルンスト・ウーデットの飛行家人生を綴る。

工兵入門　技術兵科徹底研究
佐山二郎

歴史に登場した工兵隊の成り立ちから、日本工兵の発展とその各種機材にいたるまで、写真と図版四〇〇余点で詳解する決定版。

ケネディを沈めた男　元駆逐艦長と若き米大統領の死闘と友情
星　亮一

太平洋戦争中、敵魚雷艇を撃沈した駆逐艦天霧艦長花見少佐と、艇長ケネディ中尉——大統領誕生に秘められた友情の絆を描く。

真珠湾攻撃でパイロットは何を食べて出撃したのか
高森直史

海軍料理はいかにして生まれたのか——創意工夫をかさね、合理性を追求した海軍の食にまつわるエピソードのかずかずを描く。

ドイツ国防軍　宣伝部隊　戦時におけるプロパガンダ戦の全貌
広田厚司

第二次大戦中に膨大な記録映画フィルムと写真を撮影したプロパガンダ・コンパニエン（Ｐｋ）——その組織と活動を徹底研究。

地獄のＸ島で米軍と戦い、あくまで持久する方法
兵頭二十八

最強米軍を相手に最悪のジャングルを生き残れ！　日本人が闘争力を取り戻すための兵頭軍学塾。サバイバル訓練、ここに開始。